Karr & Wehner · Rattensommer

Karr & Wehner

# *Rattensommer*

Ein Gonzo-Krimi

*Titelbild:*
Ratte = © Pakhnyushchyy – Fotolia.com

1. Auflage Mai 2015

Umschlaggestaltung:
Volker Pecher, Essen

Satz und Gestaltung:
Maik Gensch, Klartext Verlag

Druck und Bindung:
Printing House Multiprint ltd., Bulgarien


ISBN 978-3-8375-1408-7



www.klartext-verlag.de

Bibliografische Information der Deutschen Bibliothek
Die Deutsche Bibliothek verzeichnet diese Publikation
in der Deutschen Nationalbibliografie; detaillierte
bibliografische Daten sind im Internet über http://www.dnb.de abrufbar.

## 1

Die Sache mit den Dinosauriern war kein Bluff. Sie gaben einem tatsächlich zu jedem Hamburger eins von den Plastikmodellen, die an Nylonfäden über den Kassen des Fastfood-Restaurants baumelten. Gonzo hatte sich beim Warten in der Schlange schon einen zähnebleckenden Tyrannosaurus ausgesucht. Der Laden war voll mit Nachwuchsyuppies aus den Banken hinter der Hauptpost und verschwitzten Kids in Schlabbershirts und Markenturnschuhen.

Die Klimaanlage tat ihr bestes, den Fettgeruch aus den Friteusen zwischen die Designer-Tische zu verteilen. Das Digitalthermometer über dem Fotogeschäft auf der anderen Straßenseite zeigte 32 Grad, und das sollte laut letztem Wetterbericht noch steigerungsfähig sein.

Gonzo hatte die schwere Videokamera aus seinem Kombi mitgeschleppt. Der Wagen stand gegenüber auf dem Behindertenparkplatz, weil er die Junkies, die weiter hinten am Postparkplatz herumlungerten, nicht in Versuchung führen wollte. Der Tragegurt mit der Suzie zerrte an seiner Schulter und scheuerte einen breiten roten Streifen auf die feuchte Haut. Ein paar Mädchen hinter ihm spekulierten kichernd, ob er vielleicht als Talentscout fürs Fernsehen unterwegs war. Gonzo drängelte sich vor, als ein adrett frisierter Tamile seine Kasse neben Gonzos Schlange aufmachte. »Hamburgerkäsedoppeltpommmesgroßecolaeis.«

Der Braunhäutige suchte die Sachen zusammen. Gonzo gab ihn einen Zwanziger. »Und den Dino da.«

Der Tamile schüttelte den Kopf. »Ist nicht mehr da.«

»Ich hab doch eben gesehen …«

»Ist nicht mehr da!«

»Dann eben den!« Gonzo deutete auf einen Brontosaurus.

»Ist eigentlich nur für Kinder!« Er bekam eins von den braunen Plastiktieren aufs Tablett geknallt. »Guten Appetit.«

Am Fenster war noch ein Tisch frei. Gonzo räumte den Müll seines Vorgängers zu seinem Nachbarn hinüber und gönnte sich erst einmal einen Schluck kalte Cola. Sofort brach ihm der Schweiß aus allen Poren und klebte ihm sein *Guns N' Roses*-T-Shirt wie einen feuchten Lappen an Bauch und Rücken. Aus den Lautsprechern schmalzte eine durchgesoftete Version von On the road to Mendocino. Oldietime war angesagt.

Während er die zerlaufene Käsescheibe rund um den Hamburger abnagte, spähte er hinüber zum Bahnhofsvorplatz, wo man das ultimative Mittel gegen die Drogenszene eingesetzt hatte. Menschen drängten sich zwischen Reibekuchen- und Bierständen, Kinder hüpften kreischend auf dem Bubbleplast neben dem Taxistand und vor den Fahrkartenautomaten machte sich die Knappenkapelle der Zeche Zollverein für ihren Auftritt bereit. Eine Rentnertruppe wartete gespannt auf den Konzertbeginn, ein weißhaariger Greis wurde von seinem Zivi im Rollstuhl in den Schatten geschoben. Unter einem olivgrünen Tarnnetz zeigten die Männer vom Katastrophenschutz, wie man sich in großen Wasserbecken richtig von Radioaktivität und Nervengift dekontaminierte. Gleich daneben hatte ein Pflastermaler seine Version des jüngsten Gerichtes mit zerplatzten und verfaulten Leibern zu Boden gebracht. Sommerfest der Werbegemeinschaft Innenstadt prangte auf dem Transparent, das schlaff über dem ganzen hing. Die Junkies und Drogennutten, die sonst die Platte vor dem Nordeingang bevölkerten, lungerten verstört bei den Rolltreppen herum und kamen in dem Trubel nicht dazu, ihre Deals durchzuziehen.

In fünf Minuten hatten die Zollvereins-Knappen drüben ihren großen Auftritt. Gonzo musste sich beeilen, wenn er die ersten Takte von Glückauf, der Steiger kommt aufs Band kriegen wollte. Herbert von der Redaktion des Regionalmagazins hatte ihn deswegen heute Morgen angerufen: »Die Werbering hat da mit der Bahn irgendwas ausgekungelt. Aufwertung des Bahnhofsbereiches, innerstädtischer Erlebnisplatz und so ein Blödsinn. Schieß mir zehn Minuten von dem Sommerfest und guck drauf, dass du diese Bergarbeiterkapelle mitnimmst.«

»Das sind Bergmänner.«

»Blödsinn. Im Ruhrgebiet gibts keine einzige Zeche mehr. Obwohl sie am Bahnhof mit ihrem Koks die dicke Kohle machen.«

Gonzo hatte sich nicht auf Diskussionen eingelassen, weil er die fünfhundert brauchte, die Herbert ihm für den Dreh bot. Zur Zeit war absolute Flaute, Sommerloch seit Anfang Juli schon. Alle Welt war in Urlaub. In den Redaktionen der Sender kratzten sie sich die abenteuerlichsten Geschichten aus dem Gehirn, um ihr Programm vollzukriegen. Flirt-Tipps fürs Freibad, Salmonellengefahr im Speiseeis und Straßenumfragen zu allem und jedem. Gonzo stand auf etlichen Listen für Urlaubsvertretungen, aber wenn es nichts zu filmen gab, brauchten sie auch keine Kameraleute.

Ein Pärchen schob sich an den Tisch gegenüber. Das Mädchen war höchstens achtzehn. Dunkle Augen und ein blasses Gesicht mit einem Silberring in der linken Braue. Sie roch nach einer von den billigen Parfumfälschungen, die die fliegenden Händler am Bahnhofsvorplatz verkauften. Ihre strohblonden Haare waren am Scheitel mit brünetten Wurzeln durchsetzt. Unter den Fingernägeln trauerten dicke Schmutzränder. Sie hatte sich einen Kaffee geholt und leerte ein Zuckerbeutelchen nach dem anderen in die dunkle Brühe. Nach dem fünften Päckchen rührte sie alles mit dem Holzstäbchen um. »Ich bin doch nicht blöd«, sagte sie. »Das kannst du mit ner anderen durchziehen, aber nicht mit mir.«

Ihr Begleiter trug trotz der Hitze einen hellen Blouson. Er saß mit dem Rücken zu Gonzo, sein Nacken war so glatt ausrasiert wie ein Babyhintern. Er stützte sich mit den Ellenbogen auf den Tisch und langte nach den Handgelenken der Kleinen. »Noch so ein Spruch und du fährst ein, ist das klar?«

Unter dem Blouson zeichnete sich etwas ab, das Gonzo für einen Schulterhalfter hielt. Er kippte seine Pommes frites in den Deckel der Hamburgerpackung, während der Typ weiter auf das Mädchen einredete. Aus den Boxen rumpelte Summer in the city mit dröhnenden Presslufthämmern, so dass er nicht alles mitbekam, was der Babynacken sagte. Seine Stimme klang hart und an seinem Hals trat ein Muskelstrang hervor. »Ich kann auch anders, klar?«

»Du kannst mich mal, das kannst du!« Sie trank von ihrem Kaffee, verbrannte sich die Zunge und verschüttete die Hälfte der Zuckerbrühe, als sie den Becher zurückstellte. »Scheiße!« Sie wollte aufstehen, aber der Typ zerrte sie am Arm wieder auf ihren Platz. »Ich hab dich gefragt, wann das Zeug kommt. Und wo!«

»Keine Ahnung!«, keifte sie. »Und jetzt lass mich los.«

»Ich reiß dir den Arsch auf, wenn du nicht …«

»Leck mich.« Die Hand mit dem Kaffeebecher fuhr hoch. »Sonst ...« Erst im letzten Augenblick beherrschte sie sich. Der Typ war bei ihrer Bewegung nicht mal zusammengezuckt.

»Was sonst?«, zischte er.

»Sonst erzähl ich deinen Kollegen mal, was du hier treibst, klar?«

Gonzo schob sich die letzten Fritten in den Mund und spülte mit Cola nach. Zuletzt ließ er sich die Eiswürfel über die Zunge gleiten. Als er aufstand und mit der Suzie unterm Arm zum Ausgang drängte, schoss der Typ im Blouson auf einmal in die Höhe und baute sich vor Gonzo auf. »Was soll das?«

Gonzo hob die freie Hand. »Kein Problem, mein Junge!« Das Mädchen schüttelte resignierend mit dem Kopf. Der Blick des Typen war unter Null, die rechte Hand hatte er schon unter der linken Achsel stecken.

»Moment mal«, sagte Gonzo. »Wenn ihr hier Stress habt, ist das eure Sache. Ich hab jetzt da draußen zu tun.«

Erleichtert sah er, wie die Hand wieder zum Vorschein kam. Leer. Gonzo spürte, wie die Kids und Yuppies sie gespannt anstarrten. An der Kasse quengelte ein Kind nach einem Dino, aus den Lautsprechern dudelte Chirpy Chirpy Cheep Cheep.

»Sascha!«, sagte das Mädchen. »Hör auf mit der Scheiße. Lass ihn in Ruhe.«

Sascha rückte seinen Blouson zurecht und setzte sich wieder.

Gonzo grinste das Mädchen an. »Die Firma dankt!« Dann machte er, dass er rauskam.

Drüben auf dem Willy-Brandt-Platz vor dem Bahnhof, auf dem sie zusammenbetoniert hatten, was zusammengehörte, formierten sich die Zechenknappen. Der Dirigent hob den Schellenbaum. Mit der Suzie auf der Schulter hetzte Gonzo über die Kreuzung, entging nur um Millimeter dem Linienbus nach Gladbeck und erreichte im letzten Moment der Spielmannszug. Schwitzend bezog er Position am U-Bahn-Niedergang, presste das Okular ans Auge, zog die Schärfe nach und legte los. Keine Sekunde zu früh.

Nach zehn Minuten hatte er genug Glockenspiel und Trommelschlag auf Band, um Herbert zufriedenzustellen. Er strolchte noch ein bisschen zwischen den Ständen herum und machte ein paar Schnittbilder von nassgeschwitzten Frauen mit ihren Einkaufstüten und den unverbesserlichen

Kampftrinkern am Bierstand. Mit der Rolltreppe fuhr er ins Basement unter die Bahnhofsplatte, um ein paar Meter Kühle zu erwischen. Aber auch unten wälzten sich nur die stickigen Schwaden in Richtung U-Bahn. Richtig kalt war es wahrscheinlich nur in den Zivilschutzräumen, die man damals beim Stadtbahnbau praktischerweise gleich im dritten Untergeschoss angelegt hatte. Bei den Ausschachtungsarbeiten waren sie dabei auch auf den alten Kruppschen Friedhof gestoßen. Gonzo knechtete damals noch als Kamerasklave beim Dortmunder WDR-Studio und hatte für einen Zwei-Minuten-Aufreger die morschen Schädel und Knochen gedreht, die die Arbeiter direkt neben der Bushaltestelle aufgeschichtet hatten. Während die Opas und Omas unter den Fahrgästen sich fürchterlich über die Pietätlosigkeit aufregten, hatten die Bautrupps auf den lehmverschmierten Grabsteinen gehockt und sich ihr Mittagsbier gegönnt.

Gonzo stieg stöhnend die Treppen zur Innenstadt hoch, weil die Skater-Kids die Rolltreppe mal wieder mit dem Nothalt lahmgelegt hatten, um ungestört auf ihren Brettern durch den Panikstauraum sausen zu können.

Oben empfing ihn ein Glutofen, die Hitze waberte zwischen Kaufhaus und Hotel, und Gonzo beeilte sich, in den Schatten der Fassaden zu kommen. Ein Stückchen weiter unten fing er noch ein paar Bilder vom Ponyreiten ein. Die Tiere trotteten stoisch durch den Sägemehlkreis. Es roch nach Holzspänen und Pferdedung. Fünf Runden kosteten drei Mark. Die Einnahmen, hieß es auf dem Schild beim Ticketverkäufer, wären für ein Willy-Brandt-Denkmal bestimmt, das den Platz schmücken sollte. Zwei ziegenbärtige Teenager von der Ökofront protestierten mit Papp-Plakaten gegen die Tierquälerei.

Als die Akkuanzeige aufleuchtete, nahm Gonzo die Suzie herunter und schlug sich zu seinem Kombi durch. Schon von weitem sah er den jungen Polizisten im kurzärmeligen Hemd bei seinem Wagen, der die Aufschrift auf den Seitenfenstern studierte. »Gonschorek Videoproduktion – TV und Werbung«.

»Sind Sie das?«, raunzte er, als Gonzo die Heckklappe aufmachte und die Suzie verstaute. Gonzo zog das Band aus der Kamera, legte ein frisches ein und tauschte die Akkus, damit er nicht ohne Strom dastand, wenn es rundging.

»Ich hab Sie was gefragt?« Der Beamte drückte Gonzo den Strafzettel in die Hand. »Sie stehen auf einem Behindertenparkplatz.«

»Weiß ich«, sagte Gonzo. »Das hätten Sie mir nicht erst aufschreiben müssen!«

Auf der anderen Seite der Straße stand ein Streifenwagen. Hinterm Steuer erkannte Gonzo Bantzok von der Nordwache. Der Obermeister hob die Hand, als Gonzo herüberschaute. Dann stieg er aus, stoppte den träge anfließenden Verkehr mit einer herrischen Handbewegung und kam herüber.

»Hallo Hitchcock!«

»Was soll der Scheiß?« Gonzo hielt ihm den Zettel hin. »Seit wann nehmt ihr den Hostessen vom Ordnungsamt die Arbeit weg?«

»Vorschrift!«

»Leck mich.«

Im Frühjahr war Gonzo mit Bantzok und seinen Kollegen von der C-Schicht ein paar Tage lang Streife gefahren, um die Bilder für ein Fünf-Minuten-Feature zu produzieren, mit dem ein Freelancer sich dann die Monatsmiete verdiente. Hin und wieder besuchte er den Bullen in seinem alten VEBA-Haus in Herne und arbeitete sich mit Bantzoks Schichtkollegen in dem improvisierten Fitnessraum im Anbau den Frust aus dem Leib.

»Fahren Sie den Wagen jetzt weg!«, ordnete Bantzoks Kollege an. »Sonst wird abgeschleppt.« Er wandte sich den parkenden Autos in den Buchten zu und fand eine abgelaufene ASU-Plakette.

»Was ist das denn für einer?«, fragte Gonzo.

»Neuzugang. Polizeimeister Fischbeck. Dienstgeil bis zum Anschlag! Der kommt später in die Zucht.« Bantzok studierte Gonzos Strafzettel und gab ihn zurück. »Tut mir leid, da kann ich auch nichts mehr machen.«

Gonzo sah zu Fischbeck, wie er drei Wagen weiter einem Fahrer wegen seiner verdreckten Windschutzscheibe eine Mängelkarte ausschrieb. »Der hat sie wohl nicht mehr alle.«

»Auf der Wache losen wir schon, wer mit ihm auf Streife fährt.« Bantzok schaute auf die Uhr. »Noch eine halbe Stunde, dann ist Feierabend.« Er stapfte hinter Fischbeck her, der sich gerade einen Fahrradfahrer vornahm, der auf dem Bürgersteig fuhr.

Gonzo knüllte den Strafzettel zusammen und stieg ein. Die Luft im Wagen war stickig, das Lenkrad klebrig und kochend heiß. Das Thermometer am Armaturenbrett zeigte 38 Grad. Im Dosenhalter neben dem Handschuhfach steckte ein Schüttelglas, in dem sich ein Weihnachtsmann mit seinem Rentierschlitten durch den Winter kämpfte. Dünner Plastikschnee wirbelte auf, als Gonzo die Wagentür zuknallte. Das Wasser lief ihm aus den Achseln bis an die Ellenbogen herunter. Zwischen den Beinen fühlte sich alles klamm und feucht an. Er drehte das Fenster auf und ließ den Motor an.

»He?«

Er hatte sie nicht kommen sehen. Sie beugte sich zu ihm herunter. Schweißperlen standen ihr auf der Stirn. Sie reichte ihm seinen Dino. »Den hast du vergessen.«

Gonzo packte den Brontosaurier auf die Ablage. »Danke.«

Sie blieb am Wagen stehen.

»Sonst noch was?«

»Bist du'n Reporter?«

»Seh ich so aus?«

»Ich weiß nicht, wie'n Reporter aussieht.« Sie zog die Nase hoch. »Ich hab nur gesehen, wie du da drüben gefilmt hast.«

»Was willst du?«

»Ich kann dir was erzählen.«

»Kein Bedarf!« Gonzo legte den Gang ein und ließ den Wagen zurückrollen. Hinter ihm hupte jemand. Vorne kam wieder Fischbeck mit gezücktem Verwarnungsblock herangeschlichen. »Mach Platz!«

»Da gibt's linke Drogenbullen.«

»Und linke Fixer«, sagte Gonzo. »Hau ab, ich hab zu tun.«

»Wichser!« Sie ging einen Schritt zurück und spuckte ihm auf die Motorhaube. Gonzo machte, dass er loskam. Er kurvte um den Grünstreifen herum, um auf der Spur neben der Bushaltestelle unter der Bahnhofsbrücke durchzufahren. Als er dabei wieder an dem Hamburgerladen vorbeirollte, sah er noch, wie Sascha dem Mädchen den Weg abschnitt und ihr eine Ohrfeige verpasste.

Herbert nuckelte an seinem Eistee und steuerte nebenbei den Sternenkreuzer seines Computerspiels durchs Weltall. Die simulierten Instrumente blinkten, die Anzeige für den Kernfusionsantrieb stand im roten Bereich, Schiffssirenen heulten auf. Am Katzentisch sortierte sein Volontär einen dünnen Stapel Pressemitteilungen. Aus dem Fax kroch die Zeichnung einer Schreibmaschine, darunter lud das Gladbecker Literaturbüro zur Jahrespressekonferenz ein.

Sonst herrschte im Studiokeller des Zeitungsverlages an der Friedrichstraße Funkstille. Die wenigen Redakteure, die die Schlankheitskur überstanden hatten, die die Konzernspitze der Redaktion im Frühjahr verordnet hatte, schlichen lautlos über den Nadelfilz in den Gängen und hielten strikten Sparkurs. Gonzo packte Herbert das Band mit den Bildern vom Sommerfest auf das Keyboard. Auf dem Bildschirm brannte der Fusionsreaktor des Raumschiffs durch. Eine Explosion dröhnte aus dem Lautsprecher.

»He«, sagte Herbert und rutschte mit der Maus auf eine Schaltfläche. Das Weltall verschwand und machte einer sehr geschäftsmäßigen Tabelle Platz. »Kannst du nicht anklopfen?«

»Keine Zeit.«

»Lüg doch nicht.« Herbert warf die Kassette in einen der Recorder der Schnitteinheit und ließ die Bilder schnell durchlaufen. »Okay!« Während der Apparat das Band kopierte, füllte er Gonzos Honorarzettel aus. »Das wars erst mal für die nächsten Tage.«

»Moment mal«, sagte Gonzo. »Was ist mit der Urlaubsvertretung für euren Kameramann? Du hast mir vor drei Monaten fest versprochen …«

»Ist gestorben.« Herbert deutete zur Decke. »Wir arbeiten bis zum Herbst mit Agenturmaterial. Das kommt billiger.«

Gonzo kniff die Lippen zusammen.

Herbert zuckte mit den Schultern. »Tut mir leid, aber die Jungs aus Rüttenscheid haben denen da oben ein Angebot gemacht, bei dem sie einfach nicht nein sagen konnten.« Als er die Sätze nannte, zu denen die beiden fixen Jungs mit ihrem Team aktuelle Bilder liefern wollten, konnte Gonzo nur mit dem Kopf schütteln. »So billig kann keiner sein!«

»Mir brauchst du das nicht zu sagen«, meinte Herbert. »Die wollen einfach in den Markt. Wenn sie erstmal den Fuß in der Tür haben, ziehen sie die Schraube an. Aber mach das mal den Sesselfurzern vom Finanzcontrolling klar.« Er rollte auf seinem Stuhl an einen Bearbeitungsplatz und wühlte sich durch die Kassetten in dem Regal neben dem Monitor. »Dieser Reutter arbeitet für sie. Guter Mann.«

»Wenn du das sagst«, meinte Gonzo.

Herbert schob das Band, das er gesucht hatte, in den Recorder. »Das haben sie vor zwei Wochen geliefert. Guck‘s dir an und mach es besser.«

Auf dem Schirm erschienen Uferwiesen, wahrscheinlich die Ruhr irgendwo bei Hattingen. Zwielicht. Morgendämmerung. Spurensicherer in ihren weißen Anzügen arbeiteten an etwas, was halb im Wasser lag. Gonzo erkannte Gliedmaße, fahle, aufgedunsene Haut mit handtellergroßen Wunden. »Fischfraß«, erklärte Herbert.

Es war ein Mädchen, nackt, nicht viel älter als siebzehn. Die Kamera schwenkte den Körper ab. Schwarze Blutergüsse auf den Brüsten und am Leib. Die Beine waren verdreht, der Unterleib aufgerissen. Gonzo erinnerte sich an die Schlagzeilen auf der Regionalseite. »Der Ruhrkiller?«

Herbert nickte und spulte das Band im Schnelldurchgang weiter. »Opfer Nummer vier seit April. Junge Frau, misshandelt, vergewaltigt und verstümmelt. Reutter riecht sowas förmlich.«

Die Kamera klebte auf dem Kopf der Leiche. Von einem Gesicht war nichts mehr zu erkennen. Gonzo sah genauer hin. »Wie macht er das nur?«

»Wahrscheinlich mit einer Trennscheibe«, sagte Herbert. »Die Bullen nennen ihn nur noch den ›Heimwerker‹. Wir haben's nicht genommen, weil wir im Werbeblock den Spot von dieser Großmetzgerei haben. Aber bei der smarten Lady vom Krawallmagazin ist das über den Schirm gegangen.«

Auf dem Monitor war zu sehen, wie ein paar Uniformierte auf die Kamera zugingen und abwinkten. Herbert schaltete den Recorder aus. »Reutter ist von der Sorte, die ihre Großmutter aus dem Fenster schmeißen, wenn sie die Bilder irgendwo verkaufen können.«

»Der würde auch noch hinterher springen«, sagte Gonzo und kalkulierte, was Reutter wohl mit den Bildern verdient hatte. Wahrscheinlich hätte es für den ganzen Berg Rechnungen gereicht, der sich auf dem Schreibtisch in seinem Loft stapelte. Allein für die letzte Inspektion des Kombis inklusive TÜV und einem neuen Satz Reifen waren noch fast 2.000 Mark fällig.

»Dann seht doch zu, wo ihr eure Exklusivgeschichten herkriegt!«

»Tun wir.« Herbert wühlte sich zum Entsetzen des Volontärs durch die Pressemitteilungen und ließ sie nacheinander auf den Boden segeln. »Frag doch mal deinen alten Kumpel, ob er nicht was für dich hat!« Er präsentierte Gonzo ein schickes Foldout. »Blackbox-Productions, da hast du doch mal mitgemischt.«

Gonzo sagte nichts. Die Firma gehörte Wahnfried, und der war weder sein Kumpel, noch alt, sondern höchstens eine unangenehme Erinnerung an eine düstere Phase seines Lebens.

»Dreharbeiten für Familienserie an Originalschauplätzen«, verkündete Herbert fröhlich. »Erste Staffel von Alle meine Enkel mit Lisa Sowieso und Peter Irgendwer. Wir haben letzte Woche Statisten für eine Massenszene auf der Margarethenhöhe gesucht. Hat kaum jemand angerufen, also versuch's mal!«

Gonzo tippte sich an die Stirn und machte, dass er hinauskam. Im Büro gab er seinen Honorarzettel ab. Die Blondine hinter ihrem Schreibtisch wirkte frisch wie aus dem Drei-Sterne-Kühlfach. Sie steckte Gonzos Papiere in eine Plastikhülle. »Wir überweisen das dann.«

»Bar wäre mir lieber!«

»Wie haben kein Geld hier.«

»Klar«, sagte Gonzo. »Man sieht's!«

Um sich noch ein bisschen abzukühlen, trieb er sich in dem klimatisierten Redaktionsbunker herum. In der Kantine saß der deprimierte Nachwuchs vom Lokalradio zusammen und intrigierte gegen den Chef. Weiter hinten baggerte ein ehemaliger Eiskunstläufer, der sich jetzt als Gameshowmaster durchbrachte, an einer molligen Rothaarigen herum. Über den Bildschirm unter der Decke flimmerte tonlos seine letzte Hervorbringung.

Nach einer halben Stunde stand Gonzo wieder draußen auf dem Parkplatz im Innenhof und riss die Türen des Kombis auf, damit die Saharaluft abziehen konnte. Der Pförtner in seiner Glaskabine neben der Zufahrt beäugte ihn misstrauisch, weil er auf einem Platz der Geschäftsleitung stand. Wahrscheinlich hielt ihn nur die Hitze zurück, aus seinem temperierten Kabuff herauszukommen und ihn zu verscheuchen. Er begnügte sich damit, Gonzos Nummer aufzuschreiben.

Um den Zeitungskomplex herum lief der erste Feierabendverkehr. Die Wagenschlangen vor den Ampeln waren kürzer als sonst, die Fahrer hingen in Muskelshirts oder Unterhemden hinterm Steuer und brachten nicht mal die Energie auf, sich über die Drängler aufzuregen, die immer erst vor der Ampel merkten, dass sie auf der falschen Spur waren. Gonzo drehte alle Scheiben herunter, schaltete den Funkscanner auf der Mittelkonsole ein und gab sich ein paar Sekunden der Hoffnungen hin, gleich eine Meldung über einen Massenkarambolage auf der A 40 oder sonst etwas Dramatisches durchzubekommen. Stattdessen hörte er nur, wie die einzelnen Reviere sich bei ihren Streifen kalte Getränke und Magnum-Eisbecher bestellten. In

Frohnhausen gab es einen Familienstreit, vor der Volkshochschule lag ein besoffener Penner und am Stadtwaldplatz verlangte jemand einen Tierarzt, weil sein Hund angeblich einen Hitzschlag erwischt hatte.

Er gondelte lustlos durchs Südviertel, weil es an der Autobahnauffahrt manchmal interessante Unfälle gab, von denen man zehn oder zwanzig Sekunden an die Sender verkaufen konnte. Erst als er zum zweiten Mal an einem Wegweiser zur Margarethenhöhe vorbeikam, fiel ihm wieder ein, dass hier irgendwo Wahnfrieds Blackbox drehte. Wahnfried war damals Redakteur im Dortmunder WDR-Studio gewesen, als Gonzo dort mit geregelter Arbeitszeit, Urlaubsanspruch und Weihnachtsgeld die Jahreshauptversammlungen von Karnickelzüchtervereinen und SPD-Bezirksparteitagen für die aktuelle Berichterstattung im Regionalfenster abgespult hatte. Frustriert wie alle Redakteure träumte Wahnfried von der großen Karriere als freier Produzent. Am Ende hatte Gonzo seinen ganzen Versprechungen von der Goldenen Kamera und noch goldeneren Umsatzzahlen geglaubt und war als Kompagnon und »Chefkameramann« bei der Gründung der Blackbox Film- und Fernsehproduktion eingestiegen. Als er dann nach einem halben Jahr zu ahnen begann, dass die Firma nicht mal den ersten Bilanzstichtag erreichen würde, hatte er sich einen Dreitonner gemietet und nach Feierabend die gesamte Videotechnik in sein Loft ausgelagert. Nach ein paar unerfreulichen Treffen mit seinem Expartner hatte es dann einen Notartermin gegeben, bei dem Gonzo ein paar Zettel unterschrieb, auf denen stand, dass er die Geräte behalten durfte, wenn er auf den Firmenamen verzichtete und sich nie wieder sehen ließ.

Gonzo quetschte sich durch die engen Gassen zwischen den herausgeputzten Einfamilienhäusern, bis ihn ein Polizist armfuchtelnd umleiten wollte. Er erkannte den Jungbullen von der Hauptpost wieder und rollte stur auf ihn zu.

Polizeimeister Fischbeck steckte den Kopf zum Seitenfenster herein. »Gesperrt!« In seinem Ohrläppchen steckte ein Plastikröhrchen für einen Ohrring.

»Immer noch im Dienst?«, fragte Gonzo freundlich. »War nicht vorhin Schichtwechsel?«

»Gesperrt!«, wiederholte Fischbeck. »Wegen Dreharbeiten!«

»Genau«, sagte Gonzo. »Und wenn du nicht Platz machst, verpass ich meinen Einsatz.«

Fischbeck sah ihn zweifelnd an und machte schließlich zögernd den Weg frei. Auf dem Platz vor Gonzo herrschte das übliche Chaos, das Fernsehleute bei ihren Produktionen veranstalteten und das sie gerne zur künstlerischen Atmosphäre hochstilisierten. Wohnmobile mit Maske, Aufnahmeleitung und Garderoben belegten alle Parkplätze, hinter Absperrgittern drängte sich die halbe Margarethenhöhe zum Gaffen, und auf der Szene wuselten Schauspieler, Statisten und die Leute vom Team durcheinander. Eine Frau in Hotpants gab durchs Megaphon Regieanweisungen. Über allem schwebte, auf der Hebebühne eines städtischen Laternenreparaturwagens, Wahnfried im offenen Seidenhemd auf der floridabraunen Haut und einem Plastikkäppi mit grünem Sonnenschirm auf dem Kopf.

»Ruhe!«, plärrte die Regisseurin aus dem Megaphon. »Kamera! Ton! Hintergrundstatisten los! Und Action!«

Es sollte wohl eine Hochzeitsszene werden. Die Braut in einer rosafarbenen Tüllwolke stöckelte neben einem Pinguinsmoking über das Kopfsteinpflaster. Die Streuengelchen bemühten sich, Schritt zu halten. Die Statisten mimten jubelndes Volk. Im Eingang des gegenüberliegenden Restaurants warteten ein gutes Dutzend Hochzeitsgäste bei der zweiten Kamera auf ihren Einsatz. Die Hauptkamera lief auf Schienen neben dem Brautpaar her. Auf halbem Weg stoppten die beiden bei einer Markierung für einen Kuss. Gonzo drückte auf die Hupe und rollte an einem geschockten Aufnahmeleiter vorbei übers Trassierband auf die Szene. Direkt vor dem Brunnen stoppte er im Aufnahmefeld der Hauptkamera und winkte aus dem Fenster zu Wahnfried auf seiner Hebebühne hoch.

»Aus!«, plärrte das Megaphon. Während Wahnfrieds Bühne herabsurrte, umlagerten wütende Filmmenschen Gonzos Kombi und versprachen ihm, ihn eigenhändig an der nächsten Laterne aufzuknüpfen. Gonzo fuhr von der Szene und wartete neben Wahnfrieds Wagen, bis der Meisterproduzent wieder Boden unter den Füßen hatte. Wahnfried kam ihm entgegen.

»Stör ich?« Gonzo stieg aus.

»Gonzo, du Idiot! Wie immer zur falschen Zeit am falschen Ort.« Wahnfried beherrschte sich und klickte mit den drei polierten Kugeln in seiner linken Hand herum. Den Tic hatte er sich bei Bogart in Die Caine war ihr Schicksal abgeguckt und das Ganze als genialen Spleen mit Marmorkugeln aus weißem Carrara, grünem Broccatello und schwarzem Lucculan kultiviert.

»Ich dachte, ich schau mal, was mein alter Kumpel treibt«, meinte Gonzo. »Aus alter Freundschaft und so.«

Wahnfried stoppte mit einer Handbewegung seine Crew, die sich dem Kombi näherte. »Zehn Minuten Pause, neu einrichten und dann von vorne!« Er drängte Gonzo in den Schatten des Hubwagens. »Ich sollte dir den Hals umdrehen.«

»Tu dir keinen Zwang an.« Gonzo lüftete Wahnfrieds verschwitztes Seidenhemd. »gehts dir gut?«

»Ja, mir geht es gut«, sagte Wahnfried. »Weil ich diese Firma aufgebaut und mich nicht bei den ersten Schwierigkeiten gleich verdrückt habe, wie gewisse andere Leute.« Er erzählte etwas von zehn Millionen Umsatz, die er dieses Jahr machen würde, und dass Alle meine Enkel mit Sicherheit tolle ratings bei den verheirateten Frauen zwischen 25 und 46 mit einem Kind machen würde. »Das hier wird der Pilotfilm, und über die zweite Staffel verhandeln wir gerade.«

Gonzo nickte freundlich. »Du wirst die Jungs vom Sender schon übern Tisch ziehen.«

»Mit dem Ding habe ich die Konkurrenz aus München und Hamburg abgehängt«, tönte Wahnfried. »Die Programmchefs wollen Qualität. Müll kriegen sie von Leuten wie dir genug geliefert.« Der Rhythmus der Kugeln in seiner Hand wurde schneller.

»Feinfein«, sagte Gonzo. »Toll, wenn alte Freunde sich auf Anhieb wieder verstehen.« Er kletterte in den Wagen zurück. »Bis die Tage dann.« Der Motor heulte im Leerlauf auf, eine Abgaswolke wirbelte aus dem Auspuff.

»Fahr zur Hölle!« Wahnfried wandte sich einer schmalen Figur in Nadelstreifen und Aktenköfferchen zu, der irritiert herumstand. Im Rückspiegel sah Gonzo noch, wie er den Typen auf seine Hebebühne verlud.

Am Ende der Siedlung bog Gonzo vorsichtshalber rechts ab, um Fischbecks Absperrung zu entgehen, und gab sich dem guten Gefühl hin, Wahnfrieds Jahresgewinn um ein paar tausend Mark reduziert zu haben. Die würde es ihn nämlich kosten, die Szene neu zu drehen.

Am Stenstraßen-Bunker waren die Sperrpfosten umgelegt und Gonzo nahm die Abkürzung durch den Hohlweg nach Holsterhausen. Santa Claus rutschten auf der Steigung die letzten Flocken von der Mütze. Auf der Martin-Luther-Straße wälzte er sich mit der Blechlawine an den alten Kruppschen Industrieanlagen vorbei nach Westen und passierte den Großbunker an der Helenenstraße. Da drinnen ließ es sich jetzt wahrscheinlich aushalten. Gonzo entsann sich an einen Pressetermin, bei dem er den Amtsleiter für Zivilschutz für ein paar flotte Bilder durch die Sicherheitsschleusen und die gekachelten Duschräume des Baus gejagt hatte. Voll funktionsfähig, klimatisiert und verkabelt, mit 931 Schutzplätzen, hatte der Mann dabei erklärt, und dass er das jetzt alles dem Bundesvermögensamt übergeben musste, weil die Russen ja nicht mehr gefährlich waren. Er zählte noch ein gutes Dutzend Schutzräume auf, von denen Gonzo nur behalten hatte, dass es in der Nähe seines Lofts den Hochbunker »Wildpferdehut« gab.

Über die Pferdebahn schlängelte Gonzo sich hinter der Universität vorbei und kam auch ohne Probleme bis zum Stau an der Grillostraße. Die Straßenbahnen nach Altenessen und Karnap standen Kolonne, und wer sich von den Autofahrern auch nur ein bisschen auskannte, verdrückte sich in eine Seitenstraße. Der Weihnachtsmann im Schüttelglas wurde im Rhythmus des Stop and Go erneut mit dünnen Flocken berieselt. Gonzo genehmigte sich einen Schluck Cola aus der Kühltasche auf dem Beifahrersitz, trommelte aufs Lenkrad und hoffte, dass er heute noch irgendwann zu Matzkes Laden im Stadthafen kam.

Das Handy auf der Mittelkonsole summte. Er hatte für das Ding samt Karte das ganze Honorar hingelegt, das ihm die Bilder von einem Brand in einer Wohnanlage in Katernberg eingebracht hatten, die jemand mit schöner Regelmäßigkeit zweimal im Monat ansteckte.

Er fummelte an den Knöpfen herum, um das Gespräch anzunehmen. Es war Betty. Sie kam jeden Tag für ein paar Stunden in Gonzos Loft, addierte die Rechnungen, trieb Honorare ein und verbrachte den Rest ihrer Zeit damit, eine Seminararbeit über Nachrichtenjournalismus im Fernsehzeitalter für den dubiosen Studiengang an der Uni zu schreiben, den sie belegt hatte.

»Ein Herr Matzke hat angerufen«, sagte sie. »Firma A+P. Er sagt, dass er auf sie wartet und Sie ihren … ähem Arsch schleunigst zu ihm bewegen sollen.«

»Alles klar. Ich bin unterwegs.« Gonzos Finger suchte nach der Unterbrechertaste.

»Was ist das denn für eine Firma?«

»Was?«, fragte Gonzo.

»Ich hab nachgesehen, Sie haben bis jetzt noch nie für die gearbeitet.«

»Wenn er nochmal anruft, dann sag ihm, dass ich hier im Stau stehe.«

Betty blieb hartnäckig. »Diese A+P steht in keinem von Ihren Verzeichnissen.«

Gonzo drückte den Knopf. Vor ihm kam Bewegung in die Schlange. Die Straßenbahnen bimmelten sich die Gleise frei und der Tross quälte sich im Zeitlupentempo an einem Unfall auf der Kreuzung vorbei. Polizeiwagen standen am Straßenrand, die Beamten hatten einen verbeulten PKW zur Seite geschoben und einen Posten zur Verkehrsregelung aufgestellt. Ein Abschlepper lauerte bereits auf die Prämie. Der Fahrer des Unfallwagens stand fassungslos vor seiner Karre, hatte einen prächtigen Sonnenbrand im Nacken und klebte mit beiden Schuhen im aufgeweichten Asphalt fest, als er versuchte, die Stoßstange zu richten.

## 2

Matzkes A+P lag im Gewerbegebiet am Stadthafen. Nach einer weiteren Viertelstunde Geschiebe durch den Sommersmog bog Gonzo endlich erleichtert in die Straße mit den graugeschossigen Doppelhäusern ein. Grasflecken und verkrüppelte Büsche trockneten auf den handtuchgroßen Gartenstückchen vor sich hin. Die grüne Trafostation wurde von einer Clique Halbwüchsiger belagert, die sich träge zu den Klängen von La Isla Bonita aus ihrem Ghettoblaster anbalzten. Gonzo passierte den hohen Wegweiser mit den Schildern der Firmen in den tristen Funktionsbauten, Gewerbehallen und Werkstätten hinter der Siedlung. Am Horizont zerteilten Ausleger von Industriekränen den Himmel. Ein Lastwagen donnerte vorbei und schnitt Gonzo, als er einem Transporter auf der Gegenfahrbahn auswich.

Gonzo trat voll auf die Bremse. Die Kühltasche rutschte vom Beifahrersitz. Der Plastikdino flog auf die Rückbank, Coladosen und frische Akkus verteilten sich im Fußraum und ein Schuss Adrenalin brachte Gonzos Kreislauf in Schwung. »Arschloch!« Der Weihnachtsmann versank in seiner Kugel im Schneegestöber.

Auf dem Parkplatz vor dem harmlosen Flachbau der A+P mit den heruntergelassenen Jalousien standen ein paar Wagen neben Matzkes schwedischem Panzermobil. Gonzo lenkte den Kombi auf einen freien Platz und machte sich daran, die Suzie auszupacken.

Ein breitschultriger Kerl im weißen Leinenanzug schmetterte die Eingangstür zu und kam mit einem schwarzen Rottweiler von der Sorte Metzgerfreund an Gonzos Wagen vorbei. Während der Köter sich einen Spaß daraus machte, Gonzo zu verbellen, schloss der Leinenanzug ein Tor im Maschendrahtzaun zum Nachbargrundstück auf. Er drehte sich um. »Blondie!«

Matzke erschien in der Tür seiner Firma. »Brennecke, das ist doch alles kein Problem«, brüllte er dem Leinenanzug nach. Der dirigierte seinen Hund durchs Tor und schloss von der anderen Seite wieder ab. »Das hoffe ich für dich!«, sagte er zu Matzke und machte sich mit seinem Köter davon.

Gonzo nahm die Suzie und klappte die Ladeklappe zu. »Tag auch!«

Matzke war einen Kopf größer und gut dreißig Kilo schwerer als Gonzo und bildete sich eine Menge darauf ein, dass er bei günstiger Beleuchtung wie der mittelalte Orson Welles wirkte. »Kommst du auch mal?«

»Nur keine Hektik!« Gonzo schob sich an ihm vorbei in das Gebäude. Die feuchte Hitze im Flur roch nach Schweiß, süßem Deo und heißen Scheinwerfern. Auf der angegilbten Textiltapete hingen noch die gerahmten Truckerfotos von der Spedition, die vorher in dem Gebäude ihr Glück versucht hatte.

Matzke hielt ihm sein Handgelenk mit der Tchibo-Rolex vor die Nase. »Siehst du das? Halb sechs. Wenn ich dich um fünf bestelle, dann hast du gefälligst auch um fünf hier zu sein«. Gonzo steuerte den Raum an Ende des langen Ganges an. In der abgetakelten Teeküche sah er eine Frau mit Nickelbrille und Batik-Bluse mit den Utensilien aus ihrem Schminkkoffer hantieren.

»Ich rede mit dir, Arschloch.« Matzke kam um Gonzo herum und baute sich vor ihm auf. Der Schweiß perlte ihm von der Stirnglatze. Seine Oberlippe zitterte gefährlich.

»Reg dich ab, jetzt bin ich ja da«, meinte Gonzo und machte sich daran, die Suzie auf das Stativ zu schrauben, das Matzke schon vor der Szene aufgebaut hatte.

Die tapezierten Stellwände, mit denen notdürftig ein Schlafzimmer angedeutet wurde, stammten aus einem alten Theaterfundus, die Schrankwand in der Mitte war ein angemaltes Stück vom Sperrmüll, in einer Ecke lagen haufenweise Bahnen mit verschiedenfarbigem Dekostoff. Nur in das große Bett mit den Messingstützen hatte Matzke etwas investiert. Die Spielwiese war fast neu; eine Blondine hockte im Schneidersitz auf der Bettdecke und hielt sich den dünnen Morgenmantel vor den Brüsten zusammen.

»Neu?«, fragte Gonzo.

»Das ist Susann«, sagte Matzke. Zu Susann meinte er: »Der Versager hier ist unser Kameramann.«

Gonzo erinnerte sich kurz daran, was er in seinen fünf Semestern an der Filmhochschule gelernt hatte und korrigierte die Klappen an den beiden Scheinwerfern links und rechts, damit der Hintergrund nicht vollkommen absoff. Inzwischen trieb Matzke seine Crew am Set zusammen. Der Tonmann war ein hagerer Bursche mit strähnigen Haaren und stank aus allen Poren nach Knoblauch. Er nuschelte etwas von einer Zumutung und dass er nachher noch zu einem anderen Dreh müsste und stöpselte sein Gerät an die Suzie. Die Frau in der Batikbluse huschte vorbei, um Susanns Make-up auszubessern. Hinter ihr schob sich ein untersetzter Buchhaltertyp im kurzärmeligen Hemd und einem glasigen Blick herein, dann kam noch ein muskelorientierter Schönling in einem von Matzkes schmierigen Bademänteln.

Gonzo klebte das Hemd wie eine Wurstpelle am Körper. Die Scheinwerfer und die vielen Leute machten aus dem Studio ein Treibhaus.

»Können wir endlich?«, blaffte Matzke. »Mich kostet hier jede Minute bares Geld.«

»Apropos«, sagte Gonzo. »Ich krieg für letzte Woche noch fünfhundert von dir.«

Er war ihm vor zwei Monaten beim Dreh für einen Erotikclip für ein angeblich sensationelles neues Sexmagazin begegnet, für den Matzke ein paar Modelle vermittelt hatte. Hinterher waren sie noch beim Bier ins Reden gekommen und Gonzo hatte ein paar Geschichten aus seiner Studentenzeit erzählt, in der er sich als Beleuchter mitgeholfen hatte, Simpel-Sex-Streifen für Super-8-Freunde zu produzieren. Mit dem Kamerajob bei Matzkes Billigpornos, hatte Gonzo sich überlegt, dass er es damit vielleicht endlich einmal schaffen konnte, ohne Besuch vom Gerichtsvollzieher durchs Sommerloch zu kommen.

»Das regeln wir später«, knurrte Matzke.

»Sag es lieber gleich, wenn du die Kohle nicht hast«, meinte Gonzo mit erhobener Stimme. Die Gespräche der Crew wurden leiser, Blicke länger. Matzke wischte sich den Schweiß von der Stirn.

»Nachher.«

»Jetzt«, beharrte Gonzo.

Matzke schnaufte. Susann scheuchte die Maskenbildnerin weg und flüsterte dem Bodybuilder etwas ins Ohr. Der nickte entschlossen und stemmte die Hände in die Hüften.

»Nun mach schon«, quengelte Susann. »Ich bin grad feucht.«

»Ich kann nicht ewig nachschminken«, sagte die Maskenbildnerin.

»Kein Geld, keine Kamera!« Gonzo löste die Arretierungsschraube der Suzie.

»Komm mit!« Matzke walzte zur Tür, und Gonzo zeigte der Crew noch grinsend den erhobenen Daumen, ehe er ihm folgte. Matzkes Büro war in einem Kabuff, in dem ein deutscher Tierfreund nicht einmal seinen Schäferhund gehalten hätte. Die Vorhänge waren zugezogen, im Dämmerlicht stapelten sich auf und neben dem zerbeulten Metallschreibtisch Umzugskisten mit Videokassetten, Andrucke von bunten Hüllen, Bilder, Lieferscheine, Kataloge und alles andere, was man als Hintertreppenfilmer brauchte. Auf einem kümmerlichen Regal thronte ein Plastik-Oscar. Die Aktenordner, die sonst dort standen, fehlten. An der Wand daneben hing ein zwei Jahre alter Kalender mit dem Bild eines pompösen Trucks. Es roch nach Erbrochenem. Gonzo hielt sich die Nase zu. »Wer hat denn hier das kalte Kotzen gekriegt?«

Matzke wühlte sich durch den Papierkram in den Kisten. »Halt bloß die Schnauze, ich hab schon genug Stress! Freitag hab ich die Bullen hiergehabt.« Er packte einen Karton weg und nahm sich den nächsten vor. »Wie im Kino, sag ich dir, ich mach die Tür auf und seh grün.«

»Bullen?«, fragte Gonzo vorsichtig. »Gibt‘s da vielleicht was, was ich wissen sollte?«

»Nein!« Matzke fischte ein paar Videokassetten aus dem Durcheinander und packte sie in den Stahlblechschrank neben dem Fenster. »Mein Anwalt hat das schon wieder klargezogen. War alles ein Versehen. Die sind hinter dem Schrottplatztypen von nebenan her. Brennecke Entsorgung. Von dem hab ich das Loch hier gemietet. War mal seine Spedition, mit der er irgendwelchen Sondermüll in den Osten verschoben hat. Im Frühjahr sind sie ihm draufgekommen, und er hat den Laden dichtgemacht. Nur hat das keiner den Bullen gesteckt, und eh ich kapiere, was da abgeht, haben sie mit ihrem Durchsuchungswisch schon meinen ganzen Bürokram und das halbe Filmlager abgeschleppt.« Endlich hatte Matzke sein abgegriffenes Buchhaltungsjournal gefunden und blätterte darin herum. »Also will ich meinen Anwalt scharfmachen, aber die Pfeife muss ja am Wochenende unbedingt irgendwo auf der Talsperre im Sauerland segeln. Hat dann bis Sonntag gedauert, bis er endlich in die Pantoffeln gekommen ist. Und dann haben sie erstmal im ganzen Polizeipräsidium rumtelefonieren müssen, wo meine Kisten abgeblieben sind. Erst gestern Nachmittag hab ich alles wiedergekriegt.« Er deutete auf das Chaos. »Nun guck dir das an. Wie die Vandalen. Und sowas nennt sich Rechtsstaat.«

»Bargeld lacht!«, erinnerte Gonzo ihn.

»Du bist wie die Krätze!«, fluchte Matzke. »Wenn man dich erst mal am Hals hat.«

Er trug etwas in das Kassenbuch ein und holte aus dem Schrank unterm Fenster eine Kassette. Während er das Geld abzählte, drehte er Gonzo den Rücken zu.

Auf der durchgelegenen Couch neben der Tür bewegte sich unter einer dünnen Wolldecke etwas. Jemand stöhnte. Gonzo zerrte das Tuch zur Seite und blickte in ein bleiches Mädchengesicht. Verschwitzte schwarze Haare, eine hohe Stirn, schmale Wangen und eine ausgeprägte Nase. Kein Jahr älter als sechzehn, schätzte er. Das Mädchen war nackt, sein schweißnasser Körper zitterte. Auf der linken Brust entdeckte er ein pfenniggroßes Muttermal. »He«, sagte Gonzo. »Wenn du hier irgendwas mit Kindern machst …«

»Kümmer dich um deinen Kram.« Matzke füllte mit seiner Nobelfüllerimitation aus dem Reste-Shop eine Quittung aus und drückte Gonzo fünf Hunderter in die Hand. »Die ist achtzehn.« Er zog die Decke wieder über das Mädchen. »Die macht ihre Kohle damit, dass sie so jung aussieht. Ihr ist einfach nur schlechtgeworden. Wahrscheinlich der Kreislauf. Kein Wunder bei der Hitze. Wenn's ihr gleich nicht besser geht, hol ich einen Arzt. Und jetzt unterschreib und halt draußen bloß das Maul wegen der Bullen. Sonst hast du das letzte Mal hier gearbeitet.«

Im Aufnahmeraum hatten sie alles schon soweit vorbereitet. Susann hockte nackt auf dem Bett und machte sich ihre Haare zurecht. Der Bodybuilder stand mit dem Gesicht zur Wand in der Ecke und baute sich mit einem Pornoheft für seinen Auftritt auf. Seine Rückenmuskeln zuckten rhythmisch.

Der Tonmann schob den Fellüberzug aufs Mikro. »Alles klar!«

Der Buchhaltertyp drückte sich neben der Tür herum und leckte sich nervös mit der Zunge über die Lippen.

»Kümmer dich nicht um den«, sagte Matzke leise neben Gonzo. »Der will nur zugucken.«

»Und wieviel drückt er dafür ab?«

»Nicht dein Problem. Los jetzt.«

Die Regiebesprechung fiel ziemlich kurz aus. Susann sollte zum Warmwerden ein bisschen an sich herumspielen. »Denk dir, dass du eine grüne Witwe oder sowas bist.« Matzke winkte den Bodybuilder heran. »Dann kommt Harry dazu. Er ist der Gärtner oder der Briefträger und du bläst ihm erstmal einen. Dann die Reiternummer, dann kommt er von hinten und dann sehen wir weiter, okay?« Gonzo verschwendete keinen Gedanken daran, warum der Gärtner oder der Briefträger oder sonstwer nackt im Haus der grünen Witwe herumlief. Manche Genres hatten eben ihre eigenen Gesetze. Matzke machte sich mit der zweiten Kamera bereit, um die Schnittbilder aus einer anderen Perspektive zu drehen, und erklärte Gonzo, welche Positionen und Einstellungen er von ihm haben wollte. Dann schickte er Harry wieder in die Ecke und endlich ging es los.

Gonzo sah durchs Okular der Suzie, wie Susann sich auf dem Bett rekelte und sich zwischen die Beine griff. Er korrigierte hier und da ein paar Stellungen und ließ die Kamera laufen. Matzke begnügte sich mit seiner Mühle mit der Totalen und versuchte einen Hauch von Hollywood zu erzeugen, indem er vor jeder Einstellung »Action!« brüllte.

Susann zog ihre Witwennummer routiniert ab. Gonzo sah den dünnen Schweißfilm auf ihrer Haut, als sie sich massierte und rieb und die Augen verdrehte. Ihr Make-up verlief schon wieder. Eine halbe Stunde und drei Positionswechsel später hatte er endlich das Vorspiel im Kasten. Er nahm die Suzie vom Stativ, zerrte den Tonmann hinter sich her und drehte noch ein paar Details aus der Hand. Matzke legte seine Kamera weg und studierte stirnrunzelnd die zwei Zettel, die das Drehbuch darstellten. Der Spanner neben der Tür beobachtete die Szene mit in den Hosentaschen vergrabenen Händen.

»Fünf Minuten Pause!«, ordnete Matzke an.

Gonzo verdrückte sich in die Teeküche. Die Frau in der Batikbluse stand am Fenster. Gonzo machte den Kühlschrank auf. Leer. »Habt ihr nicht mal was zu trinken?«

Die Maskenbildnerin zuckte mit den Schultern. »Frag Matzke.«

»Irma!«, brüllte Matzke im gleichen Moment von draußen. Irma verdrehte die Augen und schnappte sich ihre Schminksachen. Gonzo stöberte die Küchenschränke durch, bis er zwischen dem wild zusammengestoppelten Geschirr ein halbwegs sauberes Glas fand und ließ es unterm Wasserhahn volllaufen. Er stellte das Wasser nicht ab, machte das Fenster auf und setzte sich auf die Bank. Die Luft draußen war zwar nicht kühler, aber etwas frischer als die schwülen Ausdünstungen im Studio. Hinter dem Flachbau lag der alte Speditionshof mit verblichenen Parkmarkierungen für die Lastzüge, zwei Lagerschuppen und noch weiter hinten, schon auf dem Nachbargelände, eine Wellblechhalle, in der ein alter Pritschenlaster vor sich hin rostete. »Brennecke Entsorgung« stand auf der Fahrertür, und nach dem Schild auf dem Armaturenbrett hinter der Windschutzscheibe hieß der LKW Bernd. Unkraut wuchs vom Rand her über die Asphaltfläche, ein schmaler Streifen vergilbten Rasens mit einem rostigen Maschendrahtzaun trennte das Areal von dem Entsorgungshof mit seinen Schrotthalden, von denen die beiden grünen Kräne unablässig Metallmüll in die Binnenkähne im Hafenbecken hinüberschwenkten. Die Luft flimmerte und verzerrte die Konturen des Gebäudes. Löwenzahnsamen segelte durch den Zaun. Gonzo spülte sich den Mund mit einem Schluck lauwarmem Wasser und spuckte es aus dem Fenster. Drüben bei der Wellblechhalle bewegte sich etwas. Gonzo kniff die Augen zusammen und entdeckte eine hagere Gestalt im Schatten neben dem Lastwagenwrack. Es musste ein Mann sein, denn er sah dunkelblaue Arbeitshosen und eine Lederkappe. Darunter für einen Moment ein schmales, faltiges Gesicht. Als Gonzo sich aufrichtete, um mehr zu erkennen, drückte sich die Gestalt ins Dunkel der Halle zurück. Ein Metallteil fiel klirrend zu Boden. Gonzo kippte den Rest des Glases aus dem Fenster und füllte es wieder. Das Wasser lief inzwischen lange genug, es war kühl und schmeckte nach einem Hauch von Eisen. Gonzo war gerade bei seinem zweiten Glas, als er Matzke drüben nach ihm brüllen hörte.

Im Aufnahmeraum stand der Spanner am Bett und unterhielt sich mit Susann, immer eine Pfote in der Hosentasche. »Okay?« Matze checkte seine Kamera und nahm sie auf die Schulter. »Weiter. Auf die Positionen. Harry!«

Harry war inzwischen von Irma komplett geschminkt und abgepudert und erwies sich als mittlere Katastrophe. Matzke musste ihn dreimal ansetzen lassen, ehe er endlich mit einem vorzeigbaren Ständer in die Szene kam. Dicke Schweißbahnen liefen ihm übers Muskelfleisch und machten das Make-up zunichte. Die Luft in dem Raum war inzwischen zum Schneiden.

»Irma!«, brüllte Matzke schon wieder.

Irma puderte Harry hektisch ab, während der sich mit der Hand in Form zu halten versuchte.

»Und action!«

Susann gab sich alle Mühe, ein bisschen Dialog zu produzieren, ehe Harry mit seiner Arbeit begann. Der Tonmann lag mit seinem Mikro vorm Bett und versuchte, die Szene einigermaßen aufs Band zu bekommen, während Gonzo langsam den Zoom auf Susanns Gesicht aufdrehte, wo Harry laut Drehbuch gleich abspritzen sollte. Das Muskelpaket hatte allerdings inzwischen schon wieder deutlich abgebaut.

Matzke setzte seine Kamera ab. »Aus!«

Harry zuckte zusammen.

»Ganz ruhig!«, sagte Susann zu ihm. »Wir schaffen das schon.« Der Tonmann drehte die Augen zur Decke. Irma kroch aufs Bett um Susanns verschmierten Lippenstift aufzufrischen.

Matzke nahm sich Harry vor. »Entweder du machst hier deinen Job oder ich hol mir ein Double. Das bezahl ich dann aber von deiner Gage.«

Harrys Gesicht war knallrot. »Ich versteh das auch nicht«, quengelte er. »Das liegt alles an dieser Scheiß-Hitze.«

»Susann!«, bellte Matzke. »Komm mal her.«

Susann schüttelte den Kopf. »Sein Problem. Soll er ihn sich selber hochlutschen.«

Die Zornesader auf Matzkes Stirn begann zu pochen.

»Ich hab das im Griff!« Harry schnappte sich sein Pornoheft und ging wieder in seine Ecke. Der Spanner glotzte. Harry arbeitete. Keiner sagte etwas. Harry keuchte, und als er sich nach ein paar Minuten endlich umdrehte, glotzte er wie ein debiler Bulle. Gonzo warf die Suzie an. »Läuft!«

»Und jetzt will ich was sehen!« Matzke schob Harry quer durchs Bild auf die Szene, und Susann nahm ihn sofort in den Mund, damit er nicht aus der Fasson kam. Der Tonmann fuchtelte mit seinem Mikro herum, und weil sich keiner mehr ans Drehbuch hielt, nahm Gonzo alles mit, was er aufs Band bekommen konnte. Sollte sich Matzke hinterher beim Schnitt etwas ausdenken.

Harry grunzte und bemühte sich, ihn weiter steif zu halten. Susann massierte ihn mit der Hand und stülpte die Lippen über die Eichel. Harrys Nackenmuskeln schwollen an. Neben der Tür leckte sich der Spanner mit seiner Eidechsenzunge über die Lippen und japste: »Meine Fresse!«

Gonzo wollte schon aufatmen, als Harry heiser keuchte und schlagartig schlapp wurde.

»Scheiße!«, sagte Harry.

»Scheiße!«, sagte Susann.

»Ach du große Scheiße!«, sagte der Tonmann.

Matzke sagte gar nichts, aber sein Hals schwoll auf den doppelten Umfang an.

Harry drehte sich um und starrte mit glasigem Blick in die Kamera. »Tut mir leid.«

Matzke tobte. Irma kroch aufs Bett und tupfte Susann ab. Harry stammelte etwas, was niemand ernstnahm und Susann schüttelt genervt den Kopf. »Ich hab dir gleich gesagt, dass der Kerl ne Niete ist.«

Matzke fixierte Harry. »Versager!«

»Diese Mist…«, begann Harry, fand aber dann doch, dass es besser war, wenn er nichts mehr sagte.

»Und jetzt?«, fragte Gonzo. Entweder sie warteten, bis Harry es wieder brachte oder sie konnten den Dreh abschreiben. Was für Matzke einen Verlust von knapp zweitausend Mark bedeutete.

»Wir brauchen einen Ersatzmann«, schnappte Matzke. »Für den Spritzschuss. Den schneiden wir dann rein.« Er sah sich um. »Bernie, was ist?«

Der Tonmann zuckte zusammen. »Du spinnst wohl.«

Ratlos starrte Matzke auf seine Drehbuchzettel. »Mist verdammter. Willst du, Gonzo?«

Gonzo schüttelte den Kopf. »Kein Interesse. Mach's doch selber.«

Matzke starrte an sich herunter. »Das sieht man. Ich bin zu fett.«

Im Hintergrund räusperte sich jemand. Gonzo sah sich um. Neben der Tür stand der Spanner und hatte die Hose herabgelassen. Sein Gesicht glänzte rot. »Meint ihr, das geht?«

Matzke wechselte einen schnellen Blick mit Gonzo. »Kommt hin von der Größe!«, sagte Gonzo. »Ich nehm ihn von der Seite im Anschnitt.«

»Klar«, sagte Matzke. »Das geht ganz sicher.«

Gonzo war schon dabei, das Licht neu einzurichten. Auf dem Bett kicherte Susann und Matzke verpasste dem Spanner einen Schnellkurs in Sachen Pornofilm, während der Typ sich hektisch aus seinen Klamotten schälte. Er war blass wie ein Fischbauch.

»Maske!«, verlangte Matzke. Innerhalb von drei Minuten sorgte Irma mit einer halben Dose Abtöncreme und viel Puder dafür, dass der Spanner rund um die Arschbacken ein halbwegs gesundes Aussehen bekam, während Matzke mit Gonzo das Drehbuch änderte. Schließlich sackte er erschöpft in seinen Regiestuhl. »Und Action!«

Im Okular sah Gonzo sich die Sache an und startete die Suzie. Susann leckte sich über die Lippen und fing an. Der Spanner machte seine Sache wirklich sehr gut und ließ dann alles ab, was sich bei ihm in den letzten zehn Jahren angestaut hatte. Manche Leute waren eben Naturtalente.

Als sie endlich fertig waren, verzog sich Susann ins ehemalige Speditionsklo, um sich zu waschen; der Tontechniker packte seine Sachen zusammen und machte, dass er davonkam. In der Küche sammelte Irma ihre Schminksachen ein.

Der Spanner lag glücklich grinsend auf dem Bett. Matzke warf ihm seine Klamotten hin. »Das kostet natürlich nochmal zweihundert extra.«

Gonzo traute seinen Augen nicht, als der Typ tatsächlich zwei Scheine aus der Hose nestelte. Matzke steckte das Geld ein und kniff Gonzo ein Auge zu.

Gonzo baute die Suzie ab und schleppte sie nach draußen zum Kombi. Die Sonne hing blassrosa und riesig im Dunst und drohte, auf die Flachdächer zu stürzen. Gonzo zerrte ein frisches T-Shirt aus dem Pappkarton auf der Ladefläche, zog sein Hemd mit den Salzrändern unter den Armen aus und genoss für ein paar Sekunden halbnackt neben dem Wagen die Abkühlung. Das frische Hemd roch noch für ein paar Sekunden nach Waschpulver, dann vermischte sich der Geruch mit Gonzos Schweiß und alles war wie zuvor.

Der Spanner wankte auf wackeligen Beinen aus Matzkes Schuppen und hatte Mühe, sein Auto aufzuschließen.

»Meine Fresse!«, japste er. »Kann ich eine Kopie von dem Band kriegen?«

»Sicher!«, sagte Gonzo und gab ihm seine Karte. »Das kostet aber zweihundert.« Er ging zurück in den Flachbau.

Susann hatte sich angezogen. Mit der Maskenbildnerin stand sie bei Matzke und debattierte über das Honorar. »Morgen!«, sagte Matzke. »Ich muss erst auf die Bank.«

Susann wandte sich an Irma und die beiden berieten, was von Matzkes Vorschlag zu halten war.

Gonzo nutze die Chance, als Matzke sich nach hinten verdrücken wollte. »Sekunde mal!« Er drückte Matzke in das Büro und machte die Tür zu. »Wie wäre es mit den zweihundert von dem Spanner als Anzahlung auf den Dreh eben?«

Matzke glotzte ihn an. »Die zieh ich dir ab, weil du zu spät gekommen bist.« Er wollte Gonzo wieder auf den Gang schieben. »Abmarsch!«

Gonzo stemmte sich gegen ihn. Dann fiel sein Blick auf das Mädchen auf der Couch. Gonzos Nackenhaare richteten sich auf und ihn fröstelte. Etwas sagte ihm, dass er sich am besten sofort in seinen Kombi schwingen sollte.

Auch Matzke spürte, dass etwas nicht stimmte. Er sah zur Liege. »Oh, Mist!«

Die Frau war tot, ihr Körper schien zusammengefallen, die Mundwinkel zur Andeutung einer letzten Anstrengung verzogen.

»Das gibt Ärger.« Gonzos Herz pochte.

Draußen im Gang debattierte Susann mit Irma.

»Mist«, sagte Matzke wieder. Der Schock schien den Rest seines Wortschatzes ausradiert zu haben.

»Notarzt«, schlug Gonzo vor.

Der Pornofilmer schüttelte sofort den Kopf.

»Matzke?«, rief Susann.

Matzke schob Gonzo zur Tür. »Raus. Erzähl ihnen irgendwas. Ich komm gleich.«

Auf dem Gang kam ihm Susann entgegen. »Was treibt ihr denn da?« Irma stand schon an der Tür, ihren Koffer in der Hand.

Gonzo räusperte sich. »Alles in Ordnung. Morgen kriegt ihr die Kohle.«

»Wann?«

»Er ruft euch an, klar?«

»Wenn nicht, dann hat er übermorgen das Ordnungsamt hier!«, drohte Irma.

»Klar«, sagte Gonzo. »Ich sag's ihm.«

Susann sah ihn misstrauisch an. Aus dem Büro kam Matzkes Stimme. Er schien zu telefonieren.

»Ochsenfrosch!«, sagte Susann noch, ehe sie mit Irma zu dem Golf auf dem Parkplatz ging. Die Frauen verluden den Schminkkoffer in ihren Wagen.

Gonzo fand, dass er sich besser auch verdrückte, ehe Matzke ihn noch weiter in die Sache reinriss. Er stieg in den Kombi und starrte auf das Thermometer am Armaturenbrett. 29 Grad. Fast eine Erleichterung. Es roch nach Gummi und Plastik. Das Lenkrad war warm und schien unter seinen Händen zu leben. Er schaltete den Funkscanner ein. Wenn Matzke den Rettungsdienst angerufen hatte, musste die Meldung bald durchlaufen. Susanns Golf rollte vom Parkplatz.

Gonzo überlegte, ob er es riskieren konnte, ein paar Bilder vom Polizeieinsatz und dem Abtransport der Toten mitzunehmen. Leichensachen gingen bei Herbert immer, selbst wenn die Finanzcontroller ihm im Nacken saßen. Vielleicht steckte hinter der Sache mit der Kleinen auf der Couch ja mehr als ein Kreislaufzusammenbruch.

Im Polizeifunk und auf den anderen Frequenzen tat sich nichts. Verkehrsunfälle, Beschwerden über Grillfeste. Gonzo runzelte die Stirn und spähte zu Matzkes Flachbau. Alles ruhig, nur die Kräne schwenkten ihre grünen Hälse über den Schrottplatz. Er ließ den Wagen an, rollte langsam vom Parkplatz und entdeckte ein paar hundert Meter weiter einen Kiosk in einem aufgebockten Caravan. Gonzo stellte den Kombi auf dem Bürgersteig hinter dem Wagen ab und stieg aus.

Der Caravan wurde nur noch von einer dicken Schicht grauweißer Farbe zusammengehalten, auf der sich ein paar Sprayer verewigt hatten. Vorn warb ein halbes Dutzend bunter Tafeln für »Heiße Hexen«, »Super-Knacker« und »Lutschfinger«. Die Wand neben dem Verkaufsfenster war vollgepflastert mit Pornopostillen, dubiosen Kontaktmagazinen und der National-Zeitung. »Irrer Killer im Revier!« zog sich die Zeitung mit den großen Buchstaben an den vier Wasserleichen aus der Ruhr hoch. »Frauen in Angst: Wer ist die nächste?«

Zwei Männer in Unterhemden und blauen Arbeitshosen lehnten mit ihren Bierflaschen in der Hand unter dem Vorbau aus zwei Sperrholzplatten und diskutierten die Unterschiede zwischen Blondinen und Brünetten. Gonzo nickte ihnen zu, aber sie reagierten nicht. Im Verkaufsfenster erschien eine dicke Frau. »Ja?«

»Wasser.«

Sie verschwand wieder in ihrem Wagen und hantierte am Kühlschrank. Gonzo betrachtete das nackte Fleisch auf den ausgebleichten Titelbildern der Magazine. Hinter den Zeitschriften steckten Pornohefte und hinter den Pornoheften die Sachen mit Kindern und Tieren.

Die Kioskbesitzerin kam zurück und knallte ihm eine Dose Mineralwasser auf den improvisierten Tresen. »Zweifünfzig.«

»Ist da Gold drin?« Gonzo kramte Kleingeld aus der Tasche und warf es auf die Theke. Die Kohlensäure zischte, als er die Dose öffnete. Das Wasser war lauwarm. Die Biertrinker beäugten ihn misstrauisch. Gonzo peilte am Caravan vorbei und wartete auf den Notarzt oder einen Streifenwagen. Er nahm an, dass Matzke erst einmal sein Studio in einen einigermaßen zivilen Zustand versetzte und den ganzen Pornokram von seinem Schreibtisch verschwinden ließ. Wenn er Pech hatte, rief der Notarzt den Kriminaldauerdienst an. Die Kripoleute würden sich sicher nicht nur für die tote Frau, sondern auch für sein Geschäft interessieren.

Eine Viertelstunde später drückte Gonzo seine leere Wasserdose zusammen und deponierte sie vorsichtig auf dem Müllkorb unter dem Tresen. Die Biertrinker waren sich inzwischen einig, dass nichts über Rothaarige ging. Der kleinere verdrückte sich kurz hinter den Bretterverschlag.

»Wehe, wenn du mir wieder an den Wagen pisst!«, keifte die dicke Frau aus ihrem Verkaufsfenster. Es dauerte eine Weile, bis der Kleine mit offener Hose zurückkam. Auf der Straße hatte sich immer noch nichts gerührt. Irgendetwas stimmte nicht. Vielleicht sollte er selbst vom Auto aus die 110 anrufen und abwarten, was sich entwickelte. Aber dann sagte er sich, dass er sich damit vielleicht die einzige Geldquelle abgrub, die er zur Zeit hatte.

Er nickte den Biertrinkern zu und ging zu seinem Kombi. Er klemmte sich hinters Steuer und wirbelte bei seiner Tour durch den Stadthafen den Schnee in der Schüttelkugel auf. Die Straßen lagen verlassen da, hinter den Maschendrahtzäunen stapelten sich Europaletten und Normcontainer. Vor einer Verladerampe standen Transporter in Reih und Glied. Im Hafenbecken lag ein Schlepper mit Kohle. Auf der anderen Kanalseite ragten zwei riesige Öltanks in den Himmel. Ein Pförtner in seinem Glaskasten sah Gonzo aufmerksam nach.

An der Kreuzung fuhr Gonzo rechts unter einer alten Rohrbrücke hindurch auf einen Streifen Industriebrache mit verlassenen Backsteinhallen und heruntergekommenen Verwaltungsbauten. Von der nächsten Straßeneinfahrt an wurde das Gelände dann von einer Mauer mit Stacheldrahtkrone begrenzt. Berge von Metallschrott türmten sich hinter dem Zaun, Maschinenteile, Stahlträger, ausgeweidete und gestapelte Autowracks. Rechts führte ein Betonband aufs Gelände, neben dem Eingang rankte sich ein halbes Dutzend ineinander geschachtelter Bürocontainer in den Abendhimmel. Hinter einem Fenster brannte Licht. Im Vorbeifahren entzifferte Gonzo das Firmenschild über der Einfahrt. Brennecke Entsorgung. Der Wagen holperte über die Rillen zwischen den Betonplatten. Der schwarze Rottweiler kam über die Zufahrt herangeschossen und bellte am Tor hinter Gonzos Kombi her.

Gonzo orientierte sich an der nächsten Ecke in Richtung Zivilisation und rollte gleich darauf über die Hafenstraße, vorbei am Fußballstadion und zurück in Richtung City.

## 3

Es war kurz nach zehn, als er den Kombi endlich durch die Toreinfahrt und vorbei an seinem neuen Firmenschild in den Hinterhof lenkte. Gonschorek Videoproduktion – TV und Werbung. Die Plastiktafel hatte ihn 127,80 Mark gekostet, zuzüglich Anbringung und einem Schmierschutz. Trotzdem hatte Betty gleich am nächsten Tag wieder kryptische Eddingkrickeleien entfernen dürfen.

Im Innenhof köchelte die Tagesresthitze. Alle Wohnungen hatten die Fenster auf, Volksmusik aus Fernsehlautsprechern schwappte über Politikerbrei und im dritten Stock peitschten Maschinengewehrsalven durchs Zimmer. Er lud die Suzie aus dem Wagen, packte die Akkus und Kassetten zusammen und schleppte alles über die Treppe im Hinterhaus hinauf zu seinem Loft in der ersten Etage.

An der Stahltür klebte ein roter Umschlag. Gonzo fetzte ihn auf. Inkassodienst Köhler. Wegen der abgetretenen Forderung der Kfz-Werkstatt Hitzacker forderte man zur unverzüglichen Begleichung der Rechnung nebst Mahngebühren etcetera auf. »Unser Außendienst wird sich diesbezüglich in den nächsten Tagen mit Ihnen in Verbindung setzen.«

Fluchend trug Gonzo die Kamera ins Loft, schob die Akkus ins Ladegerät und holte sich erst einmal eine kalte Cola aus dem Kühlschrank. Es war die schon wieder die letzte Dose aus der Palette, die er sich erst gestern Nachmittag besorgt hatte.

In dem Loft war früher einmal eine Druckerei gewesen, und Gonzo hatte sich bei seinem Einzug nicht einmal die Mühe gemacht, die Löcher im Boden zu verschmieren, in denen die Offsetmaschinen verankert gewesen waren. An der langen Wand mit der Küchenzeile wucherte sein Privatbereich chaotisch vor sich hin. Auf der anderen Seite lag sein Arbeitsplatz mit der großen Schnitteinheit, den Monitoren und Recordern aus den Beständen der Blackbox-Productions.

Auf dem Tisch in der Mitte des Raumes hatte Betty deutlich sichtbar ein Fax hingelegt. Inkassodienst Köhler. »Leider konnten wir Sie trotzt verschiedener Versuche nicht persönlich erreichen. Unser Außendienst …«

Gonzo zerriss das Papier und ließ sich in den Chefsessel fallen, den er letzten Monat aus dem Sperrmüll der Versicherungsagentur drei Häuser weiter abgeschleppt hatte. Für den Schreibtisch hatte er die Panzerglastür einer Bank auf zwei Stellböcke gelegt und darauf sein Büro eingerichtet. Ein kleiner Apple-Rechner mit Drucker, Telefon und Fax, das Rolodex mit den Adressen und Telefonnummern, ein paar Ablagekörbe, in denen Betty sein buchhalterisches Chaos im Zaum zu halten suchte, und ein Kasten mit Krimskrams, der ständig überquoll, obwohl er ihn jeden Monat leerte.

Betty hatte die Jalousien am Fenster heruntergelassen und bevor sie ging, die Flügel noch auf Kippe gestellt. Trotzdem war er stickig, ein lauwarmer Zugwind tauschte die verbrauchte Zimmerluft gegen die abgestandene Brühe vom Hinterhof aus.

Gonzo grübelte, wie er ohne die Urlaubsvertretung von Herbert durch den Sommer kam. Mit Matzkes Pornos konnte er gerade mal die Miete bezahlen. Was er brauchte, waren ein paar heiße action-Bilder. Aber seitdem die Schulferien angefangen hatten, war das Land fast entvölkert. Die ganzen Irren, die sonst nachts durch die Gegend rasten und gegen Brückenpfeiler knallten, die Verrückten, die ihre Familien abstachen, und die Durchgedrehten, die von Kränen und Hochhäusern sprangen, alle aalten sich irgendwo in der Sonne und pflegten ihre Psychosen bei Campari Soda und Lichtschutzfaktor 24. Nicht mal die üblichen Politiker waren da, die man beim Eröffnen oder Einweihen filmen konnte.

Gonzo starrte aufs Telefon. Im Display des Anrufbeantworters blinkte es. Er drückte die Taste zum Abhören.

»Entschuldigen Sie, da steht Gonschorek Videoproduktion im Branchenverzeichnis. Heißt das, dass man sie … mieten kann?« Eine Frau, Mitte zwanzig, schätzte Gonzo. Wahrscheinlich brauchte sie einen Idioten, der ihre Hochzeit filmte. Das freudige Ereignis verursachte ihr jetzt schon Sprachstörungen. »Ich arbeite in einer … Gruppe, und wir bräuchten ein paar Aufnahmen von einer … Aktion, die wir planen.« Pause. »Rufen Sie doch zurück, wenn Sie Interesse haben.« Sie sagte eine Nummer.

Gonzo gähnte und drückte die Nummer ins Telefon. Es klingelte lange, bis jemand abnahm.

»Ja?« Die Frau.

Gonzo sagte, wer er war.

»Ja«, meinte sie wieder. »Haben Sie Interesse?« Sehr vorsichtig.

»Was soll das denn für eine Aktion sein?«

»Darüber kann ich im Moment noch nichts sagen.«

»Nun hör mal zu, Mädchen …«

»Bitte nicht in dem Ton.« Im Hintergrund tuschelte eine Männerstimme. »Es handelt sich um eine Protestaktion, die wir mit unserer Gruppe …«

»Was für eine Gruppe?«

»Eine Art Bürgerinitiative.«

»Für was?«

»Also, haben Sie jetzt Interesse oder nicht.«

Gonzo dachte an den Außendienst des Inkassobüros und nannte seinen Tagessatz. Am anderen Ende blieb es ruhig. »Okay.« Er seufzte. »Das wars dann wohl.«

»Moment.« Der Hörer wurde zugehalten und er hörte ein Murmeln, als sie sich mit dem Mann unterhielt. Dann meldete sie sich wieder. »In Ordnung. Wir kommen bei Ihnen vorbei.«

Gonzo schrieb sich den Termin auf und unterbrach die Leitung. Eine Weile stierte er auf den Hörer, schließlich wählte er Matzkes Nummer. Es klingelte ein paar Mal, dann sprang der Anrufbeantworter an. »Arts und pictures Filmproduktion, das Büro ist leider zur Zeit nicht besetzt …«Gonzo kippte die Verbindung. Wahrscheinlich steckte Matzke zu sehr im Stress, um jetzt zu telefonieren.

Er ließ sich die letzten Tropfen lauwarmer Cola in den Mund laufen und warf die Dose in den Papierkorb, den Betty neuerdings immer leerte, ehe sie Feierabend machte. Wenn sie nicht in den letzten Wochen hartnäckig die Außenstände von den Redaktionen eingetrieben hätte, hätte Gonzo bestimmt schon den neuen Gerichtsvollzieher kennengelernt, der den Bezirk übernommen haben sollte. Gonzo besorgte sich aus dem Kühlschrank Eis und Wodka, ging ans Fenster und zog die Jalousie hoch.

Drüben, in der kleinen Wohnung in der ersten Etage des Vorderhauses, brannte Licht und sein Vermieter tauchte auf. Der Junge war noch nicht einmal 20 und hatte sich mit seinen selbstgeschriebenen Computerprogrammen schon als Schüler eine goldene Nase verdient. Jetzt tüftelte er in dem alten Laden neben der Toreinfahrt vor sich hin und flog zweimal im Jahr in die Staaten, um irgendwelche Deals abzuschließen. Mit ihm streifte ein bulliger Kerl im olivfarbenem Feinripp und kantigem Glatzkopf durch die anderthalb Zimmer mit Küche, Diele, Bad. Vor drei Wochen hatte die Caritas die Oma, die bis dahin dort gelebt hatte, abgeholt und ins Pflegeheim gebracht. Noch am gleichen Nachmittag war der Sohn der Alten mit einem Entrümpler aufgetaucht. Unten im Hof hatten die beiden lauthals um ein paar Mark für den Gasofen und den Großbildfernseher gefeilscht.

Gonzo kippte den Wodka und zerkaute die Eiswürfel. Halb elf. Inzwischen war es hier drinnen wärmer als draußen. Er riss die Fenster auf. Drüben nickte der Glatzkopf dem Vermieter zu. Die beiden gaben sich die Hand und Gonzo hatte den Eindruck, dass der Glatzkopf dabei mit den Hacken knallte.

Zeit für die Nachtrunde. Er schnappte sich die Suzie, holte sich frische Akkus und durchsuchte noch einmal den Kühlschrank nach etwas Trinkbarem. Im Gefrierfach fand er noch zwei Dosen Tonicwater. Er packte alles in die Kühltasche und schleppte seine Ausrüstung hinunter zum Wagen. Der Vermieter stand im Hof und nickte ihm kurz zu. Gonzo war ihm dankbar dafür, dass er ihn nicht auf die Miete für den nächsten Monat ansprach, die wieder mal mit zwei Wochen Verzug kommen würde.

Die Straßen waren fast leer, als er über die Altenessener zur Innenstadt gondelte. Auf der Notarztfrequenz war nichts los, bei der Feuerwehr ging es nur um einen Laubenbrand in den Schrebergärten an der Stadtgrenze nach Mülheim und auch im Polizeifunk liefen kaum Meldungen durch. Kneipenschlägereien, Lärmbeschwerden, Ehekräche. Gonzo ließ sich vom dünnen Nachtverkehr Richtung Hauptbahnhof treiben und drehte eine Runde im Kreisverkehr am Südausgang, während er überlegte, wo er sich auf die Lauer legen sollte. Die Ruhrallee brachte nur am Wochenende mal ein paar gute Crashs, wenn die Kids mit den Wagen ihrer Eltern zeigen mussten, dass sie wussten, wo das Gaspedal war. Eine Zeitlang hatten sie sogar nachts Ampelrennen veranstaltet, jetzt amüsierten sie sich damit, Wagen mit Airbag zu klauen und vor die Wand zu setzen.

Am Bahnhof bauten Arbeiter die Reibekuchenstände und das Bierzelt ab. Die Katastrophenschützer dekontaminierten sich selbst mit einem Kasten Bier. Auf der anderen Straßenseite warteten die Junkies beim U-Bahn Niedergang darauf, ihr Territorium wieder in Besitz zu nehmen. Weiter hinten, an der Hachestraße standen schon die ersten Frauen an den Betonpollern. Gonzo warf im Vorbeifahren einen Blick auf das Angebot. Die Loddels hatten das Personal gewechselt und die Karibik an die Front geschickt. Er bog in die Maxstraße ein, fuhr an den Marmorfassaden der Banken vorbei und beschloss dann, beim alten Großmarkt und in der Gegend um die Kastanienallee nach dem Nachtleben zu sehen. Vielleicht hatte er Glück und geriet in eine Drogenrazzia. Bilder von Bullen, die halb weggetretene Abhängige durchsuchten, waren immer noch besser als gar nichts.

Er fuhr gerade an einer Ampel an, als ein Spruch im Polizeifunk durchkam. Einsatz Schederhof, Bereich Haedenkampstraße. Nach den Einheiten, die sie anforderten musste es dort hoch hergehen. Gonzo wendete und verpasste nur um Haaresbreite eine Luxuslimousine, die wie ein dunkler Schatten plötzlich von hinten angerauscht kam. Ein Blizzard verschluckte Santa Claus und sein treues Rentier, als Gonzo das Pedal durchtrat.

Er brauchte nur zehn Minuten bis zu dem Gelände an der Eisenbahnbrücke in Frohnhausen. Links lagen die niedrigen Hallen der alten Kruppschen Fabriken und ein kleines Gewerbegebiet, rechts erhob sich hinterm Bürgersteig eine wildbewachsene Böschung. Dahinter erstreckte sich Brachland, eine leere Fläche, auf dem sie früher Kanonen für den Endsieg geschmiedet hatten. Die Haedenkampstraße zog sich am Bahndamm entlang, weiter unten standen düstere Sozialbauten, ein paar Tennisplätze verkümmerten hinter einem meterhohen Maschendrahtzaun. Gleich neben der Ausstellungsfläche eines Autohändlers entdeckte Gonzo schließlich die Wagenburg der

Polizei. Streifenwagen, die Einsatzfahrzeuge der Kripo, grüne Transporter und zwei Ambulanzen standen dicht gedrängt zusammen. Polizisten mit Schutzwesten überm Kampfanzug patrouillierten am Straßenrand. Die Sanitäter stützten sich an die Rückfront ihrer Fahrzeuge und rauchten. Zwei Lichtwagen standen in Bereitschaft und die Männer bauten einen der Scheinwerfertürme auf. Ein Mann vom Dokumentationstrupp hielt alles auf Video fest. Ein Schupo winkte den dünnen Verkehr weiter. Im Vorbeirollen sah Gonzo, wie ein gutes Dutzend Uniformierter in das Gelände hinter dem Autohaus einsickerte. Gonzo klappte die Sonnenblende mit seinem Presseschild herunter und lenkte den Kombi hinter den Transporter mit der Einsatzleitung quer auf den Bürgersteig. Er zerrte die Rangerweste mit den Reserveakkus und weiteren Bändern aus dem Wagen. Ehe die Posten bei ihm waren, hatte er schon die Suzie von der Ladefläche geholt und das Licht angesteckt.

»Drehverbot!« Ein Polizistin baute sich mit der Pistole in der Hand vor ihm auf.

»Wer sagt das?« Gonzo nahm die Suzie auf die Schulter.

»Sie gefährden Ihre eigene Sicherheit.«

Gonzo deutete auf die Waffe der Polizistin. »Ich denke, ihr könnt damit umgehen.«

Sie schob die Waffe ins Holster zurück. »Papiere!«

Gonzo wedelte mit seinem Presseausweis. »Hassenkamp weiß schon Bescheid.«

Die Beamtin requirierte Gonzos Papiere. »Kenn ich nicht.«

»Hassenkamp, Hauptkommissar. Frag die Einsatzleitung.«

Als sie sich unsicher zum Wagen umdrehte, stiefelte Gonzo mit der Suzie im Anschlag los.

»He, Moment …«

»Ich bin da hinten!« Gonzo schlug sich durch ein paar trockene Büsche und hielt sich an die Richtung, in der die SEK-Leute verschwunden waren. Hoffentlich fand er die action, ehe das Dämmerlicht vollkommen zur Nacht wurde. Es ging über buckeliges Brachland voller Schotter und Glassplitter. Dürre Birken klammerten sich an spärlich überwachsenen Steinhügeln fest. Von links tauchte auf einmal ein Polizist auf und schwenkte seine Maschinenpistole. Gonzo verdrückte sich zur anderen Seite, wo er Stimmen hörte.

Eine Frau schrie etwas. » … sonst ist er tot!«, bekam Gonzo noch mit. Als er die Kuppe eines kleinen Hügels erreichte, sah er die Bescherung. Die SEKler waren zehn Meter vor einem der zerfallenen Bunkereingänge hinter Büschen und moosüberzogenen Betonbrocken in Deckung gegangen.

Gonzo erinnerte sich, wie er als Junge mit den anderen aus seinem Viertel hier in den alten Bunkern unter dem Fabrikgelände herumgekrochen war. Sie hatten die notdürftig verrammelten Eingänge aufgebrochen, waren im Licht ihrer Taschenlampen über die glitschigen Treppen in die moderige Tiefe hinabgestiegen. Dort gab es endlos lange Gänge, Räume mit Maschinen und Eisenleitern, Schächte, die noch weiter in die Schwärze führten. Wie groß der Bunker war, hatte niemand genau gewusst, und weiter als bis zu dem großen Aufenthaltsraum mit den Holzbänken und dem alten Hitlerbild an der Wand hatten sie sich nie vorgewagt. Wer sich in dem Gewirr der Gänge und Treppen verlief, konnte da unten glatt verhungern. Es kursierten Schauergeschichten über Skelette von Kindern, die den Ausgang nicht mehr gefunden hätten, und einmal waren sie in einem der Maschinenräume auf einen Knochen gestoßen, ein Schulterblatt, das bestimmt von einem Verirrten stammte.

Das Mädchen lehnte an der Ziegelsteinmauer des Bunkereinstiegs und drückte dem Mann, der vor ihr mit hinter dem Kopf gefalteten Händen auf dem Boden kniete, eine Waffe in den Nacken. Gonzo spürte, wie sich seine Haare an den Unterarmen aufrichteten und die Haut zusammenschrumpfte. Er blinzelte und setzte automatisch die Suzie an. Das Licht reichte gerade noch, um die Szene zu erkennen. Er drehte den Zoom langsam auf, behielt das Mädchen mit seiner Geisel immer in der Bildmitte.

»Ihr sollt abhauen!« Ihre Stimme kippte um. Sie war völlig fertig, ihr Gesicht verzerrt vor Angst, ihre Blicke rasten von einem SEKler zum anderen. Gonzo ahnte den silbernen Ring in ihrer linken Augenbraue mehr, als dass er ihn erkannte. Als der Mann, den sie bedrohte, kurz den Kopf hob, zog Gonzo scharf die Luft ein. Das schmale Gesicht mit dem kantigen Kinn und dem Babynacken. Der Typ, der in dem Hamburgerladen den wilden Mann markiert hatte. Sascha oder so.

»Geben Sie auf!«, plärrte der Einsatzleiter durch sein Megaphon. »Sie haben keine Chance!« Er stand halb hinter einem Holunderbusch. Aus den Augenwinkeln erkannte Gonzo, wie zwei SEKler im Schutz einer verfallenen Mauer wegkrochen, um das Mädchen von der Seite in die Zange zu nehmen.

»Ich knall ihn ab, wenn ihr euch nicht verzieht!« Sie stieß Sascha mit der Waffe in den Nacken.

Gonzo überlegte kurz, ob er sich nach den beiden Polizisten orientieren sollte, die wohl zuschlagen sollten, während der Einsatzleiter das Mädchen mit seinen Megaphonsprüchen hinhielt. Vorsichtshalber nahm er den Zoom etwas zurück, bis er die Szene fast ganz im Bild hatte.

»Sie schaden sich damit doch nur selbst!«, tönte der Einsatzleiter weiter. »Noch ist nichts passiert. Wenn Sie jetzt aufgeben …«

Der Schuss kam ganz unvermittelt, hinter der Kleinen platzte ein Stück Putz von der Mauer und Gonzo umklammerte die Suzie, als das Mädchen den Kopf herumwarf. Ob sie dabei die Pistole nur aus Zufall verriss oder ob sie wirklich hatte abdrücken wollen, war nicht klar. Jedenfalls hüpfte die Waffe in ihrer Hand zeitgleich mit dem trockenen Knall, den Gonzo hörte, in die Höhe. Saschas Kopf zuckte zurück, als die Kugel ihn in den Nacken traf, dann sackte er zu Boden. Noch während er fiel, war das Mädchen zur Seite ausgebrochen, so dass die nächsten Kugeln der SEK wieder nur Steinsplitter aus der Mauer neben ihr fegten. Sie tauchte hinter Dornengestrüpp weg und war in der nächsten Sekunde am Bunkereingang verschwunden. Soweit Gonzo wusste, waren die Eingänge irgendwann in den Siebzigern zugemauert oder wenigstens mit Stahltüren gesichert worden. Er fragte sich, wie die Kleine über das freie Gelände hinter dem Eingang davonkommen wollte und tauschte schnell das Band in der Suzie aus.

Die SEKler arbeiteten sich mit rasanter Präzision zum Eingang vor und schlossen den Ring in nicht mal einer Minute. Gonzo riss die Suzie ein paar Zentimeter herunter, um den Einsatzleiter zu kriegen, wie er hinter dem Holunder stand und sich das Sprechfunkgerät ans Ohr hielt. Im Okular sah er, wie die Lippen des Mannes, ein Wort formten, dass wie »Scheiße« aussah. Er hatte gerade wieder die Einsatztruppe ins Visier genommen, als links und rechts neben ihm staubige Kampfstiefel auftauchten. Er drehte den Kopf und blickte in die Mündung einer MP.

»Ausmachen!«, sagte der Polizist hinter der Waffe. Gonzo ließ die Suzie los und rollte sich mit ausgestreckten Armen auf den Rücken.

An der Wagenburg der Polizei lungerten inzwischen die Zeitungsfritzen und die Jungs vom Lokalradio hinter der Absperrung herum und versuchten, die Uniformierten auszuhorchen. Gonzo wurde von seiner Eskorte in den Kastenwagen der Einsatzleitung verfrachtet. Hinter dem Lagetisch hockte ein dunkelhaariger Kriminaloberrat im kurzärmeligen Hemd. Vor ihm plärrte der Sprechfunk des SEK aus dem Funkgerät. »Dann sucht sie gefälligst«, bellte der Oberrat ins Mikro. »Wir gehen hier nicht eher weg, bis wir sie aufgetrieben haben, ist das klar?« Er streifte Gonzo mit einem kalten Blick, ehe er auf eine andere Frequenz wechselte. »Die Einsatzhundertschaft, aber sofort!«, orderte er ins Mikrofon und gab den Bereich an, den die Männer absperren sollten.

Auf einer Klappbank an der Seite des Wagens saß Hassenkamp. Der Hauptkommissar von der Dokumentationseinheit der Kripo würdigte Gonzo mit keinem Blick.

»Tag auch!«, sagte Gonzo.

Hassenkamp schüttelte leicht den Kopf, was wohl bedeuten sollte, dass es für Gonzo besser war, ihn nicht zu kennen. Der Oberrat untersuchte die Suzie, die ihm die Bullen auf den Tisch gelegt hatte. Als er endlich den Knopf für den Kassettenschacht gefunden hatte, holte er das Band heraus.

»Moment mal«, sagte Gonzo.

»Behinderung eines Polizeieinsatzes!«, knurrte der Einsatzleiter und packte die Kassette in ein Schubfach des Lagetisches. Dann deutete er auf das Tape, das aus einer der Taschen von Gonzos Rangerweste ragte.

»Nur unter Protest«, sagte Gonzo.

»Klar.«

Gonzo rückte das Band heraus und sah zu, wie es bei dem anderen in der Schublade verschwand. »Quittung wäre nicht schlecht!«

»Kommt mit der Post.« Der Einsatzleiter suchte unter seinen Plänen und Unterlagen herum, bis er Gonzos Papiere fand und warf sie ihm zu. »Zusammen mit der Anzeige.«

»So viel zum Thema Pressefreiheit«, sagte Gonzo.

Hassenkamp hob die Hand. »Langsam, ja!«

»Wie wär‘s denn mit einer Stellungnahme?«, hakte Gonzo nach.

Die Zornesader auf der Stirn des Oberrates schwoll an. Dann brüllte er los, dass da eben ein Polizist ermordet worden sei und was er am liebsten mit Leuten wie Gonzo machen würde. »Schaff ihn raus!«, blaffte er zuletzt Hassenkamp an. »Ehe ich mich vergesse.«

Hassenkamp holte die Suzie vom Tisch und nickte Gonzo zu. »Los! Wo steht dein Wagen?«

Gonzo steckte seine Papiere ein und trottete hinter ihm her. Natürlich sahen ihn die Zeitungskollegen und fingen hinter ihrer Absperrung an zu brüllen, warum man sie nicht aufs Gelände ließ.

»Also, was war das für eine Nummer?«, fragte Gonzo, als sie hinter einem Einsatzwagen entlanggingen. »Sascha war ein Bulle?«

»Woher weißt du den Namen?«

Gonzo zuckte mit den Achseln. Sie erreichten seinen Kombi. »Du bist wirklich ein Geier!«, sagte Hassenkamp und verstaute Gonzos Suzie auf der Ladefläche. Sie hatten sich vor ein paar Jahren kennengelernt, gleich nachdem Gonzo sich selbständig gemacht hatte. Bei einem Bundesligaspiel hatte Hassenkamp mit seinen Leuten die Hooligans gefilmt, und war dabei einer Meute von Randalierern in die Hände gefallen, die ganz und gar nicht damit einverstanden waren, dass er sie dabei aufnahm, wie sie gerade einen Imbisswagen abfackelten. Ehe Gonzo Hassenkamps Kollegen holte, hatte er noch ein paar tolle Bilder aufs Band gekriegt, wie die Meute den Kommissar aufmischte. Noch am gleichen Abend hatte Hassenkamp sich dann im Krankenhausfernseher seinen Auftritt im Spielbericht des Sportstudios ansehen können. Gonzo hatte ihm ein paar Tage später besucht, ihm einen Mitschnitt der ganzen Sache auf VHS-Kassette geschenkt und war mit Hassenkamp ins Fachsimpeln geraten. Seitdem trafen sie sich gelegentlich auf ein Bier oder in Hassenkamps Studiokeller im Polizeipräsidium.

Hassenkamp knallte die Heckklappe des Kombis zu. »Verzieh dich«, sagte er. »Und wehe, wenn du den anderen Ratten da vorne erzählst, was du gesehen hast.«

»Das ist doch nicht dein Ernst.« Gonzo lehnte sich an den Wagen. Bei den Kollegen von der Zeitung mit den großen Buchstaben konnte er auch ohne die Bilder glatt einen Tausender für seine Geschichte rauskitzeln.

»Und ob ich das ernst meine«, sagte Hassenkamp. »Ich hab Breitscheidt versprochen, dass du das Maul hältst, klar?«

»Breitscheidt? Der Stahlfresser eben?«

Hassenkamp nickte. Manchmal gab er Gonzo Tipps über Polizeieinsätzen, von denen die anderen erst später erfuhren. Mit den Bildern von den

Razzien und Großaktionen, die er Hassenkamp verdankte, hatte er schon mehr als einmal die Miete bezahlen können.

»Und was war da jetzt eigentlich los?«, fragte er.

»Sascha war Zivilfahnder bei den Drogenbullen und die Kleine hat für ihn gespitzelt. Hat alles ganz toll funktioniert, bis sie heute irgendwie Streit gekriegt haben. Jedenfalls ist er mit einem Kollegen rausgefahren und wollte sie festnageln, weil sie gedealt hat. Dabei hat er dann wohl einen Moment nicht auf seine Pistole aufgepasst.«

»So kann's gehen«, murmelte Gonzo und schwang sich in den Wagen.

»Wir kriegen sie schon, keine Sorge«, sagte Hassenkamp noch, ehe Gonzo abfuhr.

An der nächsten Ecke bog er ab und rollte langsam an der Längsseite des Geländes entlang. Auf den Plakatwänden der Städtereklame wurde für blutige Designerklamotten aus dem ehemaligen Jugoslawien geworben. Vor ihm tauchte ein kleiner Parkplatz auf. Gonzo stieg aus und pirschte sich über die eingestürzten Reste der Begrenzungsmauer auf das Gelände. Inzwischen war es elf durch und schon ziemlich duster. Er musste sehen, dass er fertigwurde, bevor die Einsatzhundertschaft anrückte und das Gelände dichtmachte.

Nach ein paar Metern staubiger Wiese geriet er in ein dichtes Gewirr von Brombeerranken. Die Dornen rissen ihm die Strümpfe kaputt und zerkratzten ihm durch das dünne T-Shirt die Haut. Ein warmer Lufthauch wogte träge über das Areal. Ein halber Mond schob sich über die Birkenwipfel. Ein Heer von Grashüpfern zirpte, Nachtfalter taumelten vorbei. Gonzo wühlte sich durchs Gesträuch, immer auf der Hut vor den SEKlern, die sich noch auf dem ehemaligen Gelände herumtreiben mussten, und versuchte, sich an den Fahnenmasten des Autohändlers zu orientieren. Nach fünf Minuten Gestolpere über mannsgroße Betonbrocken erreichte er schließlich den Bunkereingang, in dem sich das Mädchen auf der Flucht abgesetzt haben musste. Dunkel fielen ihm seine Expeditionen ein, die er mit den anderen Cowboys aus seiner Kolonie hier unternommen hatte. Sie hatten sich immer nur in größeren Gruppen auf das Gelände getraut, weil die ganze Gegend den Indianern von der Krupp-Schule oben an der Margaretenstraße gehörte. Und die waren nicht nur meist in der Überzahl, sondern auch älter und verdammt stark. Einmal hatten sie die Cowboys überrascht und in einen der Bunkereingänge getrieben. Auf der Flucht vor dem Steinhagel und mit vor Angst nassen Hosen hatten sie sich damals entschlossen, durch das Loch in der morschen Tür zu kriechen und ihr Heil in der Flucht durch den Bunker zu suchen.

Plötzlich tanzten Suchscheinwerfer über die trockenen Grasbüschel. Die Polizisten kamen in breiter Suchformation heran. Gonzo musste sehen, dass er davonkam. Er krabbelte den Hügel hinauf, wo ihn Breitscheidts Bluthunde aufgestöbert hatten und zerrte die Videokassette aus dem verfilzten Buschwerk, in das er sie vorhin sicherheitshalber deponiert hatte. Auf dem Band war zu sehen, wie das Mädchen durchknallte, und was er für die Kassette kassieren konnte, reichte bestimmt, um den Inkassodienst der Autowerkstatt zufriedenstellen. Für die Miete musste er sich etwas anderes einfallen lassen.

Gonzo spähte durch die Büsche und peilte nach einem sicheren Rückzug. Dummerweise hatten die Polizisten sich aufgeteilt und waren ins Gelände ausgeschwärmt. Von der Straße, wo Hassenkamp und die Einsatzleitung hockte, erklang Hundegebell. Gonzo fluchte. Egal, wo er sich verdrückte, er würde irgendeiner Truppe oder einem Rex über den Weg laufen. Die Kegel der Handscheinwerfer tanzten näher. Im Kino hätte Gonzo die Sache irrsinnig spannend gefunden. Im Augenblick fand er sie nur beschissen.

Er rutschte von dem Hügel herunter und kroch durch den Dreck bis zum Bunkereingang. Die abgeplatzten Putzbrocken leuchteten hell im Mondlicht. Gonzo hielt sich am Boden und robbte um die Ecke. Ein kalter Lufthauch wehte ihm aus dem Loch in der Mauer neben der Stahltür entgegen. Die Steine waren herausgebrochen, und als Gonzo sich durch die Öffnung zwängte, rutschte er über kaltes Metall in einen dunklen Raum, in dem es penetrant nach Pisse stank. Durch einen Ritz in der Decke fielen dünne Mondschimmer herein, im Mauerloch auf den Steinen lag eine Waffe. Gonzo zog sie zu sich heran und steckte sie in die Rangerjacke. Seine Augen hatten sich mittlerweile an das Halbdunkel gewöhnt, er erkannte zwei zerlegene Matratzen, einen Campingkocher und jede Menge Müll auf dem Boden. Leere Konservendosen, Bierflaschen, Cornflakes-Packungen und Plastikfeuerzeuge. Gonzo fischte eines der Dinge aus dem Müll und drehte das Rädchen. Außer ein paar Funken produzierte er nichts. Auch das nächste war leer. Erst aus dem dritten sprang endlich eine kleine Flamme. Im flackernden Licht sah er neben den Matratzen ein paar dreckige Einwegspritzen, eingedellte und angekohlte Coladosen und zermatschte Zigarettenfilter. Fixers kleiner Hobbyraum. Vor der Wand war eine verrottete Bodenklappe, unter der breite Steinstufen in die Tiefe führten.

Draußen polterte etwas gegen die Stahltür. Die Suchtrupps. Ein Lichtkegel strich über das Loch in der Mauer. Gonzo ließ das Feuerzeug verlöschen und atmete flach.

»Hierher!«, brüllte jemand.

Gonzo dachte nicht lange nach und tastete sich im Finstern in das Loch. Die Stufen waren ausgetreten, überall lagen noch Müll und Dreck herum. Er riskierte einen Blick im Schein des Feuerzeuges. Die Wände waren aus altersscheckigem Beton, das Ende der Treppe lag irgendwo im Dunkeln. Gonzo kletterte vorsichtig weiter, kam auf einen Absatz mit einem Stauraum und wagte sich dann weiter nach unten. Es stank bestialisch, und er brauchte nicht einmal das Feuerzeug anzumachen, um zu wissen, nach was. Erst am Ende der Treppe ließ er die Flamme wieder kurz brennen. Ein Gang lag vor ihm, etwa drei Meter breit und zwei hoch. Der Boden war auch hier voller Unrat, was ihm die Hoffnung gab, dass er genau wie die anderen, die es früher nach hier unten verschlagen hatte, auch wieder ans Tageslicht kommen würde.

Das Feuerzeug in der ausgestreckten Hand bewegte er sich langsam durch den Gang. Ein kühler Luftstrom in seinem Rücken ließ ihn frösteln. Unter der Decke liefen armdicke Rohre, verkrustet und verrostet. Als vor seinen Füßen dann auf einmal etwas Lebendiges weghuschte, schrie Gonzo unwillkürlich auf. Im Lichtschein erkannte er noch die Ratte, die sich mit zuckendem Schwanz durch den Gang davonmachte.

Er hatte keine Ahnung, wie viele Meter er schon hinter sich gebracht hatte, ganz zu schweigen davon, in welche Richtung er getappt war, als er einen warmen Hauch im Gesicht spürte. Zwei Sekunden später fiel die Feuerzeugflamme endgültig in sich zusammen und war auch beim besten Willen nicht mehr zum Leben zu erwecken. Blind wie ein Maulwurf griff Gonzo nach der Wand und setzte einen Fuß vor den anderen. Ein schwacher Schimmer schien das Ende des Ganges anzudeuten, aber so richtig glaubte er es erst, als er spürte, wie die Luft immer wärmer wurde. Schließlich stand er vor einer Wand, in der unten eine rechteckige Öffnung nach draußen führte. Er hörte Straßengeräusche und sog erleichtert die frische Luft ein, die ihm entgegenströmte. Das Sicherungsgitter hing verbogen in dem Loch. Gonzo kroch hinaus und lag, als er sich auf den Rücken drehte, unter einer der Stadtreklametafeln, mit denen das Trümmergelände entlang der Straße vollgepflastert war.

Er fummelte sich das Tape aus dem Hosenbund und presste es an die Brust. Und dann lachte er, genau wie damals, als sie es den blöden Indianern gezeigt hatten, indem sie einfach im Labyrinth der Bunkergänge verschwanden und sich so lange versteckt hielten, bis sie oben ihre Wachtposten abzogen, weil es dunkel wurde und sie zum Abendessen daheimsein mussten.

Die Agentur befand sich ebenfalls in einem Hinterhof, aber an der Rüttenscheider Straße, zusammen mit einem Verlag für Heimatliteratur und einem Firma, die laut ihrem Plastikschild an der Edelholztür »Media Consulting« betrieb. In der Etage darüber hatte Schäfer sein Büro, der Polizeireporter, mit dem Gonzo im Frühjahr die Geschichte mit dem toten Bahnhofswachmann aufgerissen hatte und die dann so elend abgesoffen war.

Die beiden weißen Kombis mit dem Agenturlogo, einem Pinguin mit Smoking und roter Fliege, parkten neben Reutters Geländewagen, den die beiden Agenturjungs als Pauschalist angeheuert hatten. In dem schwarzen Kampfmobil fuhr Reutter Videotechnik für mehr als hunderttausend Mark spazieren und er erzählte jedem, der es nicht hören wollte, welche Sonderzuschläge er dafür bei der Kasko abdrücken musste. Hinter ein paar Fenstern brannte noch Licht. Die Stallwache, wie Gonzo vorhin bei seinem kurzem Anruf per Handy erfahren hatte.

Gonzo stellte den Kombi quer vor Reutters Kiste, schnappte sich die Kassette und klingelte an der Stahltür zum Allerheiligsten. Der Plastikbelag auf dem Gang war neu und billig und quietschte unter Gonzos Turnschuhen. Das Großraumbüro lag im Halbdunkel der Halogenpunktstrahler, Monitore hingen unter der Decke, in der Ecke stand die Überspieleinheit für die Richtfunkantenne auf dem Dach. Auf den Schreibtischen aus dem Büromöbel-Discount türmten sich Pressemappen, Demo-Tapes, Review-releases, Presentation-shows, Promo-Trailer und anderer Videomüll. Aus der Ecke grinste Gonzo ein überdimensionaler aufgeblasener Kunststoffpinguin an.

Wilbert, einer der beiden Bosse, war ein kleiner, dicker Blonder, einer von der Sorte, wie sie sie damals auf der Schule in den Pausen immer verprügelt hatten. Schwabbelige Backen, gel-gestyltes Haar und knallbunte Hosenträger über dem weißen City-Shirt. Er wippte auf seinem

Thonet-Freischwinger vor dem Standmonitor. Reutter lehnte an der Tür, und beide sahen sich sein Ruhrkiller-Video an, das Gonzo schon bei Herbert hatte genießen dürfen.

»Pizza-Service!« Gonzo knallte Wilbert das Band auf den Schoß. »Nimm es oder nimm es nicht!«

Wilbert zeigte auf den Schirm. »Besser als das kann es nicht sein!«

Reutters Schlangenblick kam unter halbgesenkten Augenlidern hervor. »Seit wann gebt ihr euch denn mit Ratten ab?«

Wilbert machte den Recorder frei und schob Gonzos Band ein. Die Bilder von der Polizeiaktion liefen über den Schirm. Wilbert hörte auf zu wippen.

»Du riechst«, meinte Reutter zu Gonzo. An seinem Gürtel baumelte ein Ledertäschchen mit einem Funktelefon. Er musterte die Szenen mit zusammengekniffenen Lippen. Als zu sehen war, wie das Mädchen seine Geisel erschoss, sagte er: »Ich wär da näher rangekommen.«

»Sicher«, sagte Gonzo und grinste ihn an. »Morgen machen sie bestimmt eine Pressekonferenz darüber. Da kannst du sie dann ganz nah kriegen.«

»Was meinst du?«, wandte sich Wilbert an Reutter und spulte die Szene mit dem Todesschuss zurück. »Fängt da nicht wieder das Geschrei wegen des Sensationsjournalismus an, wenn wir damit an den Markt gehen?«

»Auch gut«, meinte Gonzo und tippte auf die Auswurftaste. »Wenn ihr nicht wollt …«

»Moment, Moment!« Wilbert stopfte das Band in den Schacht zurück. »Ich denke schon, dass wir es nehmen könnten.«

»Na also«, meinte Gonzo zufrieden. Sie feilschten eine Weile wegen des Preises und der Agenturprovision, und am Ende lehnte Gonzo sich mit dem angenehmen Gedanken zurück, dass er dem persönlichen Besuch des Inkassodienstes jetzt gelassen entgegensehen konnte.

»Wer zu spät kommt, den bestraft das Leben!«, sagte er zu Reutter und steckte den Scheck ein, den Wilbert ihm ausgeschrieben hatte. Der Agenturboss machte das Band zum Kopieren fertig, während er, mit unters Ohr geklemmtem Telefonhörer, die ersten Redaktionen anrief.

»Spitzenmaterial!«, schwärmte er irgendeinem Chef vom Dienst vor.

Reutter stemmte seine hundert Kilo von der Wand los. Unter dem schwarzen T-Shirt zuckten Muskeln, die Silberkappen seiner Cowboystiefel glänzten. »Wir sehen uns noch!«, knurrte er in Gonzos Richtung, ehe er aus dem Büro stapfte.

Wilbert seufzte.

»Probleme?«, fragte Gonzo.

Wilbert knallte den Hörer aufs Telefon und grinste zufrieden: »Letzte Nacht haben die Bullen ihn bei dem Auffahrunfall auf der A 40 geschnappt und ihm wieder mal seinen Funkscanner aus dem Wagen geholt. Verstoß gegen das Fernmeldeanlagengesetz. Ordnungswidrig handelt, wer … und so weiter und so fort. Deswegen hat er vorhin nicht alles mitgekriegt, was da gelaufen ist.« Er rieb sich die Hände. »Mal sehen, was die uns morgen auf dem Präsidium für eine Story verkaufen wollen.«

»Wieso?«, fragte Gonzo. »Wisst ihr schon was Genaueres?«

»Kann sein.« Wilbert machte es spannend.

»Und was?« Gonzo schwante, dass er aus dem Band vielleicht mehr hätte rausschlagen können.«

Wilbert zierte sich noch ein bisschen, bis er endlich erzählte, dass er vorhin schon hinter der Geschichte herrecherchiert hatte, nachdem er von Reutter gehört hatte, dass da was passiert war. »Wir haben da einen Kontakt im Rauschgiftdezernat«, sagte er. »Der meint, um diesen Sascha sei es nicht schade. Hat seine Informanten ausgequetscht, wann und wo Stoff in die Stadt gekommen ist und dann immer was vom Stoff abgezweigt, ehe sie ihn sichergestellt haben und ihn dann auf eigene Rechnung weiterverkauft.«

»Dann können sie ja froh sein, dass er jetzt weg vom Fenster ist.« Gonzo erinnerte sich an den Wutausbruch des Oberrates in seinem Einsatzwagen. »An deiner Stelle würde ich das Band sofort überspielen und auch nicht direkt hier im Büro aufheben.«

»Du meinst, wir könnten Besuch kriegen?« Wilbert rutschte nervös auf seinem Stuhl hin und her.

»Nun mach dir nicht gleich in die Hosen«, beruhigte Gonzo ihn. »Was ihr erstmal über die Antenne verblasen habt, können sie nicht mehr zurückholen.«

Wilbert nickte entschlossen. »Am besten, ich ruf schon mal unseren Anwalt an. Und unseren Teilhaber.«

»Was denn für einen Teilhaber?«, fragte Gonzo überrascht. »Ich denke, du hast das Geld für den ganzen Kram hier ehrlich geerbt.«

»Hab ich auch.« Wilbert druckste herum. »Aber die Bank hat dann doch noch ein bisschen mehr sehen wollen.«

»Vielleicht hättet ihr's mal mit Arbeit probieren sollen«, meinte Gonzo und machte, dass er rauskam. Auf dem Parkplatz stand Reutter neben seinem Wagen und starrte auf Gonzos Kombi, der ihm die Ausfahrt versperrte.

»Du hättest nicht warten müssen«, sagte Gonzo. Er öffnete die Hosen und pinkelte gegen den Vorderreifen des Kombis. Reutter stierte ihn fassungslos an, dann drehte er sich abrupt um und schwang sich in sein schwarzes Ungetüm. Gonzo schüttelte ab, packte ein und stieg in den Wagen. Er rangierte noch ein bisschen, ehe er vom Parkplatz fuhr und in Richtung Innenstadt davongondelte. Bei der ersten Ampel musste er hart auf die Bremse gehen und wirbelte damit eine dicke Schneewolke rund um den Weihnachtsmann im Schüttelglas auf. Während er auf Grün wartete, sah er zu, wie die Flocken die Rentiere einhüllten, bis nur noch die Geweihspitzen herauslugten.

## 4

Die Gans hing kopfüber an einem Galgen, und der Reiter, der unter ihr durchpreschte, schwang ein Holzschwert gegen das Tier. »Gänsereiten«, sagte Gonzo und gab das Foto zurück. »Na und?«

»Tiermord!« Die Augen der Frau blitzten. Ihr Haar schimmerte hennarot. Sie hieß Frauke, hatte sie gesagt, als sie vor eine halben Stunde mit ihrem Begleiter pünktlich gekommen war. Sie war gut einen Kopf größer als der schmächtige Junge mit dem sanften Blick und bewegte sich mit der kraftvollen Lässigkeit einer durchtrainierten Sportlerin. »Sinnlose Gewalt gegen die Kreatur!« Ihr Begleiter nickte eifrig. Gonzo schätzte die beiden auf Mitte zwanzig. Der Junge hieß Erik, verstrahlte ein unerträgliches Sonnyboy-Lächeln und trommelte hyperaktiv mit den Fingern auf die Glasplatte von Gonzos Schreibtisch.

Gonzo bekämpfte das schwammige Gefühl im Stammhirn mit einer Tasse Kaffee. Frauke und ihr Begleiter hatten auf Mineralwasser bestanden. Es war halb zehn, draußen im Hinterhof heizte sich die Luft auf und strömte in warmen Wellen durch die offenen Fenster.

»Also«, sagte Gonzo. »Was für eine Bürgerinitiative soll das sein?«

Erik zerrte ein paar Hunderter aus der Brusttasche seiner Jeansjacke. Die Hälfte der nächsten Miete. Wenn Gonzo Glück hatte, verlangten diese

Kinder nicht mal eine Quittung. »Wir sind von der Gruppe Die Hasen. Wir machen aktiven Tierschutz!«, erklärte Erik eifrig, während Fraukes Blick ungeniert durch Gonzos Loft wanderte. »Morgen veranstaltet der Heimatverein Wattenscheid auf seinem Sommerfest so ein Gänsereiten. Für uns ist das keine Traditionspflege, sondern brutale Gewalt. Wir werden dagegen protestieren. Anarchistisch, phantasievoll, wenn Sie verstehen?«

»Verstehe.« Gonzo langte nach dem Geld.

Frauke legte ihre Hand auf die Scheine. »Dokumentieren Sie die Aktion. Wir brauchen die Aufzeichnung für unsere Info-Veranstaltungen. Okay?«

»Aber klar.« Der Selbstdarstellungsquatsch war immerhin noch besser als die ewigen Hochzeitsvideos.

Frauke kramte ein paar Zettel und eine Straßenkarte aus ihrem Rucksack und gab Gonzo eine erste Einweisung. Das Gelände der Gänsereiter lag am Standrand von Wattenscheid. »Hier«, sagte sie und legte Gonzos Zeigefinger auf die Abfahrt Wattenscheid-West. »Da warte ich auf Sie. Pünktlich.« Ihre Hand war kräftig und führte Gonzos Finger über eine Schnellstraße durch ein Industriegebiet bis zu einem Waldflecken bei der S-Bahn. »Kapiert?«

»Klar.« Gonzo nahm ihre Hand. Sie tat nichts dagegen, wenigstens im ersten Moment. Dann legten sich ihre Finger sich um sein Gelenk. Erik verdrehte die Augen. Frauke drückte zu. Der Schmerz jagte Gonzo bis in die Schulter. Frauke ließ los und schenkte ihm ein schmales Lächeln. Ihr Blick war amüsiert.

»Ich bin da.« Gonzo und rieb sich das Handgelenk.

»Das will ich auch hoffen.« Frauke schob ihm einen Zettel mit den Angaben hin. »Alles Weitere erklär ich Ihnen dann da.«

Gonzo sagte, dass er es kaum erwarten konnte. Er steckte das Geld ein und sah den beiden aus dem Fenster nach, wie sie über den Hof gingen. Erik tänzelte nervös wie ein junges Fohlen zu einem rostigen Bully. Fraukes Schritte waren weich, aber kraftvoll, die verwaschene Jeans spannte über ihrem Hintern und die Hüften schwangen hin und her. Gonzo rieb sich kurz über die Erektion, die sich in seiner Hose bildete. Als sie den Wagen aufschloss, schlüpfte eine fette Katze heraus und verkroch sich unter dem Müllcontainer.

Gleich nachdem ihr Wagen in der Toreinfahrt verschwunden war, tauchte Betty mit ihrem Motorroller auf. Unter dem klobigen Helm wirkte sie wie ein schlechtes Alien aus einem noch schlechteren Gruselfilm. Wenn sie nicht bei ihm herumhockte, studierte sie etwas, was sich Literaturvermittlung und Medienpraxis nannte. Im Frühjahr hatte sie sich auf der Suche nach einem Praktikumsplatz bei ihm eingenistet und sich dann bei der Sache mit den Schrebergartenazis, der er mehr zufällig auf die Spur gekommen war, als brauchbare Kameraassistentin erwiesen.

Weil sie in der Zwischenzeit auch mit ihrem Computerprogramm sein Videoarchiv soweit in ihre Hand gebracht hatte, dass Gonzo ohne ihre Indexnummern und Schlagworte kaum noch ein Band wiederfand, war ihm nichts anderes übriggeblieben, als sie als Aushilfe weiter zu beschäftigen. Außerdem, so sagte sie jedenfalls, brauchte sie ihn als Studienobjekt für ihre Arbeit über Nachrichtenjournalismus. Insgeheim hatte Gonzo sie aber schon von Anfang an in Verdacht, dass sie sich bei ihm nur genug abgucken wollte, um irgendwann einmal selbst ins Geschäft einzusteigen.

»Guten Morgen«, sagte sie, als sie hereinkam.

»Woher willst du das denn wissen?« Schon der Gedanke daran, gleich wieder in seinem total überhitzten Kombi durch den Sommer zu kutschieren, tötete jeden Funken Energie in ihm.

Betty hängte ihren Helm an die Garderobe und packte drei ihrer Bio-Müsli-Riegel, von denen sie sich scheinbar ausschließlich ernährte, in den Kühlschrank. »Sie haben nichts mehr zu essen.«

»Weiß ich.«

»Denken Sie bloß nicht, dass ich für Sie einkaufen gehe.«

»Denke ich nicht«.

»Sie sollten sowieso ein bisschen mehr auf Ihre Ernährung achten.«

»Sollte ich.«

Sie machte sich an seinem Schreibtisch zu schaffen, ordnete die Papiere, die Gonzo durcheinander gebracht hatte und fischte das Fax des Inkassobüros heraus. »Da war …«

»Weiß ich«, sagte Gonzo. »Ich bin für den Fall im Außendienst.«

Sie sah ihn an und nagte an der Unterlippe. Ihre Haut war glatt und braungebrannt und roch nach einer exklusiven Sonnencreme. Das Haar trug sie seit ein paar Wochen im Pagenschnitt mit ein paar blonden Strähnen. An ihrem linken Ohr baumelte ein tropfenförmiges Plastikteil, das wahrscheinlich mehr gekostet hatte, als Gonzo im letzten Monat verdient hatte. Bettys Eltern lebten nicht gerade von der Sozialhilfe, das hatte er inzwischen aus ihr herausgekriegt. Ihr Vater war irgendein hohes Tier beim Verfassungsschutz in Düsseldorf.

Sie fand den Scheck der Agentur und tippte ihn ins Buchhaltungsprogramm des Computers ein. »Was haben Sie denn da verkauft?«

»Bullenfleisch.« Gonzo und erzählte ihr von seiner Expedition auf das Bunkergelände. Dann erinnerte er sich an die Pistole im Schreibtisch. Es war vielleicht besser, wenn er das Ding an einem sicheren Platz aufhob, wo es nicht jedem in die Finger fiel, der sich an seinen Sachen zu schaffen machte. Er warf einen Blick auf den großen Tresor neben der Schnitteinheit. Er hatte den Stahlwürfel mit dem Loft übernommen. Einen Schlüssel besaß er dafür allerdings nicht, und seine Versuche, den Kasten mit den abblätternden Ornamenten auf der Tür mit Hammer und Meißel beizukommen, waren erfolglos geblieben. Der Entrümpelungsexperte, den er dann angerufen hatte, veranschlagte 500 Mark für den Abtransport. Worauf sich Gonzo entschied, dass der Tresor durchaus als Raumschmuck zu gebrauchen war.

Betty wedelte mit dem Scheck. »Den bring ich am besten gleich mal zur Bank.«

»Tu das!« In Gedanken war Gonzo bei Wilbert und seinem Kompagnon. So, wie die beiden sich mitsamt ihrem mysteriösen Partner im Geschäft breitmachten, sah alles danach aus, dass da jemand von den ganz Großen in den Markt drängte und aufräumte. Vielleicht war ja etwas dran an den Gerüchten vom Medien-Tycoon aus den Staaten, der mit dem heruntergewirtschaften Kölner Nachrichtensender im Ruhrgebiet ein Ballungsraumfernsehen aufziehen wollte. Andere meinten, gleich nach der Seligsprechung des Ministerpräsidenten würde direkt aus der Staatskanzlei SPD-TV auf Sendung gehen.

Als die Tür hinter Betty zuschlug, kramte Gonzo die Waffe aus der Schublade. In der Küche säuberte er sie gründlich von Fingerabdrücken, steckte sie in einen Warmhaltebeutel aus dem Hähnchengrill und wickelte ein paar Meter Paketklebeband darum.

Im Treppenhaus war es stickig, vor dem Haus heiß, und im Keller, in den man vom Hof aus gelangte, angenehm kühl. Gonzo klimperte mit seinem Schlüsselbund, atmete tief durch und suchte sich im matten Licht der Deckenlampe seinen Weg durch die Gänge. Alte Möbel und Regale mit Einweckgläsern stapelten sich hinter den Lattengittern. Am Ende des

Labyrinths hatte sich der Rentner aus der dritten Etage eine komplette Heimwerkerwerkstatt mit Drehbank und Gehrungssäge eingerichtet. Im Seitengang war die Glühbirne kaputt. Gonzo tastete sich vorsichtig an seinem Verschlag vorbei zum Heizungskeller und rammte den großen Schlüssel ins Schloss.

Früher war in dem Raum wohl das Lager der Druckerei gewesen, denn auf den alten Stahlregalen lagen noch ein paar verrottete Werbeprospekte für eine Großmetzgerei, die schon vor gut 10 Jahren in Konkurs gegangen war.

Im Zwielicht entdeckte er die beiden Kaminzüge. Die Rußklappen klemmten, und er musste eine Weile mit seinem Schlüssel daran herumprockeln, bis es ihm gelang, eine in die Höhe zu schieben. Ein kalter Luftzug wehte durch den Schornstein. Gonzo schmeckte Kohlenstaub und Kindheitserinnerungen. Er stopfte die Tüte mit der Pistole in das Loch, spürte den fetten Ruß auffliegen, als er sein Päckchen ablegte und zog die Hand langsam zurück. Sein Arm war bis zum Ellbogen pechschwarz.

Er schob die Blechklappe wieder zu und richtete sich auf. Draußen auf dem Gang hörte er ein Schlurfen. Gonzo verharrte regungslos und fragte sich, ob ihm womöglich der Außendienst des Inkassobüros eine besonders perfide Falle gestellt hatte. Schließlich lief er zur Tür. Im Halbdunkel kam ihm eine massige Gestalt entgegen. Gonzo zerrte die Kellertür hinter sich zu und drehte den Schlüssel um. Wenn er hier wieder rauswollte, musste er an dem Klotz vorbei.

»He?«

Gonzo zuckte zusammen. Der Typ hatte Gonzo ausgemacht und schlappte heran. Bundeswehrhosen, ein dunkles Muskelshirt und eine perfekt rasierte Glatze. Sein neuer Nachbar von gegenüber.

»Tag auch!«, krächzte Gonzo.

Der Skin blieb stehen. »Kein Licht! stellte er fest.

»Kaputt!« Gonzo drückte sich an der Kampfmaschine vorbei. Auf dem Weg zum Hauptgang drehte er sich noch einmal um und sah, wie der Skin an einer Kellertür herumfummelte.

Die Wärme draußen ließ seinen Blutdruck sofort wieder absacken, bis er den roten Corsa entdeckte, der gerade durch die Toreinfahrt rollte. Aus einem Super-Booster mit mindestens vier Boxen röhrte Frankie Laine Rawhide. Hassenkamp stellte sich hinter Gonzos Kombi und stieg aus. Zu seinem blauen Hawaii-Hemd und den geblümten Bermudashorts trug er eine Pilotensonnenbrille mit Halbtongläsern.

»Langeweile?«, fragte Gonzo, obwohl er es sich nicht vorstellen konnte, dass der Hauptkommissar nur mal kurz vorbeischaute, um ein bisschen über neue Kameras und Objektive zu fachsimpeln.

»Gehen wir rauf.« Hassenkamp wedelte mit dem Videoband, das er mitgebracht hatte.

»Danke für die Einladung.«

Im Treppenhaus fischte Gonzo die Tageszeitung und die Post aus dem Briefkasten. Oben im Loft steuerte Hassenkamp zielsicher den Kühlschrank an. Gonzo überflog die Revierseite in der Zeitung. Der Umweltminister war sich noch nicht ganz darüber klar, ob genug Ozon in der Luft war, um etwas dagegen zu tun. In Duisburg war ein Kleinkind in einem geparkten Wagen erstickt. In Bochum hatten sie eine Sonderkommission für die Suche nach dem Ruhrkiller gebildet und meinten, dass es eine ganz normale Mordserie sei, über die man sich nicht besonders aufregen müsse. Hassenkamp musterte enttäuscht den Inhalt des Kühlschrankes. »Du hast nichts mehr zu essen.«

»Belastet bei der Hitze nur den Kreislauf«, sagte Gonzo. »Was willst du? Ich muss unter die Dusche.«

Hassenkamp hob die Hände. »Eigentlich bin ich nicht hier. Also tu dir keinen Zwang an.«

Er folgte Gonzo ins Bad, klappte den Klodeckel herunter und setzte sich, während Gonzo in der Dusche verschwand.

»Also?« Er drehte das Wasser auf.

»Da sitze ich doch heute Morgen ganz gemütlich beim Frühstück«, sagte Hassenkamp, »und guck mir das Fernsehprogramm an, weil man da manchmal anrufen und was gewinnen kann. Und was soll ich dir sagen, seh ich da auf einmal?«

Gonzo drehte sich unter der Brause und seifte sich ein. Der Ruß löste sich von der Haut und gurgelte in schwarzen Schlieren in den Abfluss. »Was kann ich denn dafür, wenn sie dir irgendwelchen Schrott in die Schüssel jagen, um die Quote zu halten?« Gonzo blinzelte durch den Wasservorhang. »Steht da irgendwo das Shampoo?«

Hassenkamp reichte ihm die Flasche in die Kabine. »Und kaum habe ich gesehen, was die da senden, da geht bei mir auch schon das Telefon und ich habe Breitscheidt am Apparat«, fuhr er fort. »Er sagt, dass er dir erst die Eier abbeißt und dann die Haut abzieht und dich dann in Stücke reißt. Ja, ich glaube, in dieser Reihenfolge.« Er machte eine Pause. »Jedenfalls ist er stocksauer, weil er jetzt wohl in einer Pressekonferenz sitzt, die sie in den größten Konferenzraum im Präsidium verlegen mussten, weil alle Redaktionen ihre Geier losgeschickt haben, damit sie noch mehr darüber rauskriegen, warum ein Kollege von uns sich von einer Junkiebraut eine Kugel in den Kopf hat schießen lassen.«

Gonzo wusch sich den Schaum aus den Haaren und drehte das Wasser ab. »Handtuch!«

Hassenkamp fischte ein Badetuch aus dem Regal und warf es Gonzo zu, als er aus der Dusche kam. Gonzo drehte sich um und rubbelte sich ab. »Die Kugel hätte er auch in den Kopf gekriegt, wenn ich nicht dabei gewesen wäre. Also soll er sich nicht aufregen.«

»Er will sich aber aufregen. Deshalb kriegt die Agentur, an die du das Band verscherbelt hast, nachher auch Besuch vom Staatsanwalt.«

»Na wunderbar.« Gonzo wickelte sich in den Bademantel, den er beim letzten Urlaub aus dem Hotel hatte mitgehen lassen. »Alle werden durchsucht und alle sind glücklich. War's das?«

»Nein, das war's nicht.« Hassenkamp folgte Gonzo ins Loft und machte es sich auf dem Drehstuhl an seinem Arbeitsplatz bequem. Er hob sein Videoband hoch. »Ich seh schwarz für dich.«

»Dann nimm die scheiß Sonnenbrille ab.«

»Das haben die Kollegen von der Sitte vorgestern zur Bildanalyse bei mir vorbeigebracht.« Er schob die Kassette in einen Recorder, machte einen Monitor an und drückte auf Wiedergabe. Im Sonnenlicht wirkte das Bild auf dem Schirm fahl. Gonzo rollte auf seinem Stuhl heran und identifizierte die dürre Blondine, die sich auf Matzkes Spielweise mit einem langhaarigen Kraftpaket abmühte. Düster erinnerte er sich an den Dreh vor zwei Wochen.

»Nicht gerade eine Spitzenleistung des Videojournalismus, wenn du mich fragst«, sagte Hassenkamp.

»Wer fragt dich denn?«, knurrte Gonzo. »Und wie kommt das Band überhaupt zur Sitte?« Er wollte die Wiedergabe stoppen, aber Hassenkamp hielt Gonzos Hand auf. »Lass mal.«

Gonzo behielt den Schirm im Auge. Das Band war schon geschnitten und bearbeitet.

»Firma Arts and Pictures, im Stadthafen«, dozierte Hassenkamp. »Inhaber Heinz Matzke, 49 Jahre alt, geboren in Königstein im Taunus. Hat vor einem halben Jahr die Klitsche im Gewerbegebiet gemietet und spielt seitdem da Hollywood. Wenn er sich die Zeit genommen hätte, ein Firmenschild an seine Tür zu schrauben, wären die Kollegen vom Wirtschaftsdezernat letzte Woche nicht einfach in seine Bude getrampelt und hätten alles durchsucht. Im Grunde genommen waren sie wegen irgendwelcher Hinterziehungsgeschichten von dem Typen her, dem das Grundstück gehört und der da vorher mit seiner Spedition Sondermüll verschoben hat.«

»Brennecke Entsorgung.«

»Genau.« Hassenkamp sah ihn erstaunt an. »So ist es nun mal im Leben. Der eine macht einen Fehler und der andere muss den Kopf hinhalten.«

»Märchenstunde vorbei?«, erkundigte sich Gonzo. »Die Wirtschaftsbullen haben also aus Versehen Matzkes Kram eingesackt.«

»Und natürlich im Präsidium sorgfältig gesichtet«, sagte Hassenkamp. »Erstmal, weil sie gedacht haben, Matzke hätte etwas mit Brennecke zu tun, hinter dem sie her sind und dann, weil sie meinten, diese Pornofilmerei wäre nur eine Tarnung für seine Sondermüllschiebereien, die er da betreibt, und dann auch rein interessehalber.«

»Kann ich mit denken.« Gonzo wollte wieder das Band abstellen und wieder hielt Hassenkamp ihn zurück. »Nun lass doch mal. Das Beste kommt immer am Schluss. Solltest du doch wissen. Weil die Kollegen von der Wirtschaft nicht so viel Ahnung vom den ganzen Sachen hier haben, hat der Chef halt mal einen Bekannten von der Sitte dazu geholt, damit er auch mal einen Blick auf die Bänder wirft.«

»Was regt ihr euch denn so auf«, sagte Gonzo wütend. »Du drehst nebenbei Hochzeitsvideos und ich mach halt das. Ich versteh nicht, worauf du hinauswillst.«

Das Bild brach auf einmal mitten in der Action zusammen, es kam ein paar Sekunden Schnee und dann eine neue Aufnahme, diesmal wohl mit einer billigen Kamera gemacht. Die Farben waren zu grell, das Licht genauso, das Bild wackelte und von der Tonspur kam nur ein dumpfes Poltern. »Deswegen«, sagte Hassenkamp.

Gonzo sah eine Pritsche vor einer Betonwand. Auf der Pritsche lag ein nacktes Mädchen und starrte verängstigt in die Kamera. Dann schob sich ein nackter Kerl durchs Bild, von dem Gonzo nur den kräftigen Rücken und eine tätowierte Rose auf der rechten Hinterbacke sehen konnte.

Der Kerl kroch zu dem Mädchen auf die Pritsche, die Kamera wackelte näher heran, so dass Gonzo das Gesicht genau sehen konnte. Die schmalen Wangenknochen, die dunklen Augen und das Muttermal auf der linken Brust waren eindeutig. Gonzo schluckte. »Damit hab ich nichts zu tun.«

»Wirklich nicht?« Hassenkamp zog den Lautstärkeregler hoch. Das dumpfe Grunzen des Mannes mischte sich in das schmerzhafte Stöhnen des Mädchens, als er ihr die Beine auseinander drückte. Die Kamera fuhr noch näher ran und dann wurde es für ein paar Sekunden schwarz. In der nächsten Einstellung waren dem Mädchen die Arme mit Handschellen an die Pritsche gefesselt, man sah, wie der Mann in es eindrang und heftig zustieß. Das Mädchen schrie, der Hintern des Mannes hüpfte auf und nieder und die Muskeln unter der Haut versetzten die tätowierte Rose in zuckende Bewegung.

»Und so weiter und so fort.« Endlich stoppte Hassenkamp das Band. »Das ganze dauert ungefähr drei Minuten und sieht ganz wie eine Vergewaltigung aus. Außerdem ist das Mädchen wohl auch noch minderjährig.«

»Blödsinn«, sagte Gonzo heiser. »Die sehen alle aus wie gerade vom Schulhof geholt. Außerdem hab ich das nicht gedreht.«

Hassenkamp sah ihn an. »Und das soll ich dir glauben?«

»Glaub es oder glaub es nicht.«

»In seiner Buchhaltung hat Matzke immer nur Kamerahonorare für dich eingetragen.«

»Kamera, richtig. Ordentliche Bilder, nicht so ein Amateurschrott wie das da eben.«

»Vielleicht gibt's ja bessere Filme. Das eben sieht wie eine Probeaufnahme aus, die auf die falsche Kassette geraten ist.«

»Nicht mein Problem!«

»Oh doch! Die Kollegen von der Sitte denken jetzt nämlich, dass sie da vielleicht einen Fall von Gewaltpornographie und Missbrauch von Minderjährigen haben und sind ganz heiß drauf, ein bisschen mehr über Matzke und seinen Schuppen zu erfahren.«

Die Haut auf Gonzos Hinterkopf zog sich zusammen, ihm schwante etwas. »Kleiner Dienstweg, ja?«

Der Hauptkommissar zuckte mit den Schultern. »Ich bin denen was schuldig.«

»Aber ich nicht.«

»Bist du da so sicher?« Hassenkamp holte das Band aus dem Schacht. »Du stehst in Matzkes Büchern als Kameramann und wir haben mit dem Band einen Anfangsverdacht ...«

»Einen Scheiß habt ihr«, knurrte Gonzo. »Die Wirtschaftsleute haben Matzkes Bude wegen des Müllkutschers durchsucht. Die Filme sind die überhaupt nichts angegangen. So sieht's doch aus.«

»Überlass das ruhig der Staatsanwaltschaft«, meinte Hassenkamp. »Oder habt ihr damals auf der Filmhochschule etwa auch Jura gehabt?«

»Was willst du eigentlich?« Gonzo fand, dass sie endlich mal zur Sache kommen sollten.

Hassenkamp lehnte sich zurück. »Ganz einfach. Du hörst dich bei diesem Matzke einfach ein bisschen um. Hältst die Augen offen, guckst mal hier und guckst mal da ...«

» ... und liefere ihn euch ans Messer?« Gonzo schüttelte den Kopf, aber das Kribbeln wurde er damit nicht los. »Nicht mit mir.«

»Dein Problem ist«, sagte Hassenkamp, »dass du dir im Moment diese großen Sprüche nicht leisten kannst. Breitscheidt will deinen Arsch, und wenn ich ihm nicht sagen kann, dass wir dich im Moment als Informanten brauchen, dann holt er ihn sich auch.«

»Drehst du jetzt völlig durch?«, fauchte Gonzo. »Willst du mich hier unter Druck setzen oder was?«

»Es ist deine freie Entscheidung.«

Gonzo starrte zu Boden und erinnerte sich daran, dass er auch damals im Frühjahr in eine üble Sache hineingeraten war, bloß weil er zum falschen Moment am falschen Ort gewesen war. »Matzke macht keine Kinderpornos und auch keine Gewaltnummern«, murrte er, obwohl er sich da inzwischen nicht mehr so sicher war.

»Dann tust du ihm ja nur einen Gefallen, wenn du die Augen aufhältst.« Hassenkamp nahm die Sonnenbrille ab und steckte sie sich in den Hemdausschnitt. »Alle sind zufrieden und keiner erinnert sich mehr daran, dass du uns gestern mit deiner Filmerei in die Scheiße geritten hast.«

Gonzo schüttelte resigniert den Kopf.

»Ich nehme mal zu deinen Gunsten an, dass das ja heißen soll«, sagte Hassenkamp. »Du kümmerst dich also von jetzt an ein bisschen genauer um Matzke. Ob er mit Minderjährigen dreht, ob sie den Sado-Maso-Dreck spielen oder nicht und auch, wohin er seine Filme verkauft. In dem Punkt ist seine Buchhaltung nämlich etwas diffus. Da sind nur ein paar Verträge über seine Filmchen mit einem Videovertrieb, aber davon kann er nicht leben. Alles klar?«

Gonzo sagte nichts.

»Mindestens einmal in der Woche will ich etwas von dir hören. Und lass dir nicht einfallen, dir irgendwas aus den Fingern zu saugen. Sobald die Kollegen von der Sitte merken, dass du ihnen einen Bären aufbindest, kann ich absolut nichts mehr für dich tun.«

»Und du redest mit Breitscheidt?«

»Rede ich.«

»Und mit dem Pressesprecher?«

»Auch mit dem.«

»Kein Drehverbot für mich bei Polizeieinsätzen?«

»Du wirst genauso behandelt wie die anderen Ratten.«

»Und wir wär‘s mit ein paar Extra-Tipps? Wenn ich bei Matzke rumschnüffele, kann ich nichts verdienen.«

Hassenkamp hob den Zeigefinger. »Übertreib es nicht.«

Gonzo rieb sich die Stirn. Er konnte nicht sagen, dass ihm der Handel gefiel. Wahrscheinlich würden sie im Präsidium jetzt irgendeine Akte über ihn anlegen und alles aufschreiben, was er ihnen über Matzke erzählte. Er malte sich aus, wie sie ihn dann nach der großen Revolution als Denunziantenschwein an die Wand stellten. »Das ist eine absolut miese Tour.«

»Das ist das Leben.«

Bettys Plateausohlen klapperten durchs Treppenhaus und gleich darauf schloss sie die Stahltür auf.

»Hallo«, sagte Hassenkamp.

Betty musterte Gonzo, der im Bademantel neben dem Hauptkommissar stand. »Stör ich?«

»Er will gerade gehen.«

Hassenkamp stand auf. »Wir sehen uns also demnächst.«

Gonzo verkniff sich die Bemerkung, dass er unter diesen Umständen auch gut darauf verzichten konnte und wartete, bis Hassenkamp gegangen war. Er wartete sogar, bis er hörte, wie er unten im Hof seinen Wagen anließ und Do Not Forsake Me, Oh My Darlin' über den Hof schepperte. »Mistkerl«, sagte er dann.

»Ich denke, Sie sind so was wie befreundet?« Betty runzelte die Stirn.

Gonzo sagte nichts, weil ihm dazu nichts einfiel. Im Bad zog er sich an und grübelte, was Matzke mit der Toten in seinem Büro angestellt hatte, und ob es überhaupt klug war, Hassenkamp etwas von der Leiche zu erzählen. Als er zurückkehrte saß Betty am Schreibtisch und buchte schon wieder an seinem Kassenprogramm herum.

»Der Bankmensch hat gesagt, dass es höchste Zeit war.«

»Für was?«

»Für den Scheck. Wissen Sie, wieviel Zinsen die für den Dispo-Kredit berechnen?«

»Will ich nicht wissen.«

»Haben Sie schlecht geschlafen?

»Und du?«

»Ich hab zuerst gefragt.«

Er zuckte mit den Achseln und scheuchte sie aus dem Chefsessel weg. Sie setzte sich an die Schnitteinheit und spulte das Band von der Polizeiaktion durch, um es zu archivieren. Gonzo starrte Löcher in die Luft. Die Vergewaltigungsszene auf Hassenkamps Band war echt, das hatte er ihm Gefühl. Hassenkamp hatte das Band im Recorder gelassen, also war es wohl nur eine Kopie. Gonzo packte es in eine Schublade des Schnittplatzes, damit es Betty nicht zufällig beim Archivieren in die Finger fiel.

Das Telefon klingelte. Es war Lutz, der Partner des dicken Wilbert aus der Agentur. »Wegen dir haben wir eben die Bullen hier gehabt«, jubelte er. Früher war er angeblich mal Kontakter bei einer Werbeagentur gewesen, bis sie herausfanden, dass er das Geld aus seinem Etat im Wesentlichen für seinen Sportwagen und diverse Blondinen ausgab. Frisch gefeuert und voller Selbstkritik, so besagte der Mythos, den die beiden seitdem verbreiteten, hatte er in einer Kneipe Wilbert getroffen, der gerade überlegte, wie er mit seinem Job als Jungreporter beim Lokalteil am besten die Erbschaft seiner Tante aus Recklinghausen durchbringen konnte.

»Ein Staatsanwalt mit Durchsuchungsbeschluss und allem Pipapo und ein halbes Dutzend Bullen. Zufällig war Reutter gerade da und hat die ganze Aktion mitgedreht, daraus machen wie gleich einen Nachzieherbericht.«

Lutz kicherte. »Auf ihrer Pressekonferenz hatten die einen ganz schönen Erklärungsnotstand, nachdem im Frühstücksfernsehen der Bericht mit deinen Bildern von der Bullenaktion gelaufen ist. Das Band verkauft sich inzwischen wie von selbst. Wenn du wieder mal so eine Kiste hast …«

»Da läuft eine Aktion von irgendwelchen Tierschützern«, sagte Gonzo. »Ich hab da einen Informanten. Könnte ziemlich interessant werden.« Wenn Lutz gute Laune hatte, musste man das ausnutzen.

Seine Laune war offensichtlich nicht gut genug. »Ja und?«

»Soll ich hin?«

»Wenn du meinst, dass es sich lohnt.«

Gonzo versuchte noch eine Weile, ihm einen Auftrag abzuschwatzen, damit er wenigstens später das Benzin abrechnen konnte, aber Lutz blieb steinhart. Tierschützer waren weder hip noch in und würden auf keinen Fall so viel Geschrei verursachen wie der tote Drogenfahnder. »Aber Tiere könnten was bringen«, meinte er dann auf einmal. »Dieses Krokodil damals im Baggersee, das ist verdammt gut gelaufen.«

»In der Kanalisation leben weiße Pythonschlangen«, sagte Gonzo. »Zerren nachts inkontinente Rentner ins Klo.«

»Hatten wir schon«, meinte Lutz. »Hast du was mit Tieren im Archiv?«

»Augenblick mal.« Gonzo schaute zu Betty hinüber. »Haben wir Tiere?«

Betty kam herüber und tippte etwas in den Rechner ein. Dann schüttelte sie den Kopf.

»Haben wir«, sagte Gonzo. »Soll ich mal ein Band fertigmachen?«

»Mach das. Ganz unverbindlich natürlich. Das können wir dann einschieben, wenn wir mal keine Leichen haben.«

Nachdem Gonzo aufgelegt hatte, verzog Betty das Gesicht. »Also, ich weiß nicht …«

»Das war für deine Seminararbeit. Nachrichtenjournalismus, Regel eins: Wenn er Tiere haben will, dann bekommt er Tiere. Und wenn wir keine im Archiv haben, dann besorgen wir uns eben welche.«

Sie schrieb es sich tatsächlich auf. »Wahrscheinlich haben Sie Recht. Aber dazu hätte ich natürlich noch ein paar Fragen.

»Später!« Gonzo packte die frischen Akkus in die Kühltasche, schnappte sich die Suzie und war schon auf dem Weg zur Tür. »Wenn jemand nach mir fragt, ich bin …«

» … unterwegs, ich weiß«, sagte Betty. »Was war denn nun eigentlich mit dieser Firma A+P?«

Gonzo drehte sich in der Tür um. »Ruf mal wegen einer Drehgenehmigung im Tierasyl beim Presseamt im Rathaus an. Frag mach einem Herrn Steinbock und bestell schöne Grüße.«

»Sie wollen mir nicht sagen, was das für eine Firma ist oder?«

»Nein.«

»Und wieso nicht?« Sie knabberte an ihrem Bleistift und sah ihn an. »Nur weil, das so ein Pornodings ist?«

Gonzo lehnte sich an die Tür, das Metall kühlte wohltuend seinen Rücken. »Woher weißt du denn das schon wieder?«

Sie lächelte. »Nachrichtenjournalismus Regel zwei: Gib niemals deine Quellen preis.«

»Also, woher?«

»Da ist doch nichts dabei, wenn Sie nebenbei Pornos drehen.«

»Gut, dass du mir das sagst.«

»Ich meine, so wie es auf Ihrem Bankkonto aussieht, können Sie jede Mark gebrauchen.«

Gonzo langte nach der Türklinke. »Ende der Debatte. Kümmer dich um die Tierheime!«

Zehn Minuten später stand er auf der Altenessener Straße im Vormittagsstau, einen Bäckereiwagen vor und die bimmelnde Straßenbahn hinter sich. Gonzo hämmerte auf die Hupe, was aber den Brotfritzen nicht im Geringsten beeindruckte. Seelenruhig zerrte er seine Gestelle mit Gebäck aus seiner Karre und schaffte sie in den Laden. Gonzo hupte weiter. Der Fahrer zeigte ihm einen Vogel.

Auf der Feuerwehrfrequenz liefen auf einmal die Einsatzmeldungen für zwei komplette Löschzüge zum Rüttenscheider Stern. Gonzo spitzte die Ohren und bekam mit, dass ein Anrufer Rauchwolken in der Kaufhauspassage gemeldet hatte. Gonzo rangierte den Kombi halb auf die Gegenfahrbahn. Ein Sattelschlepper donnerte zentimeterbreit an ihm vorbei, aber dahinter machte Gonzo eine Lücke im Gegenverkehr aus und trat das Gaspedal durch. Als er vor dem Bäckereiwagen wieder einscherte, sah er aus den Augenwinkeln noch, wie der Fahrer der dunklen Limousine, die ihm entgegengekommen war, das Steuer herumriss. Er kümmerte sich weder um das Tohuwabohu hinter sich noch um den Schneesturm im Schüttelglas und schaffte die nächste Ampel gerade noch bei Orange. Wenn er Glück hatte, würde er nur ein paar Minuten nach der Feuerwehr ankommen, und wenn er noch mehr Glück hatte, brannte es wirklich und sie mussten das Kaufhaus evakuieren.

Er schaffte es bis zum Bismarckplatz. Da stand er dann im Rückstau der Auffahrt zur A 40 und hörte im Funk, wie der Feuerwehreinsatz abgeblasen wurde, weil da nur ein paar Kinder einen Müllcontainer angezündet hatten.

Resigniert staute er sich durch den Verteiler vor der Bundesbahndirektion und gondelte durch die Nebenstraßen in Richtung Süden. Er passierte den alten Hochbunker an der Goethestraße. Auf dem Plakat kündigte eine Theatergruppe namens Freudenhaus an, dass man im Herbst mit einem Stück über den Kindermörder Jürgen B. herauskommen würde. Am Folkwang-Museum fuhr Gonzo rechts ran und angelte das Handy vom Beifahrersitz. Er drückte Matzkes Nummer.

»Ja bitte?«

Er hatte den Anrufbeantworter erwartet.

»Alles in Ordnung?«

Während Matzke über die Hitze und den verkorksten Dreh gestern und seinen Anwalt schimpfte, der ihm eben die Rechnung für seinen Einspruch gegen die Durchsuchung vorbeigebracht hatte, behielt Gonzo die Politesse im Auge, die sich an den geparkten Wagen entlangarbeitete. Vorsichtshalber holte er seinen Behindertenausweis aus dem Handschuhfach, den er mal in einer zwielichtigen Kneipe für fünfzig Mark von einem noch zwielichtigeren Typen gekauft hatte.

»Ich bin grad in der Nähe«, unterbrach er Matzke, als der anfing, sich über seine Kreislaufprobleme auszulassen. »Kann ich mal kurz vorbeikommen?«

»Tu, was du nicht lassen kannst.«

Gonzo unterbrach die Verbindung, als die Politesse mit ihrem Eingabegerät auf ihn zusteuerte und machte, dass er wegkam.

Er war gerade auf die Zweigertstraße eingebogen und passierte das Amtsgerichts, als der Funkscanner sich auf die Frequenz der EVAG schaltete und er etwas von einem Pferd hörte, das eine Straßenbahn gerammt hatte. Zwei Minuten später kamen dann die Einsatzmeldungen für die Streifenwagen bei der Polizei durch. Außerdem verlangte die Leitstelle einen Tierarzt. Gonzo spitzte die Ohren, bis er mitkriegte, dass die Sache sich irgendwo in Holsterhausen Nähe Uniklinik abspielte und bretterte los.

## 5

Der Gaul war tatsächlich gegen die Straßenbahn gelaufen. Gonzo drängte sich mit der Suzie auf der Schulter durch die Gaffer nach vorn an den Bordstein, um einen guten Schuss von dem Pferd zu kriegen, das hinter dem umgestürzten Anhänger auf den Schienen lag und mit der Hinterhand verzweifelt ausschlug. Mit den Vorderhufen hing es in der Deichsel. Am Maul klebten Schaumflocken, fingerdick drückten sich am Kopf Muskeln und Sehnen durchs Fell. Die Augen rollten vor Schmerz in den Höhlen.

»Mal weg da!« Gonzo rempelte die Zuschauer zur Seite und zoomte auf das Tier. Im Okular sah er, wie der Braune sich immer weiter im Geschirr verhedderte. Die Sache kam wie bestellt für die Tiergeschichte, nach der Lutz verlangt hatte. Die rechte Vorhand des Gauls schien gebrochen zu sein, denn beim Versuch, sich aufzurichten, knickte sie unter dem Gewicht weg. Ein spitzer Knochen zeichnete sich unter dem Fell ab. Außerdem blutete das Tier aus einer Wunde an der Seite. Sperrmüll war vom Wagen auf die Straße gekippt. Zwischen zersplitterten Schränken, einer alten Waschmaschine und einer Badewanne lagen aufgeplatzte Federbetten, Kleider und Schuhe.

»Guck mal, Fernsehen!« Zwei Hausfrauen hatten Gonzos Kamera entdeckt und rückten ihre Frisuren zurecht. Ein Rentner lugte neugierig von vorn in sein Okular.

»Hau ab da, Alter!«

»Ich hab alles gesehen.« Dem Opa stand der Schweiß auf Stirn und Oberlippe. Mit seinem Stock fuchtelte er vor Gonzos Objektiv herum. »Bei rot!«, keifte er. »Der Idiot ist bei Rot auf die Kreuzung. Wo er doch gesehen hat, dass die Tram gekommen ist.«

Gonzo trat einen Schritt vor, schob den Opa mit der Suzie zur Seite und hielt auf die Straßenbahn. Der Zug blockierte mitten auf der Kreuzung den Verkehr in alle Richtungen.

Weiter hinten drückten sich die ersten Autofahrer ihre Frustration mit der Hupe aus dem Leib. Gonzo schwenkte die Straßenbahn ab, nahm dann noch einmal den zitternden Gaul und ging weiter über die Front der Gaffer. Im Schuhgeschäft auf der anderen Seite standen die Verkäuferinnen in der Tür, in der ersten Etage hingen ein paar Muttis auf ihren Ellenbogenkissen in den Fenstern.

»Bei Rot, ich hab's genau gesehen!« Der Opa schwenkte erneut seinen Stock vor der Kamera.

»Verzieh dich!« Gonzo hielt nach dem Fahrer des Fuhrwerks Ausschau. Neben dem Straßenbahner, der aus dem Zug geklettert war, um sich die Sache aus der Nähe anzusehen, entdeckte er einen drahtigen grauhaarigen Mann in blauen Arbeitsklamotten. Er redete auf den Bahnfahrer ein und tippte sich an die Stirn. Der Fahrer zuckte nur mit den Schultern und stieg wieder in seinen Zug. Hinter der Bahn scherte ein Omnibus aus dem Stau und versuchte, an dem Chaos vorbei über die Kreuzung zu kommen. Die Leute drängten sich an den Fenstern, um möglichst viel von dem Pferd zu sehen. Entfernt klang das Geheul einer Sirene heran.

»Fuhrwerke gehören nicht auf die Straße.«

»Das arme Tier.«

»Überhaupt, was will der Klüngelskerl denn noch, wo's heutzutage für jeden Schrott ne extra Entsorgung gibt.«

Der grauhaarige Klüngelskerl machte sich am Zaumzeug des Gauls zu schaffen. Mit einem Messer versuchte er, die dicken Lederbänder zu zerschneiden.

»Die Mähre ist hin«, kommentierte jemand neben Gonzo.

Der Grauhaarige kam mit seinen Bemühungen nicht weiter. Er steckte sein Messer ein, wischte sich die Hände an der Hose ab und ging zu dem umgestürzten Wagen. Unter den Resten eines alten Bettgestells zerrte er eine Werkzeugkiste aus den Trümmern. Ein längliches Schild fiel um, und Gonzo konnte den verblichenen Schriftzug lesen: Wachowski – Altwaren, Essen Stadthafen.

Die Polizeisirene kam näher. Gonzo checkte kurz, ob die Akkus noch in Ordnung waren und setzte die Suzie wieder an. Der Straßenbahnfahrer war wieder aus seinem Führerstand herausgeklettert, warf einen hilflosen Blick auf den schnaufenden Gaul und steckte sich eine Zigarette an. Der Grauhaarige kam mit einem Zimmermannshammer in der Hand zurück. Er trat an das Pferd, bückte sich zu ihm herunter, streichelte ihm über die Blesse und holte dann mit dem anderen Arm aus. Es gab ein dumpfes Geräusch, als der Hammer in den Schädel des Tiers eindrang. Die Zuschauer stöhnten auf. Gonzo fühlte sich von der Menge in seinem Rücken nach vorn geschoben und verwackelte das Bild. Über das Fell des Tieres zuckten Muskelwellen.

»He«, brüllte Gonzo dem alten Wachowski zu. »Mach's nochmal!«

Der Grauhaarige sah auf und Gonzo setzte die Suzie wieder an. Dann kam der Hammer ein zweites Mal herunter, der Gaul zuckte mit allen Vieren gleichzeitig und wälzte sich herum. Blut aus der Kopfwunde. Das Stöhnen der Menge schwoll an. Endlich sackte das Pferd zusammen, die Hufe knallten aufs Pflaster. Gonzo bekam noch kurz den Opa mit seinem Stock ins Bild, wie er kreidebleich am Straßenrand stand, dann blinkte die Akkuleuchte auf. Gleich Ende der Vorstellung.

Wachowski richtete sich auf und warf den Hammer mit einer schlaffen Bewegung zu den Trümmern auf die Straße. Mit eingefallenen Schultern kam er zu Gonzo herüber.

»Tierquälerei«, meinte jemand.

»Rübe ab!«

Die Frauen über dem Schuhgeschäft hingen versteinert in ihren Fenstern. Im Ladeneingang übergab sich eine Verkäuferin.

Der Alte kam zu Gonzo herüber. »Was soll der Mist?«

»Starker Auftritt.« Mit der freien Hand nestelte er eine aufgeweichte Visitenkarte aus der Hosentasche und drückte sie dem Klüngelskerl in die Hand. »Ich mach dir daraus ein prima Privatvideo, okay?«

Achselzuckend steckte der Grauhaarige die Karte ein und schlurfte zu seinem Pferd zurück. Endlich schob sich der Polizeiwagen auf die Kreuzung. Türen sprangen auf und außer den beiden Uniformierten stieg ein Typ mit einem silbernen Notfallkoffer aus. Er begutachtete das tote Pferd, während die Beamten Ordnung in den Kreuzungsverkehr brachten. Gonzo sah, dass die Staatsmacht alles im Griff hatte und setzte die Suzie ab. Die Sache hatte sich erledigt. Auf dem Weg zum Kombi kontrollierte er die Aufnahmeanzeige. Sieben Minuten total. Als Story vielleicht gerade mal ein 30-Sekunden-Aufreger über bestialische Tierquälerei auf deutschen Straßen und dann noch als Szene für die Tiergeschichte der Agentur zu gebrauchen. Seine Laune besserte sich etwas. Er lud die Suzie in den Wagen und fuhr beim Herausstoßen aus der Toreinfahrt, in der er geparkt hatte, fast einen Radfahrer über den Haufen. Das Handy zirpte, Gonzo nahm das Gespräch an.

»Sie wollten doch ins Tierheim«, sagte Betty. »Ich habe Sie an der Grillostraße angemeldet. Innerhalb der nächsten Stunden. Fragen Sie nach einer Frau Niessen.«

»Dir Firma dankt! Ruf sie an und sag ihr, dass ich unterwegs bin.«

Betty war ihr Gehalt wert, das er ihr bereits seit zwei Monaten nicht mehr gezahlt hatte. Allein schon deswegen, weil sie am Telefon jeden zuckersüß abwimmelte, der Geld wollte.

Die Hitze spiegelte trügerische Wasserlachen über den Asphalt. Das Thermometer zeigte 34 Grad und Santa Claus sah aus, als stünde er kurz vorm Hitzschlag. Gonzo rollte über die Helenenstraße und Altendorfer am Bordell vorbei und überlegte, kurz einen Abstecher zur Friedrich-Ebert-Straße zu machen, und sich an Mutter Zeys Pommesbude eine Currywurst zu gönnen. Aber dann drehte sich ihm allein bei dem Gedanken an feste Nahrung der Magen um und er fuhr weiter Richtung Stadthafen. Am Bunker an der Stapenhorststraße bog er ab und schlängelte sich Richtung Vogelheim.

Vor der A+P schmorte Matzkes Schwedenpanzer in der Sonne. Die Kräne am Kanal schwangen unermüdlich mit ihren Schrottladungen hin und her.

Matzke hatte sich das Hemd aufgeknöpft und zeigte schwabbeliges Brustfleisch, als er Gonzo die Tür aufmachte. Er hatte neongrüne Gummihandschuhe an und einen feuchten Lappen in der Hand.

»Gerade bei einem Perversenfilm?«, fragte Gonzo.

»Hausputz!«

Auf dem Gang stand ein Eimer mit Wasser und ein Schrubber. Der Flur war zur Hälfte gewischt, das Studio schon sauber. Die Dekorationen waren an der Wand zusammengeschoben, die Stoffe für die Hintergrunddekoration ordentlich aufgerollt und das Bett abgezogen. Bis zum Büro war Matzke bei seiner Putzaktion allerdings noch nicht gekommen.

»Also, was willst du?« Er packte die Umzugskisten zur Seite und sackte auf seinen Schreibtischstuhl.

Gonzo sah sich um. Die Couch war leer, die Decke, unter der das Mädchen gelegen hatte, verschwunden. Matzke bemerkte seinen Blick.

»Das hat sich erledigt.«

»Und wie?«

»Nicht dein Problem.«

»Vielleicht doch.«

»Sicher nicht.«

Gonzo hockte sich auf die Kante der Couch. Die Sprungfedern bohrten sich in seinen Hintern. »Ich hab gedacht, wir könnten ein bisschen besser ins Geschäft kommen.«

Matzke zerrte sich die Gummihandschuhe von den Händen. »Hast du gedacht, soso.«

Gonzo nickte. »Was ist eigentlich mit der Kleinen geworden?«

»Das ist alles korrekt abgelaufen. Notarzt, Krankenwagen, Polizei. Herzversagen wegen allgemeiner Kreislaufschwäche. Sei froh, dass ich dich und die anderen da rausgehalten habe.« Er stand auf und langte nach seinen Handschuhen. »Also, was willst du?«

»An wen verscherbelst du deine Bänder eigentlich?«

»Großabnehmer«, erklärte Matzke. »Wieso?«

»Mich hat da jemand angesprochen, der könnte eine größere Menge abnehmen«, meinet Gonzo. »Allerdings ...«

»Allerdings was?« Matzke beugte sich vor und fummelte seine Wurstfinger wieder in die Gummihandschuhe. »Wer ist der Typ?«

»Kennst du bestimmt nicht.« Das interessierte Funkeln in Matzkes Blick zeigte ihm, dass er auf der richtigen Spur war. »Er hat ein paar Clubs und auch einen Versand, nur Privatkunden, wenn du verstehst. Deshalb sucht er auch ganz spezielle Filme.«

»Ganz spezielle, soso«. Matzke knöpfte sein Hemd zu und kramte aus einer der Umzugskisten ein paar fotokopierte Zettel. »Meine Angebotsliste. Preise und Stückzahlen sind Verhandlungssache.«

Gonzo überflog die Titel. Nur die üblichen Sauereien. »Nichts mit Teenagern dabei?« fragte er.

»Die sehen alle aus wie Teenager.«

»Oder harte Sachen«, sagte Gonzo. »Fesseln, Ketten, Blut?«

»Soso, harte Sachen.« Matzke ließ die beiden Worte auf der Zunge zergehen. »Sind verboten.«

Gonzo grinste. »Was verboten ist, macht uns doch erst richtig scharf? Wenn ich die Connections hätte, würde ich die Sache ja alleine deichseln«, sagte er. »Ein paar Disco-Mäuse anquatschen, einen Typen anheuern, der sie durchvögelt und dabei die Kamera draufhalten.«

Matzke grinste dünn. »Jaja, so wie sich Klein Fritzchen das Pornogeschäft vorstellt. Aber so läuft das nicht.«

»Ist mir klar«, räumte Gonzo ein. »Deswegen frage ich ja auch dich. In dem Geschäft ist eine Menge Kohle drin. Der Typ nimmt garantiert fünfzig oder hundert Kassetten pro Film ab.«

Matzke verzog das Gesicht. »Und dann kopiert er erstmal selber noch drei- bis vierhundert, ehe er sie verscherbelt, und die Kunden kopieren dann nochmal und so weiter, bis du kaum noch was erkennen kannst. Solche tapes vermehren sich schneller als Karnickel, und ich bleib auf meinen Produktionskosten sitzen.«

Gonzo hatte das Gefühl, dass sein Vorstoß ins Pornogeschäft schon zu Ende war, ehe er überhaupt richtig angefangen hatte. Und seine Karriere als Spitzel ebenso.

»War ja nur eine Frage.«

Matzke grinste. »Du brauchst Kohle, oder?«

»Du nicht?«

»Vielleicht kann man da doch was organisieren mit deinem Typen«, meinte Matzke auf einmal. »Aber sag ihm, dass das nicht billig wird.«

»Geld ist für den kein Problem.«

»Kennst du den eigentlich schon länger?«

»Sicher. Wenn der sagt, dass er zahlt, dann zahlt er auch.« Gonzo stand auf. »Ich sag ihm also, dass du dich darum kümmerst, okay? Kann ich ihm wenigstens was zeigen, damit er weiß, dass ich ihn nicht verarsche? Irgendwas Spezielles?« Gonzo atmete tief durch. »Hast du nichts mit der Kleinen gedreht, ehe sie umgefallen ist?« Er deute mit dem Kopf auf die Couch.

Matzke blieb eine Weile regungslos auf seinem Stuhl sitzen. Dann stemmte er sich in die Höhe und schob sich aus dem Büro. Auf dem Parkplatz vor dem Flachbau machte Matzke den Kofferraum seines Wagens auf und holte eine neutrale VHS-Kassette heraus. Ehe er den Deckel wieder zuschlug, konnte Gonzo noch einen Blick auf zwei stabile Aktenkoffer und eine Kiste mit Bändern werfen. »Lass dich nicht erwischen!«, meinte Matzke noch, ehe er wieder im Haus verschwand.

Gonzo setzte sich in den Kombi und verstaute Matzkes Band unterm Beifahrersitz. Im Auto stand die Hitze. Der Weihnachtsmann im Schüttelglas peitschte seine Rentiere und der Schnee rieselte gemächlich, als Gonzo vom Parkplatz rollte. Lastwagen verpesteten die Luft, Abgasschwaden hingen zwischen den Hallen und zogen durch die offenen Fenster in die Büros.

An der Ecke fuhr Gonzo rechts ran und behielt Matzkes Flachbau im Auge. Informeller Mitarbeiter Gonschorek im geheimen Einsatz. Wenn er Glück hatte, gab Hassenkamp sich mit dem zufrieden, was er aus Matzke

herausgeholt hatte und er brauchte nichts von dem toten Mädchen erzählen. Was der Hauptkommissar und seine Kollegen mit ihm machen würden, wenn sie von der Leiche erfuhren, stellte er sich lieber nicht vor.
Es dauerte nur ein paar Minuten, bis Matzke wieder aus dem Flachbau kam. Er hatte sich die Gummihandschuhe wieder ausgezogen und setzte sich nicht in seinen Schwedenpanzer, sondern schloss das Tor im Maschendrahtzaun auf und ging hinüber zu Brenneckes Schrottplatz.

Gonzo ließ den Motor an und wendete. Sein Magen meldete sich knurrend zu Wort. Matzke hatte seine Bude vom dem Schrotthändler gemietet. Vielleicht machte er noch mehr Geschäfte mit ihm. Die Kreuzung tauchte vor Gonzo auf und er bog ab, ohne den Blinker zu setzen und sich um das Gehupe seines Hintermannes zu kümmern. An der nächsten Ecke fuhr er wieder rechts und rollte am Maschendrahtzaun des Schrottplatzes entlang. Hinter der Einfahrt luden ein paar Arbeiter einen verbeulten Ford von einem Abschlepper. Bei den Bürocontainern standen Fenster und Türen offen und auf der Metallgittertreppe hockte Brennecke im kurzärmeligen Hemd mit dem Funktelefon am Ohr und ließ sich beim Geschäftemachen die Sonne auf die Halbglatze brennen. Gonzo stoppte und suchte in der Kühltasche nach etwas Essbarem. Außer ein paar Hustenbonbons fand er nichts. Vom Schrottplatz zog Teergestank herüber. Ein Stück vom Eingang entfernt qualmte ein Kocher und zwei Männer mit Sonnenhütchen und nacktem Oberkörper waren dabei, eine Betonwanne mit Teerpappe auszulegen und die Bahnen mit der schwarzflüssigen Masse zu dichten. Matzke erschien auf einem der Wege zwischen den Schrottgebirgen und verschwand mit Brennecke im Container.

Gonzo fragte sich, was er da gerade gesehen hatte und kurbelte am Lenkrad, um sich wieder in den Verkehr einzureihen. Beim letzten Blick auf den Schrottplatz sah er noch, wie der Typ mit der Lederkappe aus der Einfahrt kam. Gonzo fuhr an ihm vorbei, verpasste bei der ganzen Spioniererei, sich an der Kreuzung richtig einzuordnen, und musste deshalb nach rechts abbiegen, als die Ampel vor ihm auf grün sprang und der Transporter einer Rollladenfirma neben ihm vorbeibretterte. Er versuchte, sich zu orientieren, fuhr zweimal rechts und einmal links und glaubte schon, sich im Gewirr der Sackgassen rund ums Hafenbecken verfranst zu haben, als hinter der nächsten Kurve der Kiosk in dem aufgebockten Caravan auftauchte.

Die Frau hinter ihrem Verkaufsfenster sah gelangweilt zu, wie er auf dem Grasplatz neben der Bude parkte und herunterstakste. »Wieder ein Wasser?«

»Und was zu essen.« Gonzo studierte die Bilder auf den Angebotstafeln und tippte auf etwas, was einigermaßen genießbar aussah.

»Einmal heiße Hexe!« Die Frau holte ein schrumpeliges Häufchen unterm Tresen hervor und schob es in die Mikrowelle hinter sich. »Zigaretten?«, wollte sie wissen.

Gonzo schüttelte den Kopf.

Die Frau beugte sich vor, damit er ihre Körbchengröße schätzen konnte. »Sind im Sonderangebot. Frisch aus dem Osten.«

»Kein Bedarf.«

»Dann eben nicht.« Die Mikrowelle schellte. Gonzo nahm das heiße Baguette mit der zerlaufenden Käsescheibe über der schwitzenden Salami und einem Dialog von warmen Gürkchen. Er zog sich mit seinem Wasser an den Stehtisch zurück.

Das Baguette zerbröselte beim ersten Biss in tausend Stücke. Gonzo kaute, gurgelte mit Wasser nach und sah den Lederkappenmann an der Ecke auftauchen. Er steuerte den Stand an. »Tag Ulla!«

»Kubitzki!« Die Frau schob etwas in ihre Mikrowelle. »Wie immer?«

Kubitzki nickte und bekam eine Flasche Bier aus dem Kühlschrank. Er hebelte den Kronkorken mit beiden Daumen ab und gönnte sich einen langen Schluck.

Ulla wienerte den Tresen. »Und?«

»Immer noch nichts.« Kubitzki starrte mit zusammengekniffenen Augen über die Straße. »Hast du was gehört?«

»Die war doch sowieso zu jung für dich.«

Kubitzki wandte seinen Blick Ulla zu. »Was weißt du denn schon?«

»Mehr als deine Polenschnepfe allemal.«

Kubitzki zuckte mit den Achseln und kam zu Gonzo in den Schatten der Bretterwand.

»Mahlzeit!«, sagte Gonzo mit vollem Mund.

Kubitzki nickte und leerte sein Bier. Die Flasche stellte er sorgfältig auf einen der Hohlblocksteine, auf dem der Caravan aufgebockt war. Ulla reichte ihm das Stück heiße Fertigpizza aus ihrer Mikrowelle und ein neues Pils aus dem Fenster.

Gonzo zerrte die fettige Salami von seinem Baguette und schob sie sich in den Mund. »Mittagspause?«

Kubitzki nickte. »Und du?«

Gonzo befreite das Baguette von dem Käse und warf den Rest in den Papierkorb. »War gerade in der Gegend.«

»Na dann.« Kubitzki musterte Gonzo. »Willst du Zigaretten?«

Gonzo wollte zuerst den Kopf schütteln, aber dann überlegte er sich anders. »Kann sein. Wieviel?«

»Stangenweise.«

»Und woher?«

»Wo sie billig sind.«

Ulla hing in ihrem Fenster. »Was soll das?«, fauchte sie Gonzo an. »Eben haste nicht gewollt.«

Gonzo hob seine Wasserdose. »Noch eins, ja?«

Die nächste Büchse, die er bekam, war lauwarm. Kubitzki quetschte sich den Rest der Pizza in den Mund. Die Flasche kam neben die erste auf den Hohlblockstein. »Ich hab manchmal drüben zu tun.« Er deutet mit den Daumen über die Schulter.

»Im Stadthafen?«

»Polen, du Depp. Russland.«

»Schon klar.« Gonzo zögerte. »Du arbeitest bei Brennecke, oder?«

Kubitzki nickte. »Fünfzehn Jahre schon.«

»Hat der nicht auch mal eine Spedition gehabt?«

»Haben sie ihm zugemacht. Ärger mit dem Finanzamt.«

Gonzo starrte auf seine Wasserdose und wartete auf die clevere Frage, die ihm jetzt einfallen musste, um Kubitzki dazu zu bringen, über die ehemalige Spedition und Matzke und seinen Chef zu reden. Ehe sie ihm einfiel, rülpste Kubitzki, packte Ulla seine beiden Bierflaschen auf den Tresen und tippte sich an den Schirm der Lederkappe. »Man sieht sich. Ulla weiß Bescheid, wenn du Zigaretten willst.«

»Klar«, sagte Gonzo noch, ehe Kubitzki wieder um die Ecke verschwand. IM Gonschorek und sein gefährlichster Einsatz. Alles, was ihm heute sonst noch bevorstand, konnte dagegen nur abfallen.

## 6

Das Tierheim lag in einer heruntergekommenen Straße hinter der Universität. Gonzo blieb noch eine ganze Weile im offenen Wagen sitzen, nachdem er unter einer Riesenlinde geparkt hatte, und versuchte, sich zu motivieren. Es roch süßlich und unter dem Baum lagen Hunderte von toten Bienen. Auch das Gelände hinter dem Maschendrahtzaun wirkte ausgestorben. In den Zwingern rührte sich nichts. Nur ein paar Tauben liefen vollgefressen auf dem dürren Rasen herum. Schließlich versprach Gonzo sich eine Cola, sobald er den Dreh hinter sich hatte, lud die Suzie aus, steckte ein paar frische Akkus ein und stiefelte los. Es dauerte eine ganze Weile, bis ihm eine behäbige Mutti in einer mausgrauen Kittelschürze aufmachte.

»Frau Niessen?«

Träge graue Äuglein musterten ihn. »Sind Sie der Mann von den Tagesthemen?«

»Klar.«

»Ihre Chefin hat angerufen«, nuschelte die Frau.

»Welche Chefin?«

Sie schlurfte in ihren Gummistiefeln vor ihm her zu den Zwingern. »Es wird ja viel zu wenig über die armen Kreaturen berichtet!«

»Finde ich auch.«

Die nächste halbe Stunde verbrachte Gonzo damit, die Viecher in ihren Zwingern abzudrehen. Die Hunde hatten sich hechelnd in die hintersten Ecken verkrochen und die Katzen schliefen auf den Kletterbäumen. Fliegen schwärmten um die Futternäpfe, über allem lag ein würziges Geruchsgemisch aus Ammoniak und Pisse. Frau Niessen beklagte das allgemeine Desinteresse des Menschen an der Kreatur, bis Gonzo ihr sagte, dass sie den Mund halten sollte, damit er die Stimmen der Kreaturen besser aufs Band kriegte.

Danach lud sie ihn zu einer Limonade in ihr Büro ein. Gonzo löste die trockene Zunge vom Gaumen, um ja zu sagen. Die Büros lagen in einem Flachbau im Schatten der großen Bäume und rochen nach Sagrotan und Staub. Er hörte sich die Geschichte von Frau Niessens beiden Dackeln an, die vor zwei Jahren von einem Laster auf der Gladbecker Straße überfahren worden waren und versprach ihr, auch darüber einen Beitrag für die Tagesthemen zu machen. Die Zitronenlimonade schmeckte angenehm kühl.

Frau Niessen hatte sie mit frisch gepresstem Saft gemacht und die Gläser mit einem dünnen Zuckerrand und einem Schnitz Zitrone dekoriert. Gonzo erfuhr, dass sie außer ihren beiden Hunden auch noch ihren Mann verloren, und zwar an diese dürre Schlampe aus dem Erdgeschoss. »Männer sind durch und durch erbärmliche Kreaturen«, sagte sie und brachte Gonzo zum Ausgang. »Grüßen Sie Ihre Chefin von mir.«

Die Temperatur im Auto war trotz des Schattens unerträglich. Das Hemd klebte sofort klatschnass an der Rückenlehne. Der Geruch aus dem Tierheim verbreitete sich im Wagen. Gonzo gondelte zurück auf die Gladbecker und steuerte nach Süden. Aus dem klapperigen Opel neben ihm dröhnte Life is Life in einer Lautstärke vom CD-Player, dass Gonzo sich wunderte, wie die Karosserie den Schalldruck überhaupt aushielt. Vor den Eiscafés standen die Leute in Zweierreihen. Auf dem Platz vor der Gertrudis-Kirche hüpften ein paar Mädchen über ihre Himmel-und-Hölle-Kästchen. Als er die Taste des Radios drückte, verbrannte er sich fast die Finger. Black Magic Woman lullte ihn ein, die Pollenflugvorhersage zählte die halbe Botanik auf und danach arbeitete im Bürgerfunk ein Typ aus der Volkshochschule sein Sendungsbewusstsein an Kulturschaffenden ab. Eine Künstlerin erzählte, wie sie für ihr neustes Projekt Abdrücke von ausgewählten Essener Kanaldeckeln machte.

Später spielten sie Eve of Destruction, und Gonzo drehte die Lautstärke hoch. Damals war auf dem alten Ribbeckplatz noch Kirmes gewesen, und er hatte stundenlang mit Renate am Auto-Scooter gestanden, weil sie da die neusten Platten aus England spielten. In hochhackigen Schuhen und Hosen, mit einem Schlag, mit dem man die Straße fegen konnte. Weil Renate auf Pierre Brice stand, hatte er stundenlang vor dem Spiegel diesen Adlerblick aus dem Ölprinz geübt. Als er sie dann auf die Geisterbahn einlud, kriegte sie hektische rote Flecken auf den Wangen, weil sie genau wusste, was er wollte. Bei It‘s Now or Never schlug die Klapptür hinter ihrem Wagen zu und sie rollten für zwei Minuten durchs Dunkle. Er kümmerte sich nicht um die Gummimonster, sondern fummelte an ihrem BH herum und versuchte, sie mit der Zunge zu küssen. Renate hatte ihm später auf dem Heimweg in einer Toreinfahrt gezeigt, wie es richtig ging, und danach stand sein Schwanz wie eine Eins in der Hose. Zuhause musste er dann zuerst einmal ganz schnell ins Bad und sich frische Unterhosen aus dem Wäscheschrank holen. Zum Glück merkten seine Eltern nichts, weil im Fernsehen gerade Kulenkampff lief.

Das Werbejingle riss ihn aus seinen Gedanken, danach kamen die Lokalnachrichten. Der Direktor der Stadtbibliothek warnte davor, ausgeliehene Bücher mit schweißnassen Fingern umzublättern oder sogar ins Freibad mitzunehmen. Die drogenabhängige Jutta H. wurde immer noch wegen Polizistenmordes gesucht und die Sonderkommission Ruhrkiller tappte vorerst weiter im Dunkeln.

An der Schützenbahn staute sich die Blechschlange, als hätte sie sich seit dem Morgen nicht von der Stelle gerührt. Ein Uraltmodell stand mit offener Haube und kochendem Kühler auf dem Busstreifen. Auf dem alten Kirmesplatz ragte das Rathaus in den Smoghimmel. Im Fundament hatte sich damals angeblich der Oberbürgermeister einen First-Class-Atombunker für sich und seine Parteifreunde bauen lassen. Die Story hatte es bis ins Fernsehen geschafft, ehe sie sich als Aprilscherz einer alternativen Stadtzeitung entpuppte.

Gonzo klebte am Kunstleder des Fahrersitzes und beneidete den Weihnachtsmann in seiner Schneewelt. Er machte sich Richtung Frillendorf davon. Hinterm Betriebshof der EVAG und dem Bunker an der Eisernen Hand schlug er sich Richtung Autobahndreieck Ost durch.

Im Polizeifunk lief nichts, was von Interesse gewesen wäre. Bei den Unfällen wurden keine Krankenwagen gebraucht, also lohnte es sich auch gar nicht erst vorbeizuschauen. Die Autofahrer hingen mehr oder weniger ausgezogen hinter ihren Steuern und ließen sich vom Stau stadteinwärts schieben. Gonzo wartete fast fünf Minuten neben einer schicken Businesslady in ihrem offenen Sportflitzer darauf, dass es weiterging. Die Augen hinter einer Designersonnenbrille versteckt, die Bluse schneeweiß und frisch aus der Mangel und wahrscheinlich an ihrem eiskalten Körper festgefroren, träumte die Lady vor sich hin.

Gonzo hupte sie an, weil er auf den Parkplatz des Supermarktes wollte, und sie erschrak so, dass sie aufs Gas trat und den Luxusschlitten fast in die Baustelle setzte, die den ganzen Stau verursachte.

Im Supermarkt rollte Gonzo seine Einkaufskarre durch die langen Regalreihen. In der Getränkeabteilung kamen die Angestellten kaum mit dem Einräumen nach. Schwitzende Kerle rissen die Bierkästen schon von den Lieferpaletten herunter. Ein paar Gondeln weiter fachsimpelten Mütter mit ihren Buggies über Babywindeln mit und ohne Ultraschutz. Geliftete Seniorenmodels bewegten sich wie in Zeitlupe durch die Gänge, ließen sich von der Klimaanlage abkühlen und packten dann ihre zwei Becher Diät-Joghurt in den Karren.

Gonzo lud einen Karton Coladosen, Knäckebrot und abgepackten Käse in seinen Wagen und genehmigte sich auf dem Weg zur Kasse noch eine Flasche Wodka zum Aktionspreis. Von den sieben Kassen war nur eine besetzt, aber diesmal herrschte Ruhe in der Schlange, weil jeder wusste, dass es draußen mit dem wohltemperierten Supermarktambiente vorbei war.

Auf dem Parkplatz schwatzten ein paar Jugendliche den Kunden ihre Einkaufskarren ab, um die Pfandmark zu kassieren, die es gab, wenn man den Wagen drinnen im Laden in die Schlange zurückstellte. Gonzo wehrte alle Versuche eines dunkelhaarigen Burschen mit nacktem Oberkörper ab, der ihm unbedingt beim Einladen helfen wollte. Der Junge lungerte trotzdem bei ihm herum und bestand darauf, ihm den Einkaufswagen festzuhalten. Erst als Gonzo die Karre höchstpersönlich in den Laden zurückschob, verzog er sich. Gonzo schloss den Wagen wieder an die Schlange an und starrte verblüfft auf die polnische Münze in dem Pfandschieber. Auf dem Rückweg zum Kombi entdeckte er seinen aufdringlichen Helfer, wie er gerade mit einer leeren Karre den Supermarkt ansteuerte. Er schnitt ihm den Weg ab und schnappte sich den Wagen. »Das übernehme ich, klar?«

Der Junge trat einen Schritt zurück und starrte Gonzo wütend an. Gonzo warf ihm das Zlotystück zu. »Dein Betriebskapital!«

Als er eine halbe Stunde später in den Hinterhof fuhr, entdeckte er, dass Bettys Motorroller immer noch neben dem Müllcontainer stand, unter dem verstört Fraukes fette Katze hockte. Ein Transporter blockierte seinen Parkplatz, die Türen standen offen und Jungs in olivgrünen Bundeswehrhosen und tätowierten Hakenkreuzen auf den Oberarmen schleppten Möbel durch die Gegend. Im Aufgang zum Vorderhaus thronte Gonzos Kellerbekanntschaft und dirigierte die Truppe. Die Glatze schützte er mit einem vierfach geknoteten Taschentuch vorm Sonnenbrand. Gonzo sah sich die Sache eine Zeitlang an, dann stieg er aus und ging zu dem Skin. »Das ist mein Parkplatz!«

Hinter dem Burschen drängten sich seine Freunde aus dem Treppenhaus. »Was will der Scheißer, Bodo?«

»Seinen Parkplatz.«

Gonzo bekam angesichts der Fahrradkette, die Bodo statt eines Gürtels trug, ein paar Bedenken. Bodo blinzelte. »Die Jungs laden nur aus, dann sind sie weg, okay?«

Gonzo fand, dass das ein guter Kompromiss war und stellte den Kombi vor den Müllcontainer. Er packte seine Vorräte aus, stopfte die Suzie mit den Akkus in die Sporttasche und schleppte alles ächzend hinauf zum Loft. Die Tür stand offen, damit es wenigstens die Andeutung einer Luftbewegung gab. Betty saß am Schreibtisch und starrte auf den Computer. Auf der Schreibtischkante hockte ein vierschrötiger Bursche mit kurzgeschnittenen Haaren, goldenem Ohrring und tückischen Augen. Er steckte in einem schicken Seidenanzug mit weißem Hemd und Krawatte, und auch der Totschläger, mit dem er liebevoll seine linke Handfläche bearbeitete, war vom Feinsten. Bleikugeln in handgenähtem Leder, schätzte Gonzo nach dem Geräusch.

»Der Herr …«, begann Betty als Gonzo hereinkam, doch der Klotz brachte sie mit einer schnellen Handbewegung zum Schweigen.

»Herr Gonschorek?«

»Und wenn?« Er packte die Tasche mit der Kamera vorsichtshalber unter das Schnittpult und stemmte die Pappkiste mit seinen Lebensmitteln in die Höhe. »Halt mal.«

Der Blonde nahm ihm die Kiste ab und brachte sie zur Küchenzeile. Dort setzte er sie behutsam auf den Kühlschrank und kehrte dann zu Gonzo zurück. Der Totschläger baumelte an einer Lederschlaufe an seiner Hand. »Ich bin froh, dass ich Sie endlich mal persönlich erreiche.« Er zückte eine Visitenkarte. »Köhler, Inkassodienst.«

Hinter dem Rücken des Blonden gestikulierte Betty heftig, aber Gonzo hielt es für besser, den Kerl im Auge zu behalten. »Alles klar«, sagte er. »Die Überweisung ist heute Vormittag rausgegangen.«

Der Große lächelte ein bisschen. »Welche Überweisung?«

»Die Autowerkstatt«, krächzte Gonzo. »Wegen der sind die doch da, oder?«

»Richtig!«, lobte der Blonde. »Zweitausendachthundertvierundsiebzig dreißig. Und es tut mir wirklich leid, dass ich Sie und Ihre … Mitarbeiterin jetzt deswegen noch gestört habe.«

»Geschenkt«, meinte Gonzo großzügig. »Sie tun halt auch nur Ihren Job.«

»Das war aber wirklich auf den letzten Drücker.« Die Bleikugeln in dem Totschläger rieben sich dunkel, als er die Lederhülle zusammendrückte. »Dann werde ich auch gleich wieder gehen, sobald Sie mir den Überweisungsabschnitt gezeigt haben.«

»Was?«

Seine Linke vor und er bekam Gonzo am Arm zu packen. »Wenn du was überwiesen hast, dann hast du einen Überweisungsabschnitt gekriegt.«

»Klar«, meinte Gonzo. »Allerdings …« Er fühlte sich näher an den Blonden herangezogen und bekam Pfefferminzatem und ein teures Eau de Toilette zu riechen. Das Kinn des Kerls war so glattrasiert wie Saschas Bullennacken.

»Das mit der Überweisung hast du dir doch nicht etwa eben ausgedacht, oder?«

»Natürlich nicht!« Gonzos Gedanken rasten. Während er über die Schulter des Blonden Betty langsam zum Telefon greifen sah. »Mir fällt nur grade ein, dass es nicht direkt eine Überweisung war.«

»Sondern?« Köhlers Griff wurde fester. »Was war es dann? Vielleicht ein Scheck, den du zur Post gebracht hast?«

»Genau«, sagte Gonzo. »Verrechnungsscheck. Ist morgen bei euch im Büro.«

»Polizei?«, sagte Betty in den Telefonhörer. »Hier ist ein Mann, der zeigt sich mir nackt.«

Der Blonde drehte den Kopf und ließ Gonzo los.

»Ungefähr einsneunzig, blond, kurze Haare, goldener Ohrring«, sagte Betty ins Telefon. »Er ist einfach ins Büro gekommen und hat die Hosen runtergelassen. Gonschorek Videoproduktion.« Sie nannte die Adresse. »Aber kommen Sie schnell …«

Sie legte auf, ehe der Blonde bei ihr am Schreibtisch war. »An ihrer Stelle würde ich durch den Hinterausgang raus.«

An der Stirn des Blonden beulte sich eine dicke Ader bedrohlich aus. Zwei Schweißtropfen erscheinen an der Schläfe. Er hob drohend den Zeigefinger. »Das machst du nicht nochmal.«

»Sicher nicht«, sagte Betty. »Einfach die Treppe runter und dann die Stahltür hinten im Gang.«

Köhler rückte seine Anzugrevers zurecht und trat den Rückzug an. »Wehe«, sagte er noch zu Gonzo, als er in der Tür war. »Wehe, wenn da morgen kein Scheck in der Post liegt.«

»Verpfeif dich!« Gonzo knallte die Tür hinter ihm zu und lehnte sich dagegen, nachdem er den Schlüssel umgedreht hatte. Zu Betty meinte er: »Und jetzt lass dir was Gutes für die Bullen einfallen.«

Sie lächelte. »Ich hab gar nicht gewählt.«

Er schüttelte den Kopf. »Und wenn er nicht darauf reingefallen wäre?«

»Hätten Sie Pech gehabt.« Sie strich sich eine Haarsträhne aus der Stirn. »Er ist vor zwei Stunden hier hereingeturnt und hat mich seitdem nicht aus den Augen gelassen. Keine Anrufe, kein Telefonate, gar nichts.«

Gonzo wischte sich den Schweiß von der Stirn, dann packte er die Suzie aus der Tasche, deponierte sie auf dem Schneidetisch und steckte die Akkus ins Ladegerät.

»Wollen Sie nicht danke sagen.«

»Danke!« Gonzo knackte eine der lauwarmen Coladose, ehe er die anderen in den Kühlschrank räumte. Zuletzt schob er Betty eine hin.

»Ich will ein Glas!«

Also holte er ein Glas aus dem Schrank.

»Und Eis.«

Er drückte ein paar Eiswürfel aus der Schale im Gefrierfach ins Glas und goss die Cola ein. »Strohhalm?«

Sie schüttelte den Kopf und nahm das Glas. »Sie stecken in der Klemme.«

Er ließ sich in den Cocktailsessel beim Schreibtisch fallen. »Wär nicht das erste mal.«

»Haben Sie denn wirklich überhaupt kein Geld mehr?«

»Sicher hab ich noch Geld.«

»Aber?«

»Von dem Scheck heute Morgen kann ich das Arschloch zweimal bezahlen.«

»Das bezweifele ich.« Sie wippte mit dem Stuhl. »Ihr Konto war überzogen. Dafür ist der ganze Scheck draufgegangen.«

»Na und? Dann überziehe ich eben wegen der Autorechnung wieder.«

»Also, ich wollte es Ihnen heute Morgen nicht sofort sagen, weil ich gedacht habe, dass Sie sich dann nur wieder aufregen …«

Gonzo ahnte schlimmes. Der Bankmensch mit seiner Brille und dem Milchgesicht war noch nie gut auf ihn zu sprechen gewesen.

»Die Bank hat Ihren Dispokredit gestrichen. Sie beabsichtigen ab sofort … wie hat er gesagt ›das Konto auf Guthabenbasis zu führen‹.«

»Mist!«

Ihre Finger spielten mit der Telefontastatur. »Soll ich Ihnen was leihen?«

»Soweit kommt's noch.«

»War ja nur eine Frage.«

Gonzo überlegte, wieviel er noch mit seiner Scheckkarte aus dem Automaten holen konnte, ehe sie von dem Kasten eingezogen wurde.

»Sie wollen nicht drüber reden, oder?« Betty sah ihn auffordernd an.

»Worüber?«

»Die Probleme, die Sie haben.«

»Bin ich hier beim Psychiater?«

»Vielleicht fällt mir was ein.«

»Glaub ich kaum.«

»Verstehe«, sagte sie. »Probleme sind Männersache.«

Gonzo fischte Matzkes Kassette aus seinen Sachen und drehte sie einen Moment unschlüssig in der Hand. Dann legte er sie zur Seite. »Mal angenommen, Hassenkamp kommt zu dir und sagt, dass du hier bei mir spitzeln sollst. Was machst du?«

Sie zuckte mit den Schultern. »Nichts.«

»Mal weiter angenommen, du hast deinen Motorroller von einem Typen gekauft, der mit geklauten Sachen handelt, und Hassenkamp sagt, dass er sich deinen Roller mal genau ansehen will. Was machst du jetzt?«

»War er deswegen heute Morgen hier?«

Er sah sie an.

»Sie wissen schon, was ich meine.«

»Tja«, meinte Gonzo. »Einmal ein Bulle bleibt immer ein Bulle.«

»Hat es was mit der Agentur zu tun, für die Sie jetzt arbeiten?«

Er sah sie erstaunt an. »Wie kommst du denn da drauf?«

»Weil ich mich heute Nachmittag mal ein bisschen umgehört habe.«

»Du hast was?«

»Es war ja nur wegen des Schecks heute Morgen. Ich wollte nur sicher sein, dass die auch bezahlen und das Ding nicht platzt.«

»Die haben mehr Kohle als du Haare auf dem Kopf.«

»Stimmt.« Sie fischte einen Zettel aus dem Papierkorb und glättete ihn sorgfältig. »FRR, Fernsehagentur Rhein Ruhr GmbH, Stammkapitel 150.000 Mark, Geschäftsführer Wilbert Hasenclever, Gesellschafter Lutz Sawitzki und Blackbox Productions Film- und Fernsehproduktionsgesellschaft Dortmund.«

»Was?« Gonzo blinzelte. »Mein alter Freud und Kumpel Wahnfried.«

»Haben Sie mir nicht mal erzählt, dass Sie mit ihm nichts mehr zu tun haben wollten?«

»Will ich auch nicht.«

»Und was machen Sie jetzt?«

Gonzo fiel nichts ein. »Wie hast du das rausgekriegt?«

»Eine Freundin von mir macht ihr Praktikum bei einer Wirtschaftsauskunftei.«

Gonzo schüttelte den Kopf. »Was seid ihr? Die Mafia der Praktikantinnen?«

Betty nickte grinsend. »Schnell, effektiv und gut.« Sie angelte ihren Sturzhelm vom Garderobenhaken. An der Tür drehte sie sich noch einmal um. »Ich komme morgen eine halbe Stunde später, okay?«

»Von mir aus brauchst du gar nicht zu kommen.«

»Aber das interessiert mich jetzt.«

»Was interessiert dich?«

»Wie Sie sich aus dem ganzen Schlamassel wieder rauswühlen, finde ich lehrreich.«

Nachdem sie gegangen war, riss Gonzo die Fenster auf. Drüben im Vorderhaus brannte Licht. Bodo stand auf einer Kiste und dekorierte die Wand mit einer Reichskriegsflagge, seine Kumpel hingen in den Sesseln und ließen sich mit Dosenbier volllaufen. Dazu dröhnten die Böhsen Onkelz.

Gonzo legte Matzkes Band in den Recorder und startete. Es war wieder die gleiche überstrahlte Billigkamera wie auf den Bildern, die Hassenkamp ihm gezeigt hatte, und der Schauplatz der gleiche zellenartige Raum mit den nackten Betonwänden. Hintereinander sah Gonzo, wie sich vier Mädchen auf einer Pritsche rekelten, alle um die sechzehn, entweder unter Drogen oder eingeschüchtert von jemandem hinter der Kamera. Schnittbilder, auf denen sie Klammern an den Brustwarzen hatten und dann eine kurze Aufnahmen, in der die Mädchen mit Handschellen ans Bett gebunden waren und sich ein nackter Mann ins Bild schob, von dem nicht mehr zu sehen war, als dass auf seiner rechten Hinterbacke eine Rose tätowiert war. Die Tonspur war mit lauwarmer Discomusik bespielt. Das Ganze war nichts weiter als ein Katalogfilm, also nahm Gonzo an, dass Matzke noch mehr Bänder von den Mädchen besaß.

Er kopierte das Band und angelte das Telefon vom Schreibtisch. Auf gut Glück drückte er die Nummer des Hauptkommissars im Präsidium. Es klingelte lange und er wollte die Leitung schon wieder unterbrechen, als ihn die Anlage automatisch zur Pforte durchstellte. Hassenkamp sei in der Videoverarbeitung, meinte der Wachhabende. Gonzo ließ sich verbinden. Eine Mundharmonika wimmerte, dann peitschten Schüsse durch die Leitung.

»Spiel mir das Lied vom Tod, sagte Gonzo.

»Falsch«, sagte Hassenkamp. »Was willst du?«

»Bericht erstatten!«

»Dann komm vorbei.« Hassenkamp drehte seinen Videoton leise. »Hier unten im Keller ist eine Klimaanlage. Konstant 18 Grad.«

»Nachher«, meinte Gonzo. »Zwei glorreiche Halunken?«

»Genau. Und bring was zu trinken mit.«

»Sonst noch Wünsche?« Er unterbrach die Verbindung.

Die Straßen waren fast leer, als er aus Altenessen heraus zur Innenstadt zockelte. Der halbe Mond stand über den Dächern, ein paar schmale Wolken zogen über den Himmel und versprachen Regen. Die Luft klebte zwischen den Häusern, Fenster standen offen, Rentner in Unterhemd und kurzen Hosen lehnten an den Trinkhallen neben Typen in grellen Jogginganzügen herum und glichen ihren Flüssigkeitshaushalt aus. An den Verteilerkästen der Stadtwerke knutschten Teenagerpärchen. Im Polizeifunk liefen kaum Meldungen durch. Kneipenschlägereien, Lärmbeschwerden, Ehekräche. Grillgestank vom Nachbarbalkon, Lustgestöhn in einer Gartenlaube und eine Clique, die über den Zaun ins Grugabad geklettert war, um sich abzukühlen.

Gonzo ließ sich vom dünnen Nachtverkehr Richtung Hauptbahnhof treiben und drehte eine Runde im Kreisverkehr am Südausgang. Er machte einen Abstecher zum Zeitungskonzern, störte den Pförtner in seiner Glasbox bei einem Fernsehbericht über das Paarungsverhalten von Löwen und kletterte hinunter in Herberts Redaktion. Herbert war nicht da und hatte den Volontär kurzfristig zum Chef vom Dienst befördert. Der Junge wusste nicht, ob er Gonzos Band mit dem toten Pferd kaufen durfte und druckste herum, bis Gonzo ihm eine Kopie daließ, damit Herbert am nächsten Tag selber entscheiden konnte. Der Pförtner hatte praktischerweise den Schlagbaum gar nicht erst heruntergelassen, damit er in Ruhe weiter zuschauen konnte, wie der König der Wüste bumste.

Nachdem er den Zeitungsverlag hinter sich gelassen hatte, überlegte er, wo er sich auf die Lauer legen sollte. Er drehte beide Seitenfenster herunter und rollte langsam an den Fassaden der Banken und Versicherungen vorbei die Huyssenallee in Richtung Bredeneyer Kreuz hinauf. Der Fahrtwind brachte kaum Kühlung, die Luft war schwer und stickig. Auf der Amüsiermeile rund um den Rüttenscheider Stern flanierten gebräunte Mädels mit geklonten Nachwuchsverdienern zwischen den Cafés und Kneipen. Der Verkehr lief zügig, trotz der Schikanen aus Betonkübeln und Stolperschwellen. Die Anzahl der Kabrios lag weit über dem statistischen Durchschnitt; Nachtschwärmer, die aus ihren Werbeagenturen und Wohnlofts ins Moltkeviertel rollten, um sich auf der Piste sehen zu lassen.

Bei der karottenroten Eisdiele vor der Brücke war Teenyauftrieb. Im Laden beklagte sich Manuela in einer neuen Technoversion darüber, dass nur der Bossanova an allem Schuld gewesen war, und Gonzo konnte ihr nur recht geben. Damals hatte er sein Taschengeld zusammengespart und noch fünf Mark aus der Zuckerdose seiner Mutter geklaut, um Renate hier oben groß auszuführen. Zum Eisbecher Florida gab es einen Kloß im Hals und Renates endloses Gerede über die Handelsschule, die sie machen wollte. Später würde sie dann mal als Sekretärin ihren Chef heiraten, der mindestens ebenso toll aussehen musste wie Pierre Brice auf dem Starschnitt aus der Bravo.

Es ging weiter in den Süden, wo die Häuser niedriger und teuer, die Gärten größer und die Zäune höher wurden. Hin und wieder ein Jojo-Hund, der mit seinem Herrchen an der ausziehbaren Leine die letzten Runde drehte. Gonzo gähnte und fuhr rechts ran. Der Wind schien sich Mühe zu geben, zwischen den Villen etwas frischer zu wehen. Er lehnte sich im Sitz zurück und schloss die Augen. Der Polizeifunk schnatterte vor sich hin. Langsam wich die Wärme aus dem Wagen. Als Gonzo nach einer Weile die Augen wieder öffnete, stand ein paar Meter weiter ein heller Corsa mit dem Logo eines Wachdienstes auf den Türen. Dunkle Gestalten hinterm Steuer. Gonzo machte vorsichtshalber den Funkscanner aus. Plötzlich schalteten sie das Fernlicht ein. Gonzo kniff die Augen zusammen und ließ aus lauter Hektik den Motor absaufen. Als die Maschine endlich lief, drehte er auf der Fahrbahn, schlug sich nach links in eine Seitenstraße und hatte sich innerhalb von fünf Minuten heillos in der Siedlung verfranst. Auch der Weihnachtsmann steckte in einer Schneewehe und die Rentiere kämpften sich mühsam aus den weißen Massen. Gonzo brauchte eine ganze Weile, bis er wieder auf eine einigermaßen belebte Straße fand.

Ein Türkengrill tauchte am Straßenrand auf. Gonzo fuhr an den Bürgersteig. »Dönertomatensalatzwiebelnsazikischarfmachen.«

»Olivenpaprika?«

»In Ordnung.«

Er aß im Wagen und grübelte, was Matzke mit dem toten Mädchen angestellt hatte, und ob er heimlich Gewaltfilme drehte. In den Platanen vor der Gastwirtschaft leuchteten tausende von Glühlämpchen auf. Gonzo wartete gemeinsam mit Santa Claus auf den Engelschor und White Christmas, aber nur der Scanner schaltete sich ein. Die Feuerwehr musste wieder wegen eines Brandes in der Anlage in Katernberg raus. Diesmal hatte der Pyromane eine Garage im Hinterhof abgefackelt. Gonzo schenkte es sich, hinzufahren. Bis er durch das Gewühl in der City draußen war, hatten die Wehrmänner schon längst alles unter Wasser gesetzt und keine einzige Flamme zum Filmen mehr übriggelassen.

Als bis kurz nach elf immer noch nichts geschehen war, gondelte Gonzo über die Meisenburg und Hatzperstraße zurück ins Westviertel. An der Humboldtstraße wehte Wind of Change aus dem Wohnhaus, das sich an einen alten Hochbunker lehnte. Ein Besoffener versuchte, im Takt der Musik an den Schaltkasten der Ampel zu pinkeln. Ein streunender Köter beobachtete interessiert seine Bemühungen, dann hob er das Bein und markierte die Hosenbeine des Betrunkenen.

Gonzo rollte weiter nach Holsterhausen, passierte das Klinikum, vor dem die Taxifahrer es sich in ihrer Schlange an Campingtischen und Klappstühlen gemütlich machten. Am Kiosk holte Gonzo sich ein Sechserpack und machte sich auf den Weg zum Polizeipräsidium. Hassenkamps Videobearbeitung lag im Keller. Ein frischer Lufthauch wehte Gonzo entgegen, als er die Tür zum Studio aufmachte. Der Hauptkommissar schnitt gerade etwas zusammen. Gonzo sah blutüberströmte Gesichter, verdrehte Knochen, zerrissene Brustkörbe und eingeklemmte Gliedmaßen auf den Zuspielmonitoren. »Für die Weihnachtsfeier der Kradstaffel«, erklärte Hassenkamp, ohne den Blick von seinem Schaltpult zu nehmen.

»Kann ich davon was haben?« Irgendeine Redaktion würde sich schon dafür interessieren. Notfalls konnte er es immer noch ins Archiv tun.

Hassenkamp schüttelte den Kopf und angelte blind nach der Zigarette im Aschenbecher. Gonzo legte ihm seinen Passierschein hin, nahm sich ein Bier aus der Packung und sah dem Kommissar zu, wie er die Unfallszenen aneinandersetzte. »Die können sich immer wieder dran hochziehen, wenn es den Autofahrern dreckig geht!«, sagte Hassenkamp schließlich und löschte die Monitore bis auf den Hauptschirm. Er nahm sich ein Bier und musterte Gonzo zwischen zwei Schlucken. Bei den Stahlregalen mit den Videokassetten hatte er ein Feldbett aufgebaut. Auf dem Fensterbrett stand Rasierzeug. »Draußen ist es ja nicht zum Aushalten.«

Gonzo sah die Bänder durch. Neben den Tatortvideos und den Mitschnitten aus der letzten Bundesligasaison standen Django, Für ein paar Dollar mehr und Zwei glorreiche Halunken. Der Hauptkommissar war wieder in seiner Italo-Phase. Mit der Westernsammlung in seinem Reihenhaus am Stadtrand hatte Hassenkamp über Jahre dafür gesorgt, dass die Leerkassettenhersteller schwarze Zahlen schrieben. »Wird dir dieser Cowboyquatsch eigentlich nicht langweilig?«

»Never judge a man, before you walked a mile in his boots.« Hassenkamp kippte seinen Stuhl zurück. »Also, was gibt's Neues?«

Gonzo reichte ihm Matzkes Kassette, Hassenkamp warf sie in einen Recorder und leerte eine weitere Dose Bier, während das Band durchlief und Gonzo ihm erzählte, wie er seine Geschäftsbeziehungen im Stadthafen vertieft hatte.

»Nicht dumm«, meinte Hassenkamp.

»Natürlich nicht. Aber mehr krieg ich wahrscheinlich nicht raus.«

»Natürlich kriegst du noch mehr raus!« Hassenkamp zerdrückte seine Bierdose. »Mach ihn richtig heiß auf das Geschäft. Sag ihm, dass dein Kunde interessiert ist. Sag ihm, dass er die richtigen Bänder sehen will. Frag ihn, woher die Bänder kommen und die Mädels.«

»Sonst noch Wünsche?«

Hassenkamp machte Matzkes Band zum Kopieren fertig und stellte die Geräte an. »Natürlich. Telefonnummern, Adressen, Namen.«

»Aber die Haftbefehle stellt ihr noch selber aus, ja?« Gonzo ballte die Fäuste. »Wenn das rauskommt, kann ich mich da draußen nicht mehr sehen lassen.«

»Immer mit der Ruhe«, sagte Hassenkamp. »Die Kollegen von der Sitte arbeiten absolut korrekt. Dein Name taucht in ihren Akten nicht auf.«

»Da bin ich aber beruhigt«, sagte Gonzo. »Das wäre dann die erste vertrauliche Information, die hier wirklich im Präsidium geblieben ist.«

»Stell dich nicht so an.«

»Und der Verdienstausfall, den ich wegen eurer ganzen Scheiße habe?«, wollte Gonzo wissen. »Wer bezahlt mir den?«

»Jetzt im Sommerloch verdienst du doch sowieso nichts. Zu heiß für Mord und Totschlag.«

Das Telefon im Regiepult summte. Hassenkamp nahm das Gespräch an, und während er zuhörte, trat ein entnervter Blick in seine Augen. Schließlich sagte er, dass er kommen würde.

»Einsatz?«, fragte Gonzo, als Hassenkamp im Rekordtempo seine beiden Einsatzkoffer aus der Ecke holte und durchcheckte.

»Kein Kommentar.«

»Und wo?«

Hassenkamp klappte die Koffer zu und scheuchte ihn aus dem Studio. »Wehe wenn du vor uns am Stadthafen bist.«

Gonzo grinste und raste die Treppe hinaus. An der Pforte nölte der Posten ihn an, weil er seinen Passierschein in Hassenkamps Keller vergessen hatte. Während er sich noch mit dem Paragraphenfuchser stritt, sah er die beiden Kleinbusse der Mordkommission aus dem Hof des Präsidiums in Richtung Norden davonbrausen. Sekunden später folgte Hassenkamp mit seinem fahrbaren Studio.

»Diese Passierscheine geben wir nicht zum Spaß aus«, belehrte ihn der Posten.

Gonzo sagte, dass er da aber beruhigt sei und drückte sich durch die Schleuse, als der Kollege des Posten die Glastüren für ein paar Streifenpolizisten aufmachte, die, beladen mit Pizzaschachteln, von draußen hereinkamen.

Im Polizeifunk war nichts von dem Einsatz zu hören. Wenn sie in der Leitstelle wollten, dass nicht gleich jeder Polizeireporter und Videogeier Bescheid wusste, wechselten sie auf ein anderes Band. Gonzos Puls beschleunigte sich, während er den Kombi über die Hausackerstraße nach Norden jagte, über die Berliner Straße und die Brücke am Güterbahnhof Frohnhausen, am runden Hochbunker an der Körner Straße vorbei nach Altendorf hinein und weiter in Richtung Stadthafen, wo schon die polnischen Gebrauchtwagenhändler in einer langen Reihe in ihren Wagen auf den Automarkt am Wochenende warteten. Mit etwas Glück würde er die Sache exklusiv kriegen, und er hoffte, dass es eine große Geschichte war und nicht wieder nur ein abgenippelter Penner oder Junkie. Von denen hatte er schon genug im Archiv.

Ein Karnickel hoppelte panisch über die Fahrbahn, als er zehn Minuten nach der Mordkommission ankam. Die Schutzpolizei hatte das Gelände am Kanal weiträumig abgeriegelt, aber an der Sperre neben dem Umspannwerk entdeckte Gonzo Endrulat und Bantzok von der Nordwache und winkte ihnen aus dem Fenster zu.

»Keine Presse!«, informierte ihn Endrulat. »Also fahr zu und lass dich nicht vom Kollegen Fischbeck erwischen.«

Gonzo grinste. »Die Firma dankt.«

Endrulats Kollege lotste ihn auf einen Parkplatz zwischen den Büschen und sah zu, wie Gonzo die Suzie auslud und den schweren Akkugürtel herauszerrte, weil er auf keinen Fall bei der Sache plötzlich ohne Saft dastehen wollte. Bantzok schimpfte über die Überstunden, die sie der C-Schicht aufgedrückt hatten. »Die halbe Belegschaft auf Urlaub und dann hat Hoffmeister gestern noch einen Hitzschlag gekriegt.« Er half Gonzo, die Suzie an die Akkus anzustecken. »Musste unbedingt bei dem Wetter sein Tagespensum trainieren.« Er schüttelte den Kopf. »42 Kilometer bei 42 Grad. Jetzt liegt er flach und mit dem New York Marathon wird's für ihn wohl auch dieses Jahr nichts.«

Gonzo klemmte den Scheinwerfer auf die Suzie und stiefelte los. Die Wagen der Mordkommission und der Leichenkombi standen auf dem schmalen Weg bei der Uferböschung. Das trockene Gras knisterte unter Gonzos Turnschuhen, Dutzende von Heupferden sprangen davon. Zwischen den Fahrzeugen bewegten sich die Spurensicherer. Auch Hassenkamp war schon mit seiner großen Mühle auf der Schulter bei der Arbeit. Die Männer vom Lichtwagen steckten die letzten Strippen zusammen und die Strahler auf den beiden Stativen flammten auf. Gonzo pirschte sich näher und versuchte, genauso auszusehen wie alle anderen. Wenn er Glück hatten, hielten sie ihn für jemanden von Hassenkamps Dokumentationstrupp.

Auf dem schwarzen Kanalwasser dümpelte ein Feuerwehrschlauchboot. Zwei Beamte schoben mit ihren Sonden etwas in Richtung Ufer. Im Licht der Polizeischeinwerfer bekam Gonzo jede Einzelheit der Aktion auf Band.

Hier am Wasser herrschten fast annehmbare Temperaturen. Der Mond tauchte die Abraumhalde im Hintergrund in ein fahles Licht. Es roch nach Brackwasser und Dieselöl. Am anderen Ufer lagen zwei Lastkähne voller Schrott unter den Krallen von zwei Kränen, die, wenn er sich nicht ganz täuschte, zu Brenneckes Schrottplatz gehörten.

Gonzo schwenkte für ein Stimmungsbild einmal über die Szene. Am Ende lief ihm dabei Hassenkamp in den Ausschnitt, sagte aber nichts. Auch die anderen Männer sprachen nicht viel. Sie hatten endlich die Leiche ans Ufer bugsiert und versuchten nun, sie an den Spundwänden hochzuziehen. Erst beim dritten Versuch klappte es. Der Notarzt hockte auf seinen Koffern und wartete darauf, den Tod festzustellen, und die Männer von der Pathologie machten ihren Blechsarg fertig.

Gonzo stand an der Böschung und niemand störte sich daran, dass er mit der Suzie draufhielt, als die Tote auf der Bahre über die Böschung nach oben zu den Fahrzeugen geschleppt wurde. Sie war nackt, der ehemals schlanke Körper aufgebläht und voller Dreck, aber trotzdem sah Gonzo genau das dunkle Muttermal auf ihrer linken Brust. Für einen Moment schloss er die Augen, behielt aber glücklicherweise den Finger auf dem Auslöser. Das Gesicht des Mädchens war eine einzige verschleimte und trübe Masse, aus der ein paar weiße Knochensplitter ragten.

Als sie endlich in der Zinkwanne lag, bekam Gonzo noch eine gute Nahaufnahme von ihr und war sich danach sicher, dass es die Kleine aus Matzkes Büro war. Von wegen Notarzt und Krankenwagen.

Er musste sie gestern gleich in den Kanal geworfen haben. Die Fäulnisgase in der Bauchhöhle hatten sie dann wieder hochgetrieben. Dabei hatte sie wohl eine Schiffsschraube erwischt. Beide Beine waren unterhalb des Knies abgerissen. Knochenstümpfe ragten aus dem Fleisch heraus.

Gonzos Magen zog sich zusammen. Neben ihm tauchte Hassenkamp auf, die Kamera auf die Hüfte gestützt.

»Unser Heimwerker«, sagte er. »Wieder mit der Trennscheibe.«

Gonzo fröstelte, aber das lag wahrscheinlich an dem feuchtkalten Luftzug, der vom Kanal herüberwehte. Zwei zivile Limousinen mit aufgeklemmtem Blaulicht kamen den Weg entlanggerumpelt.

»Am besten du verziehst dich jetzt«, sagte Hassenkamp. »Das ist die Sonderkommission.«

Aus dem ersten Wagen stieg eine Frau, gefolgt von drei jungen Burschen in adretten Jacketts. Über der schlichten Bluse, die wohl wesentlich teurer war, als sie aussah, trug sie ein lässiges Jackett, dazu leichte Hosen und Slipper. Ihre Jungs waren glatt rasiert und hatten den kühlen Blick von Leuten, die gewohnt waren, andere herumzukommandieren.

»Pless, Roswitha«, sagte Hassenkamp leise. »Kriminalrat.«

Gonzo machte die Suzie aus und verdrückte sich in den Hintergrund, während die smarte Kriminalrätin mit ihrer Mannschaft das Fundstück betrachtete. Ihr Gesicht blieb ausdruckslos, und nur einer von ihren Jungs verfärbte sich grünlich. Dann winkte Pless den Männern vom Leichentransporter zu, damit sie die Wanne abdeckten und wegbrachten.

Auf dem Rückweg zum Kombi kam ihm Reutter mit seiner Mühle auf der Schulter entgegengehetzt. Gonzo grinste. »Wer zu spät kommt, muss schnell laufen können.«

Reutter würdigte ihn mit keinem Blick und raste zu den Kripoleuten ans Ufer. Sein Scheinwerfer flammte auf und ging sofort wieder aus, weil die Begleitung der Sonderkommissarin nicht gefilmt werden wollte. Gonzo hörte Reutter über den ganzen Platz hinweg schimpfen, während er die Suzie in den Kombi packte und die Akkus ablegte.

Vom Handy aus rief er bei der Agentur an. Wilbert hatte wieder Nachtdienst. Gonzo erzählte, was er für Bilder hatte. »Warte nicht auf Reutter. Der Wunderknabe hat‘s vermasselt.«

Sie machten aus, dass Gonzo das Band gleich noch vorbeibrachte und Gonzo ließ den Motor an. Vom Ufer kam ein Uniformierter mit Reutter im Schlepptau angestapft. Zuerst dachte Gonzo, dass der Streifenpolizist den Kameramann im Auftrag der Sonderkommissarin vom Platz eskortierte, aber dann sah er, wie Reutter auf Gonzos Kombi zeigte. Der Bulle langte nach seiner Dienstwaffe und kam auf den Kombi zu. Im Scheinwerferlicht erkannte Gonzo Polizeimeister Fischbeck, die Lippen zusammengekniffen und das Kinn entschlossen vorgeschoben.

Gonzo rammte den Gang rein und holperte mit dem Kombi über das huckelige Gelände los. Fischbeck gestikulierte, und nachdem Gonzo den Wagen in einer hektischen Wende auf die Straße gesetzt hatte, sah er im Rückspiegel, wie der Polizist seine Waffe hob. Gonzo trat aufs Gas, weil er sich nicht vorstellen konnte, dass Fischbeck ernsthaft auf ihn schießen würde, ganz zu schweigen davon, dass er dazu einen Befehl bekommen haben könnte.

Die Straße schlängelte sich an verlassenen Lagerhallen und einem heruntergekommenen Firmengelände vorbei zu einem Tor, an dem zwei Streifenwagen mit zuckenden Blaulichtern standen. Die Uniformierten hingen müde in ihren Sitzen, und Gonzo war an ihnen vorbei, ehe sie begriffen hatten, was passiert war.

Zwanzig Minuten später stapfte Gonzo mit quietschenden Sohlen über den Gang zum Agenturraum. Der aufgeblasene Pinguin schwankte wie besoffen, als Gonzo ihm die Tür vor den Schnabel knallte.

»Langsam!«, mahnte Wilbert. Heute trug er Knickerbocker, Kniestrümpfe und ein Arbeitshemd mit lässig geknotetem Halstuch. Zum perfekten Pfadfinder fehlte nur noch der Hut.

Gonzos Bilder betrachtete er auf dem großen Hauptmonitor, ohne eine Miene zu verziehen. »Sehr gut! Das wird zwar keiner senden, aber alle werden‘s haben wollen.«

»Dann las uns über Geld reden.«

Wilbert bot den normalen Satz und fing schon mal an, den Scheck auszuschreiben.

»Nicht so fix!«, meinte Gonzo. »Wenn ich das selber verkaufe, hole ich das Doppelte raus.«

Wilbert erhöhte um sechshundert Mark. »Aber nur weil du es bist.«

Gonzo verlangte tausend mehr. »Und stell dich nicht so an. Ihr habt genug Kohle.«

Wilbert ließ den Stift sinken., »Wie meinst du das?«

»Euer Partner«, sagte Gonzo. »Blackbox Productions. Mein alter Freund Wahnfried verdient sich mit seinem Serienschrott eine goldene Nase.«

Wilbert blinzelte irritiert. »Wer hat dir erzählt, dass er unser Partner ist?«

Gonzo zog sein Augenlid herunter. »Quellenschutz.«

Wilberts Blick ruhte begehrlich auf der Kassette mit Gonzos Bildern. Seufzend füllte er den Scheck aus und ließ Gonzo den Formularvertrag der Agentur unterschreiben. Beim Kopieren des Bandes ließ Wilbert die Bilder nochmal an sich vorüberziehen. Das zerstörte Gesicht des Mädchens erschien auf dem Monitor. »Wahrscheinlich Schleifscheibe«, kommentierte Gonzo, und mit beängstigender Langsamkeit konkretisierte sich in seinem Hinterkopf der Gedanke, dass Matzke die Kleine so zugerichtet haben musste. Andererseits war die Schleifscheibe das modus operandi des Ruhrkillers. Gonzo fröstelte plötzlich.

»Vergewaltigt?«

Gonzo zuckte mit den Achseln.

»Wir sitzen da nämlich an einer großen Geschichte«, sagte Wilbert. »Zusammen mit einer Redaktion aus Berlin. Arbeitstitel Menschen-Monster. Knallharte Reportagen für ein neues Programmformat nach Mitternacht bei einer von den Privaten.«

»Slasher-Fernsehen?«, fragte Gonzo.

»Absolut sauber recherchierte true-life-stories über Gewalt in der Gesellschaft«, korrigierte Wilbert. »Journalismus reinsten Wassers. Weiße Sklaverei, Straßengangs, all diese Sachen. Die werden als erste eine richtige Hinrichtung aus einem amerikanischen Knast zeigen. Wir haben für sie was über Gewaltsex gemacht. Absolut geil, die Geschichte.« Wilbert zerrte die unterste Schublade des Rollcontainers neben seinem Platz auf und fischte eine Kassette heraus. »Die Rohfassung. Nur zur Ansicht. Der Ruhrkiller wär gut für einen zweiten Teil. Am geilsten wär natürlich ein Interview mit ihm, wenn sie ihn gekriegt haben.« Er schob Gonzo die Kassette hin. »Wenn du so was liefern kannst, kommen wir richtig ins Geschäft.«

Gonzo steckte das Band ein und gab dem fetten Pinguin auf dem Weg zur Tür noch eins auf den Schnabel.

## 7

Die Gans baumelte an einem Seil zwischen zwei Birken. Gonzo checkte die Kameraakkus und machte die Suzie aufnahmebereit.

»Jetzt!«, sagte Frauke hinter Gonzo. Sie hatte ihn vorhin mit ihrem postgelben Kleinwagen an der Ausfahrt Wattenscheid West abgeholt und her gelotst. Sie schlang ihre Arme um ihn, um ihm beim Schwenk zu stützen, so wie er es vorhin ein paar Mal mit ihr geübt hatte. Gonzo drehte sich mit dem Okular am Auge zu dem Reitertrupp an der Startmarkierung, nahm den Gänsereiter, der schwertschwingend lospreschte in der Totalen und folgte seinem Ritt. Die Zuschauer stöhnten auf, als die Gans unter seinem Hieb Federn ließ. Der Hals des Tieres hing nur noch an ein paar Sehnen. Beim nächsten Durchgang würde der Wattenscheider Gänsereiterkönig feststehen.

Fraukes Hand glitt interessiert über Gonzos Hose. »Alles okay?«

»Sicher«, sagte Gonzo heiser. Auf dem Platz am Rand von Bochum stank es nach Pferdemist. Am Feldrain stand ein Jauchewagen. Unter den Zuschauern, die die Bierstände und Grillbuden umlagerten und nichts Besseres zu tun hatten, als ihren Kreislauf in der Hitze auch noch mit Bratwurst, Reibekuchen und Pommes rot-weiß zu belasten, schlichen ein paar Jugendliche in grauen Kapuzenhemden herum. Fraukes und Eriks autonome Eingreiftruppe, wie er eben erfahren hatte. Unauffällig ins Feindgebiet eingesickert.

Fraukes Körper war fest und kräftig, sie roch leicht nach Schweiß. Der Lärmpegel schwoll an. Am Start machte sich der kommende Gänsereiterkönig bereit. Frauke stützte Gonzo wieder. Er spürte ihre Brüste mit ihren festen Warzen auf seinem Rücken und registrierte, wie sie mit den Händen unter seinen Hosenbund glitt. »Gleich!«, murmelte sie ihm ins Ohr. »Erik kommt von links.«

Gonzo schwenkte zu den Zuschauern hinüber. Behäbige Kartoffelchipfresser in kurzen Hosen und Anglerhütchen, feiste Muttis mit roten Gesichtern und die unvermeidlichen Rentner in ihren Hemden mit halbem Arm. Kräftige Typen mit hochgeföhnter Mähne, in Sporthemden und neonfarbenen Jogginghosen mit ihren aufgebrezelten Bräuten. Pralle Busen unter engen Hemdchen, lockere Tops mit Spaghettiträgern und Radlerhosen, die direkt aus der Spraydose auf die Haut gesprüht wirkten. Aus den beiden Boxen auf ihren Stativen neben dem Bierstand plärrte Volksmusik.

»Höher!«, zischte Frauke. »Auf dem Feld, du Idiot!«

Gonzo zog das Bild auf und erwischte gerade noch Erik, der auf einer Motocross-Maschine über den Rübenacker heranpreschte und mit durchdrehenden Reifen in den Parcours der Gänsereiter einbog. Keiner hatte bemerkt, dass inzwischen einer der Kapuzenhemdträger aus der Hasen-Truppe an einer der Birken hochgeklettert war und das Seil losmachte. Die Gans fiel herunter, Erik angelte den Kadaver im Vorbeifahren aus dem Dreck und raste davon.

Die Zuschauer brüllten und liefen durcheinander. Bloß die Säufer am Bierstand behielten die Ruhe. Allerdings nur, bis der erste von ihnen das schwarzbraune Rinnsal bemerkte, das ihnen zwischen den Füßen durchlief. Gonzo setzte die Suzie neu an und drehte die beiden Figuren in dunklen Kapuzenhemden, die auf dem Jauchewagen herumturnten. Aus dem Ausfluss sprudelte es dunkelbraun. Der ätzende Gestank legte sich in einer schwülen Wolke über den Platz und traf Gonzo wie ein Faustschlag. Er musste würgen und verwackelte dabei das Bild. In einem kurzen Schwenk bekam er dann aber doch noch mit, wie die Kapuzenhemden sich davonmachten. Sie enterten den Bully, der langsam am Waldrand herangerollt war und jetzt mit aufheulendem Motor davonraste. Als Gonzo ihm nachschwenkte bekam er wieder die beiden Birken ins Bild, zwischen denen jetzt ein rotes Transparent hing: Kampf dem Tiermord. Autonome Tierschützer DIE HASEN.

»Und jetzt hau ab!«, wisperte ihm Frauke ins Ohr und ließ ihn los. »Wir kommen nachher zu dir und holen das Band.« Vom Bierstand stürmte eine Horde aufgebrachter Säufer auf Gonzo zu, weil sie ihn irgendwie mit dem Chaos in Verbindung brachten. Er machte, dass er davonkam. Hinter ihm kochte der Volkszorn. »Bleib stehen, du Sau!«

Aus den Augenwinkeln sah er Frauke am Waldrand im Unterholz verschwinden. Er nahm die Suzie vor die Brust, schlug einen Haken zum Feldweg hin und brachte damit die Bierbäuche durcheinander, die ihm den Weg zum Parkplatz versperren wollen. Am Ende des Parcours trieben die Gänsereiter ihre Gäule zusammen und formierten sich zum letzten Aufgebot. Die Pferde wieherten, dann setzte sich das Feld mit trommelnden Hufen in Bewegung. Zuschauer sprangen kreischend zur Seite, als die Meute an ihnen vorbeigaloppierte. Staub wirbelte auf.

Gonzo preschte schwitzend durch das trockene Unterholz der Haselbüsche. Flirrendes Sonnenlicht brach durch die Baumwipfel und blendete ihn. Er stolperte und hätte sich beinahe mit der Suzie langgelegt. Im letzten Moment fand er das Gleichgewicht wieder und hetzte taumelnd weiter. Der Schweiß lief ihm in Strömen über den Körper. Nach einer Weile wurden die Rufe hinter ihm leiser. Er lief weiter, die Suzie in der Hand, die mit jedem Schritt schwerer wurde. Endlich kam er an einer Landstraße aus dem Wald heraus. Er hielt sich rechts, erreichte schließlich eine Reihenhaussiedlung und stapfte unter den misstrauischen Blicken rasensprengender Hobbygärtner zur nächsten Ecke. Unter dem Straßenschild hing ein Plakat für das Sommerfest. Wer wird Gänsereiterkönig von Wattenscheid? Zur Orientierung war ein dicker roter Filzstiftpfeil darunter gemalt.

Gonzo folgte der Richtung und erreichte nach ein paar Minuten wieder den Parkplatz der Sommerfestler. Auf dem Gelände herrschte noch einige Aufregung, untermalt von der Polonäse Blankenese aus den Bierzeltlautsprecher. Niemand kümmerte sich um ihn, als er den Kombi aufschloss, die Suzie auf die Schaumgummimatratze der Ladefläche warf und sich davonmachte. Das Letzte, was er im Seitenspiegel sah, waren die Versuche von ein paar rosigen Bierbäuchen, das Hasen-Transparent herunterzuholen. Der Weihnachtsmann in seiner Kugel wippte gelassen mit seiner Rentierpeitsche, als Gonzo durch die Schlaglöcher des Wirtschaftsweges rumpelte.

Er brauchte eine gute halbe Stunde bis zum Hinterhof an der Altenessener Straße. Als er sich durch die Toreinfahrt zwängte, hätte er beinahe eine schmale junge Frau mit rotem Meckikopf über den Haufen gefahren, die mit ihrem beiden Koffern beim Müllcontainer stand und an der Fassade hochsah. Auf ihrer Schulter hockte eine weiße Ratte. Gonzo riss im letzten Moment das Lenkrad herum und ließ sich beim Ausladen als Idiot und Plattwichser beschimpfen.

Neben seinem Parkplatz stand eine blitzsaubere Limousine mit einem Aufkleber der Polizeigewerkschaft an der Windschutzscheibe. Auf der Motorhaube aalte sich die Katze in der Sonne. Gonzo schleppte seine Sachen hinauf zum Loft.

Sie saß mit Betty an seinem Schreibtisch, trank Gonzos Cola und hielt es nicht mal für nötig aufzustehen, als er hereinkam. Pless, Roswitha, die Sonderkommissarin. Sie musste Ende Vierzig sein, sah ausgezeichnet aus in ihrem hellen Sweatshirt mit dem Rocky Mountains-Aufdruck; und die beiden Gipfel ließen einen glatt vergessen, was sie hauptberuflich so trieb.

»Frau Pless ist …«, begann Betty, aber die Sonderkommissarin ließ sie nicht ausreden.

»Herr Gonschorek?«

»Wohnt nicht mehr hier.« Er packte die Suzie auf den Arbeitstisch, steckte die Akkus in das Ladegerät und holte sich erst einmal eine Cola aus dem Kühlschrank.

Pless hielt ihre Dienstmarke hoch. »Wir können es auch amtlich machen, Gonschorek. Sie müssen es nur sagen.«

Betty trommelte mit den Fingern auf die Glasplatte. Gonzo setzte sich auf den Drehstuhl an seinen Monitoren und sah Pless an.

»Sie haben gestern am Hafen Aufnahmen von einem Mordopfer gemacht.« Sie hatte diese Art zu sprechen, die Gonzo bei Frauen gar nicht schätzte. Trocken und ohne Wärme.

»Und?«

»Wer hat Sie über diesen Einsatz informiert?«

Gonzo zuckte mit dem Schultern. »Ich war grad in der Nähe.«

»Sehen Sie«, sagte Pless, »wir von der Sonderkommission würden gern in Ruhe arbeiten. Die Berichterstattung über die bisherigen Fälle hat sich nicht gerade als hilfreich erwiesen. Eher im Gegenteil.«

Der dezente Güllegeruch aus Gonzos Klamotten kroch langsam in den Raum. Pless rümpfte die Nase. Sie stand auf und kam in ihren Riemchensandalen herüber, um seine Geräte einem gründlichen Augenschein zu unterziehen. »Ich leite die Sonderkommission erst seit einigen Tagen und mir liegt viel an einem guten Verhältnis zu den Medien.«

»Mir auch.«

»Nun habe ich allerdings erfahren, dass Sie nicht nur gestern gegen jede Anweisung Aufnahmen von einer Leichenbergung gemacht habe, sondern dass Sie vor ein paar Tagen schon einmal … aufgefallen sind.«

»Alles reiner Zufall«, sagte Gonzo. »Was wollen Sie? Ich hab mit dem Ruhrkiller nichts zu schaffen.« Er musste an Matzke denken und fragte sich, ob das alles so stimmte, was er erzählte.

»Sind Sie da so sicher?« Pless sah ihn lange an, von oben bis unten und wieder zurück. Ihre Nasenflügel kräuselten sich angesichts der Duftwolke, die er verströmte. Sie ging zum Schreibtisch zurück und holte aus ihrer Collegemappe eine Videokassette. »Unterhalten wir uns doch einmal über Ihre Geschäftsbeziehungen zu der Firma A+P.«

Betty holte tief Luft. Gonzo sagte: »Na und?« und ahnte schon, was auf der Kassette zu sehen sein würde, die Pless jetzt herüberbrachte. Sie fand zielsicher einen Recorder, drückte die richtigen Knöpfe und knipste den Monitor an. Das Band lief an, auf dem Schirm rammelte ein muskulöser Schönling eines von Matzkes Modellen, dann brach die Aufnahme ab und die Szene von dem Mädchen und dem Mann mit der tätowierten Rose auf dem Hintern fing an. Betty war vom Schreibtisch herübergekommen und sah sich das Band stumm an.

»Erkennen Sie das Mädchen nicht wieder?« Pless schaltete auf Standbild. Gonzo verfluchte Hassenkamp, die Kripo und alle, die ihn in das ganze Schlamassel hineingezogen hatten.

»Keine Ahnung, was Sie meinen.«

»Stellen Sie sich nicht blöder als Sie sind.« Pless nahm das Band aus dem Recorder. »Sie wissen, woher das Band kommt. Mit ein bisschen Überredung kriege ich damit jederzeit einen Haftbefehl gegen Sie und Matzke.« Betty schaute aufmerksam auf, doch Pless kostete ihre Pause voll aus. »Dass ich Sie jetzt nicht verhafte hat nur einen einzigen Grund. Nämlich, dass Sie uns mehr nutzen, wenn Sie frei herumlaufen, als wenn Sie hinter Gittern sitzen.«

Gonzo ahnte, was jetzt gleich kam. Sie hatte von seinem Deal mit Hassenkamp erfahren und wollte jetzt, dass er auch für sie bei Matzke spitzelte. Der Schweiß lief ihn aus den Achselhöhlen am Körper herunter und klebte das T-Shirt ans Rückrat.

»Kooperation«, sagte Pless.

Gonzo überlegte, dass es sicher einen Dreh gab, wie er aus der Sache wieder herauskommen konnte. Er musste ihn bloß finden. »Okay«, sagte er schließlich. »Wenn es denn der Wahrheitsfindung dient.«

Pless lächelte ohne echtes Gefühl. »Es freut mir, dass wir uns verstehen.« Sie nahm wieder am Schreibtisch Platz und verstaute die Kassette in ihrer Collegemappe.

Betty runzelte die Stirn und sah Gonzo fragend an. »Arbeiten Sie jetzt für die Polizei?«

»Halt die Klappe.« Gonzo kratzte sich am Kopf. »Gehört die Kleine aus dem Kanal zu der Serie des Ruhrkillers?«, fragte er Pless.

»Wir überprüfen das gerade.« Sie klopfte auf ihre Mappe. »Außerdem habe ich mir auch das Band angesehen, das Ihnen Herr Matzke als Probe gegeben hat. Die vier Mädchen darauf können durchaus mit den vier anderen Opfern identisch sein.«

Gonzos Haut zog sich zusammen und er fragte sich, was er wirklich von Matzke wusste. Dass er von seiner Mutter nach der Geburt weggegeben worden war. Ein Metzgerehepaar hatte ihn adoptiert, und später hatte er ein paar Jahre auf der Airbase der Amerikaner als Koch gearbeitet. Darüber, wie er ins Pornogeschäft geraten war, hatte er nie etwas verlauten lassen. Gonzo räusperte sich. »Ich denke, bei den Opfern gibt es nicht mehr viel zu identifizieren?«

»Das überlassen Sie mal besser uns.« Pless nahm ihre Mappe und stand auf. »Sie wissen, worum es uns geht. Namen, Adressen, Hinweise, Hintergründe. Sie verstehen mich?«

»Laut und deutlich«, murmelte Gonzo.

»Ihr Ansprechpartner bleibt weiterhin der Kollege Hassenkamp. Er hat sich übrigens für Sie verbürgt.«

»Ich werd mich bei ihm bedanken.«

»Und nicht vergessen«, sagte Pless, »ich will, dass Sie sich mit Ihrer Sensationsgier zurückhalten. Also keine Leichenbilder oder ähnliches mehr, solange wir ermitteln.«

Gonzo lachte auf. »Sonst noch was?«

Pless nickte. »Ja. Ich will wissen, woher Sie gestern von unserem Einsatz erfahren haben.«

»Kein Kommentar«, sagte Gonzo. »Außerdem war ich ja nicht der einzige da. Fragen Sie Reutter.«

»Das habe ich schon. Und danach hatte ich eine Unterredungen mit Polizeimeister Fischbeck, der glaubte, sein Verhältnis zur Presse durch gelegentliche Tipps an Kameraleute verbessern zu müssen.«

Gonzo starrte die Sonderkommissarin erstaunt an. »Fischbeck?«

»Er hat das auch damals schonmal gemacht, als er noch auf der Wache in Hattingen war.« Sie wippte auf den Fußballen. »Also, wer hat Ihnen den Tipp gegeben?«

Gonzo bemühte sich um einen gleichgültigen Gesichtsausdruck. »Sagen wir mal, ich bin rein zufällig vorbeigekommen«, meinte er. »Eure Absperrung war ja nicht zu übersehen. Und ich bin ein neugieriger Mensch.«

Es war Pless nicht anzumerken, ob sie ihm die Geschichte abkaufte oder nicht. »Ich höre also von Ihnen!«

Sie nickte Betty zu, ehe sie ging. Die Andeutung eines Lufthauchs wehte durchs Zimmer. Dann klappte die Tür schon wieder zu.

»Puh«, sagte Betty.

»War sie schon lange hier?«

Betty schüttelte den Kopf. »Vielleicht zehn Minuten.«

»Hat sie dich ausgehorcht?«

»Ja.«

»Worüber?«

»Was Sie so machen und so weiter.«

»Und was hast du ihr gesagt?«

Betty produzierte ein schafsmäßiges Lächeln mit runden Augen und Schmollmund und erklärte in bester Teenager-Manier: »Also ich mach hier nur ein Praktikum und so, und ich kriege eigentlich gar nichts mit.«

Gonzo grinste.

»Wollen Sie mir nicht wirklich mal sagen, worum es geht?«

Gonzo lehnte sich auf dem Drehstuhl zurück, verschränkte die Hände hinter dem Kopf und schloss die Augen. Der Gedanke, dass Matzke vielleicht der Ruhrkiller war, bohrte weiter in seinem Hinterkopf. Er hörte, wie Betty auf der Computertastatur herumklapperte. Durchs offene Fenster drangen die Geräusche des Hinterhofes herein, ein Wagen wurde gestartet, jemand kippte Müll in den Container. Heavy Metal wummerte über das eintönige Talkshow-Gebrabbel, das aus den Rentnerwohnungen rieselte. Der Geruch der Gülle lag inzwischen im ganzen Raum. »Ich muss duschen«, sagte Gonzo, aber dann blieb er doch lieber sitzen. »War was los inzwischen?«

Betty blätterte in ihrem Memobüchlein, ihren Bleistift im Mund. »Ein Herr Wachowski hat sich gemeldet und gefragt, was das Video denn kosten soll.« Gonzo erinnerte sich düster an den Klüngelskerl mit seinem Gaul. Betty hakte das Gespräch ab. »Ihre Freund Herbert vom Regionalfenster sagt, dass er ausnahmsweise einmal die Geschichte mit dem Pferd ins Programm genommen hat.«

»Sonst noch was?«

»Köhler Inkassodienst« Sie strich mindestens fünf Notizen durch. »Sie lassen ausrichten …«

»Geschenkt«, sagte Gonzo. »War‘s das?«

»Nicht ganz«, sagte sie. »Herr Matzke hat angerufen. Er möchte sich mit Ihnen treffen.«

»Wann?«

Sie schaute nach. »Nach Feierabend. In seiner Firma. Er war irgendwie komisch.«

Gonzo zerdrückte seine leere Coladose und zielte damit auf den Papierkorb. Er traf nicht und die Dose kullerte unter den Schreibtisch. »Wie – komisch?«

»Nervös.« Sie knabberte weiter an ihrem Bleistift. Der große goldene Ohrring, den sie heute trug, schaukelte sanft. »Matzke dreht Pornofilme. Sie arbeiten für ihn. Die Kommissarin denkt, dass er vielleicht etwas mit dem Ruhrkiller zu tun hat. Sie sollen da was rauskriegen. Richtig?«

Gonzo holte sich eine Tiefkühlpizza und eine neue Cola aus dem Gefrierfach. Die Pizza schob er in den Backofen, die Cola nahm er mit zum Schreibtisch. »Du bist ein Klugscheißer.«

»Das haben Sie schon mal gesagt.«

Gonzo seufzte und erzählte ihr, wie er in die Sache hineingeraten war, weil sie doch nicht eher Ruhe geben würde, bis sie die Geschichte aus ihm herausgekitzelt hatte. Betty hörte zu und raspelte ein weiteres Stückchen von ihrem Naturholzbleistift mit der 100 Prozent ökologisch hergestellten Miene ab. »Das Mädchen in seinem Büro war wirklich tot?«, fragte sie dann.

Gonzo nickte. »Ein Wort davon bei den Bullen und ich bin geliefert.«

Betty konnte ihm da nur recht geben, und während er sich seine Pizza aus dem Backofen holte und darauf wartete, dass sie abkühlte, ratterte sie die Paragraphen herunter, wegen derer sie ihn drankriegen konnten. Dann sagte sie: »Nehmen Sie mich mit?«

»Wohin?«

»Gleich, wenn Sie zu Matzke fahren.«

»Du bist wohl verrückt. Das ist nichts für dich.«

»Das können Sie doch gar nicht wissen.«

»Du machst jetzt Feierabend, und morgen kümmerst du dich darum, dass ich die Adressen von ein paar Tierfreaks kriege, damit ich denen bei der Agentur endlich ihr Band liefern kann.«

»Lenken Sie doch jetzt nicht schon wieder ab.«

»Und wehe, wenn du wieder sagst, dass du meine Chefin bist!« Gonzo packte das schmutzige Geschirr in die Spüle.

»Warum sind Sie denn auf einmal so sauer?«

»Hör zu«, sagte Gonzo. »Du schnüffelst mir hinterher, du redest mir dauernd in meinen Kram rein und dann wunderst du dich, wenn mir das stinkt.«

Sie drehte den Kopf zur Seite. Trotzdem sah Gonzo, wie sie die Lippen zusammenkniff.

»Nicht auf die Tour«, sagte er. »Wehe, wenn du jetzt anfängst heulen.«

Sie sah ihn wieder an. »Wer heult hier?«

Sie heulte tatsächlich nicht. Sie war nur wütend.

»Okay«, sagte Gonzo. »Ich habe die Bullen am Hals, ich habe Matzke am Hals, und ich habe den Inkassodienst am Hals. Was soll ich deiner Meinung nach tun?«

»Sie würden doch sowieso nicht auf mich hören.«

»Wahrscheinlich.« Er grinste. »Nimm dir was zu trinken.«

Sie lächelte und holte sich eine Cola aus dem Kühlschrank. Der Verschluss knackte. Gonzo zeigte ihr das Band, das die Polizei bei ihrer Durchsuchung in Matzkes Büro gefunden hatte und auch das Katalogband. Bettys Gesicht wurde seltsam kühl, als sie die gefesselten Mädchen sah. »Bis jetzt hab ich von sowas immer nur gehört.«

Gonzo machte den Recorder aus. »Hassenkamp und die vom Sittendezernat denken, dass ich damit was zu tun habe«, sagte er. »Weil in Matzkes Unterlagen kein Honorare für einen zweiten Kameramann auftauchen. Dass der auch selber Bilder drehen kann, das geht denen nicht in den Kopf.«

Sie machte den Recorder wieder an und sah noch einmal in das Katalogband hinein. »Und Sie sagen, dass Sie nichts damit zu tun haben?«

»Natürlich nicht.«

»Aber dieser andere, dieser normale Porno …«

»Kamera Gonzo Gonschorek, hab ich niemals abgestritten.«

»Hat Matzke Sie mal gefragt, ob Sie auch diese brutalen Filme machen würden?«

»Nein.«

»Und wenn er Sie gefragt hätte?«

»Was soll das?«

»Was hätten Sie gesagt?«

»Darum gehst doch gar nicht.«

Sie musterte ihn.

»Keine Ahnung«, sagte Gonzo. und erzählte ihr von seinem Angebot an Matzke und der Katalogkassette, die er bekommen hatte. »Den Rest kennst du«, sagte er zum Schluss. »Ich soll den Spitzel machen und hab keine Ahnung, in was ich dabei reingerate.«

»Trauen Sie Matzke denn eigentlich zu, dass er was mit diesem Ruhrkiller zu tun hat?«, wollte sie wissen.

Gonzo zuckte mit den Schultern. »Er ist gelernter Metzger.«

Sie sagte eine Weile nichts, nippte nur einmal an ihrer Cola. Das Sonnenlicht legte einen Moment lang einen Schimmer auf ihr Haar. »Tja«, sagte sie dann.

»Tja«, meinte Gonzo. »Das beruhigt mich, dass sogar dir nichts mehr dazu einfällt.«

»Sie sollten Matzke warnen«, sagte sie auf einmal. »Wenn er denkt, dass ihm die Polizei auf den Fersen ist, packt er vielleicht seinen Kram zusammen und verschwindet. Dann gibt es für Sie auch nichts mehr zu spionieren und Ihr Freund Hassenkamp lässt Sie in Ruhe.«

»Der ist nicht mein Freund!«, knurrte Gonzo und ließ es sich durch den Kopf gehen. Gut möglich, dass es klappte.

»Wenn tatsächlich Matzke das Mädchen im Hafen so verstümmelt hat, dann könnte er es nur getan haben, um den Verdacht auf den Ruhrkiller zu lenken«, sagte Betty noch.

»Aber dann sind da immer noch die vier anderen Mädchen auf dem Band, das Sie von ihm gekriegt haben. Das ist bestimmt kein Zufall.« Er stand auf. »Ich werde ihm deswegen nachher gleich mal auf den Zahn fühlen.«

»Kann ich nicht doch …«

»Nein«, sagte Gonzo. »Du machst jetzt Feierabend«

»Sie meinen, das ist Männersache, oder?«

»Hab ich nicht gesagt.«

»Aber gedacht.«

»Raus!«

Gonzo blieb fast eine halbe Stunde unter der Dusche, um den Güllegestank loszuwerden und sich abzukühlen. Das schmutzige Hemd und die Hose steckte er in einen Plastiksack und versenkte ihn tief unten in seiner Schmutzwäsche. Am Samstag war wieder eine Sitzung im Waschsalon angesagt. Zwei Maschinen Buntes und einmal Kochwäsche. Die Muttis konnten recht hilfreich sein, beim Zusammenfalten und auch sonst. Gonzo versank in einem Tagtraum aus schwarzer Miederwäsche und blonden Haaren. Danach ging er noch einmal unter die Dusche.

Später sah er sich im Loft das Band von Eriks Gänsereiteraktion an. Die Bilder waren gut, er schnitt die Geschichte ein bisschen zusammen und machte dann noch eine 60-Sekunden-Sache für das Tierband der Agentur daraus. Erik und seine Hasen würden schon nichts dagegen haben, wenn sie irgendwann bundesweit als Rächer der geschundenen Kreatur über die Schirme flimmerten. Zusammen mit dem Pferd auf der Kreuzung und den Hunden aus dem Tierheim hatte er fast zehn Minuten zusammen. Zuwenig, um Wilbert und Lutz glücklich zu machen.

Als er seine Leerkassetten sortierte, fiel ihm das Band mit der Reportage in die Hand, das Wilbert ihm beim letzten Mal gegeben hatte. Bis zu seinem Termin mit Matzke hatte er noch ein bisschen Zeit, deshalb warf er das Band in den Recorder. Es war ein Rohschnitt für ein 45-Minuten-Feature, noch ohne Kommentar. Thema Sex und Gewalt. Szenen aus einem Dominastudio, in dem Gonzo auch schon einmal für ein Schmuddelmagazin etwas über Typen gedreht hatte, für die es das größte war, sich Nadeln durch den Sack stechen zu lassen. Die füllige Lederfrau peitschte einen Kerl aus, der nur eine Latexmaske anhatte und ihr mit Begeisterung die spitzen Schuhabsätze ableckte. Dabei erzählte sie etwas über den philosophischen Hintergrund von sadomasochistischem Sex und dass sie eigentlich promovierte Sozialpädagogin wäre. Danach gab der Kerl mit der Kopfmaske sein Interview, von dem Gonzo nicht viel verstand, weil er unter seinem Gummischutz auch noch lispelte.

Es kamen noch Szenen über Intimschmuck und Piercing und einem schwulen Pärchen, das sich beim Liebesspiel gegenseitig strangulierte. Die beiden lagen halbnackt auf dem Bett, hatten Seidentücher um den Hals geschlungen und erzählten etwas von Todeserfahrung im Lustrausch. Es folgten Interviews mit Vergewaltigern, die als Schattenumrisse vor hellen Fenstern saßen. Gonzo fand das alles lange nicht so aufregend, wie Wilbert es ihm verkauft hatte und wollte das Gerät schon wieder abschalten, als eine neue dunkle Person auf dem Schirm auftauchte. Es war ein Mann, der Stimme nach nicht besonders alt. Mehr als die kantige Kopfform mit den kurzen Haaren und einem Silberring im Ohr war von ihm nicht zu erkennen. Er sagte, er würde Frauen umbringen. Gonzo spielte das Band zurück und sah sich den Typen noch einmal an. Er behauptete, dass es bei ihm nur klappte, wenn er die Frauen tötete. Als Kind wäre er von seiner Tante missbraucht worden. Später habe er dann mit seinen Freundinnen nie richtigen Sex gehabt. Nur mit den Verstorbenen aus dem Aufbahrungsraum des Leichenbeschauers, bei dem er manchmal jobbte habe es dann geklappt. Gonzo schüttelte den Kopf. Wahrscheinlich war der Bursche ein Kumpel von irgendeinem aus dem Team und verdiente sich mit der Geschichte ein paar Mark nebenher.

Irgendwann, erzählte der Schatten auf dem Monitor jetzt, habe er dann eine Frau beim Sex erwürgt. Es sei eine Offenbarung gewesen. Natürlich habe die Polizei ermittelt, aber zum Glück sei kein Verdacht auf ihn gefallen. »Ich war natürlich danach völlig fertig«, sagte er. »Zwei Jahre lang ist nichts mehr passiert. Aber dann bin ich nach Thailand geflogen ...« Er gab er ein paar unerfreuliche Details über diesen und seine drei weiteren Besuche in Pattaya zum Besten. Dann ging der Film mit ein paar Schnittbildern zu Ende, über die dann wohl der Schlusskommentar laufen sollte.

Gonzo holte das Band aus dem Recorder und studierte den Aufkleber mit den Stabangaben. »Eine FFR/BLACKBOX-Produktion«. Unter den Namen des Teams war nur einer, den er kannte. Kamera: Klaus Reutter.

## 8

Der Hof war leer, nur die fette Katze lag auf der Kühlerhaube seines Kombis. Mit der Kühltasche in der einen und der Suzie in der anderen Hand peilte Gonzo an der Haustür erst einmal die Lage. Im Augenblick konnte er auf den Außendienst des Inkassobüros gut verzichten. Gonzo jagte die Katze von seinem Wagen und steuerte den Kombi in das dunkle Loch der Toreinfahrt.

Auf dem Weg zum Stadthafen hörte er im Polizeifunk, wie sie einen Einsatz wegen eines Liebespärchens fuhren, das auf dem Drei-Meter-Brett im Freibad an der Nöggerathstraße in eindeutiger Absicht übereinander hergefallen war. Außerdem hockte in Altendorf ein Papagei auf einem Baum und beschimpfte die Passanten. In Borbeck wurde nach einer verwirrten Oma gesucht, die im dicken Wintermantel und mit zwei Plastiktüten voll alter Brote vor der Roten Armee floh.

In den Straßen waberten die Abgase über dem Asphalt, die Autofahrer schwitzten in ihren Blechkabinen vor sich hin und hatten alles ausgezogen, was sie glaubten, entbehren zu können. Gonzo fuhr den Schleichweg durch die Nebenstraßen. Eine Frau in bunter Kittelschürze kippte eimerweise Wasser ins Plastikrohr des Straßenbaums vor ihrem Haus, nebenan fegte die Nachbarin den Bürgersteig. Der Staub nebelte die Baumfreundin ein und die beiden Frauen gingen aufeinander los An den Kiosken trieben sich die Säufercliquen mit ihren Bierflaschen herum und vor fast jedem Supermarkt, an dem er vorbeikam, stand ein Lastwagen mit Getränkenachschub. Der Weihnachtsmann in seinem Schüttelglas am Armaturenbrett wirkte ganz entspannt, die Flocken wirbelten bis zu seiner Brust und schwebten wieder zu Boden.

Am Hafen kam Gonzo der Feierabendverkehr entgegen. Tiefergelegte Mittelklasse mit Airbrush-Adlern auf der Motorhaube, front- und heckverspoilerte Wagen mit Sonderzubehör, das jeden TÜV-Prüfer die Tränen in die Augen getrieben hätte. Aus den offenen Seitenfenstern dröhnte das Lokalradio mit Smoke on the water und danach mit dem Werbeblock zum Feierabend: zuerst der Bierspot, dann die Promotion für die Wet-T-Shirt-Show in der Großdisco und zum Schluss der Trailer für die neue Kuschelrock-LP. Brenneckes Kräne hatten Pause und ließen ihre Hälse über dem Schrottgebirge hängen.

Gonzo parkte vor dem Flachbau der A+P neben Matzkes Schwedenpanzer und war gerade ausgestiegen, als er hinter sich ein Kratzen hörte. Er drehte sich herum und stand Brenneckes Rottweiler gegenüber. Blondie. Der Köter knurrte mit gebleckten Zähnen. Weißer Sabber lief ihm aus den Lefzen.

»Matzke!«, rief Gonzo.

Blondie machte einen Satz nach vorn und Gonzo knallte im Zurückspringen gegen den Kombi. Seine Schulter schmerzte. »Matzke!«

Weil der Köter ihm den Weg zur Autotür versperrte, überlegte Gonzo, ob er auch durch die Heckklappe in den Wagen kommen könnte. Der Hund schien das zu ahnen und schnappte versuchsweise nach Gonzos Arm.

»Blondie!«

Die Stimme kam hinter dem Flachbau hervor. Der Rottweiler zuckte zusammen, knurrte Gonzo noch einmal böse an und raste dann um die Ecke.

»Gonzo?« Matzkes Stimme. Sie kam von daher, wo der Hund eben verschwunden war. »Wir sind hier hinten!«

Gonzo spähte um die Ecke, entdeckte keine Spur von dem Köter und machte sich auf den Weg. Matzke hatte auf dem Beton hinter dem Flachbau einen Reklamesonnenschirm und ein paar Campingmöbel aufgestellt. Bei ihm unter dem Schirm saß Brennecke. Aus der offenen Brust von

Brenneckes teurem buntem Seidenhemd quoll dichtes schwarzes Haar. Er trug Bermudas, Sportslipper und hatte seine verspiegelte Sonnenbrille auf. Ganz die Halbwelt. Auf dem Plastiktisch standen neben seinem Funktelefon Gläser und Saftflaschen. Der Rottweiler kam hinter Brenneckes Stuhl hervor und schlich auf Gonzo zu. Das Tier schnappte nach Gonzos Bein und Brennecke sorgte mit einem knappen Befehl dafür, dass es sich zu seinem Wassernapf trollte.

»Kein Film in Produktion?«, fragte Gonzo Matzke.

»Setz dich.« Matzke wies auf einen Campingstuhl.

Gonzo ließ sich auf den Plastiksitz sacken. Unter dem Schirm ließ es sich einigermaßen aushalten. Die Sonne stand tief hinter den Kranauslegern. Gonzo deutete auf Brennecke. »Ich will nicht stören.«

»Das ist schon in Ordnung«, sagte Matzke. »Er ist mit im Geschäft.«

»Soso«, sagte Gonzo. »Schön, dass ich das auch mal erfahre.«

Brennecke drehte Gonzo den Kopf zu, aber ob er ihn ansah, konnte er wegen der verspiegelten Brillengläser nicht ausmachen. »Du interessierst dich für bestimmte Videos?«

Gonzo sah zu Matzke. Der saß auf der Stuhlkante und wartete, was passierte. Blondie kam zu Gonzo zurückgetrottet. Die Zunge hing ihm aus dem Maul. »Kann der sich nicht hinsetzen?«, fragte Gonzo.

»Sicher«, sagte Brennecke. »Was ist das denn für ein Kunde, den du da hast?«

Gonzo zuckte mit den Schultern. »Ein Liebhaber.«

Matzke nuckelte an seinem Orangensaft. Brennecke fischte eine Zigarette aus der Schachtel ohne Steuerbanderole und ließ sein Ranger-Zippo aufschnappen. Der Rauch fing sich dünn und durchsichtig unter dem Sonnenschirm.

»Ihr seid also Partner?«, fragte Gonzo.

Brennecke nickte und zog an seine Zigarette.

Gonzo sah dem Rauch nach. »Polen?«

Brennecke zuckte mit den Schultern und sagte: »Wenn wir jetzt hier ins Geschäft kommen wollen, muss ich schon noch etwas über deinen Kunden wissen. Das ist doch wohl klar, oder?«

»Klar«, meinte Gonzo. Brennecke hielt ihm die Zigarettenschachtel hin. Gonzo schüttelte den Kopf. »Das gleiche meint mein Kunde auch von euch. Er legt Wert auf seriöse Geschäftspartner.«

Brennecke lachte. »Dann hätte er sich mit dir erst gar nicht einlassen dürfen.«

Gonzo langte nach einer Saftflasche auf dem Tisch. Sofort kam der Hund knurrend herangeschossen.

»Aus!«, bellte Brennecke. Dann nahm er endlich die Brille ab. »Das führt doch alles zu nichts. Warum kommt dein Kunde nicht selbst vorbei? Dann können wir uns nett unterhalten.«

»Kann es sein, dass ihr mich rausdrücken wollt?«, fragte Gonzo.

»Unsinn«, sagte Matzke.

»Das würde ich euch beiden Schlauköpfen auch nicht raten«, meinte Gonzo. »Der Kunde hat sich also das Katalogband angesehen. Er meint, die Mädchen wären okay und will jetzt die Filme sehen. Wenn ihm die gefallen, wird er insgesamt wohl rund 1.000 Stück abnehmen. Entweder ihr gebt mir jetzt ein paar Muster mit oder die Sache ist gelaufen.«

Blondie schlich wieder um seinen Stuhl herum. »Spielt der auch irgendwo mit?«

Brennecke wechselte einen schnellen Blick mit Matzke. »Wie zahlt dein Kunde?«

»Verhandlungssache«, improvisierte Gonzo. »Erst will er was sehen. Und er will wissen, wo die Mädchen herkommen.«

»Und warum will er das wissen?« Brennecke setzte seine Sonnenbrille wieder auf.

»Damit nicht irgendwann mal ein Staatsanwalt bei ihm auf der Matte steht, bloß weil irgendein Arsch seine Tochter erkennt.«

»Kein Problem«, sagte Brennecke.

»Sagst du«, meinte Gonzo.

»Sage ich.« Brennecke drückte seine Zigarette aus. »Und wenn ich das sage, dann stimmt das auch.«

»Na toll.«

»Das sind keine Deutschen«, mischte Matzke sich ein.

Also Polinnen, vermutete Gonzo. Er fand, dass das erst einmal reichte. Sollte Hassenkamp sehen, was er damit anfing. Brennecke nickte Matzke zu und der Pornofilmer ging zum offenen Fenster seines Büro. Er holte ein paar Kassettenhüllen heraus und warf sie Gonzo in den Schoß. »Zur Ansicht.«

Gonzo musterte die fotokopierten Bilder auf den Hüllen und überflog die Inhaltsbeschreibungen auf der Rückseite. Teenage Torture, Girl Rape,

Sklavinnen und so weiter. Viel Fesseln, schreiende Mädchen und ein bisschen Blut.

»An deiner Stelle würde ich die nicht im Büro aufheben«, sagte Gonzo zu Matzke. »Wenigstens nicht solange, wie die Bullen noch nicht mit dir fertig sind.«

Matzke schoss in die Höhe. »Was?«

Gonzo setzte sein Pokerface auf. »Kann natürlich auch alles nur eine reine Routinesache sein.«

Matzke rann ein dicker Schweißtropfen von der Stirn. »Hast du was gehört?«

»Sie haben dich jedenfalls nicht vergessen.« Gonzo schloss kurz die Augen, dann fuhr er fort: »Du weißt ja, wie sie sind. Gestern haben sie dieses tote Mädchen aus dem Stadthafen gefischt, und dabei hat sich einer dran erinnert, dass du hier ganz in der Nähe deinen Laden hast. Reine Routine, bis jetzt.«

Matzke bewegte stumm die Lippen. Dann sagte er: »Du bist doch nicht etwa auf die Idee gekommen, mit deinem Bullenfreund über mich zu sprechen?«

»Der ist nicht mein Freud«, sagte Gonzo schnell.

»Das hat aber letztes Mal noch ganz anders geklungen, als du von ihm erzählt hast.« Matzkes Stimme war leise. »Wenn ich auch nur einen Bullen hier bei mir sehe, dann bist du dran, mein Freund.«

Brennecke schüttelte langsam den Kopf. »Blödsinn. Da passiert überhaupt nichts. Außerdem machst du hier nur ganz normale Filme.«

»Dann ist ja alles in Ordnung«, sagte Gonzo zufrieden. Er nahm Matzkes Muster. »Ich melde mich dann wieder. Könnt ihr kurzfristig liefern?«

»Sicher«, sagte Brennecke. »So viel, wie er bezahlen kann.«

»Und da sitzt auch keiner beim Schnitt im Studio oder im Kopierwerk, der einen Blick drauf hat, was da über die Maschinen geht?« Er sah Matzke an.

Der schüttelte den Kopf. »Das mache ich selber. Die Kopierstraße wird ohne Personal gemietet.«

»Und das Lager?« Gonzo nickte hinüber zum Schrottplatz. »Ihr hebt das Zeug doch nicht etwa da drüben auf? Wo dein Freund Brennecke doch dauernd wegen seiner Müllgeschichten mit der Polizei zu tun hat?«

»Zerbrich dir nicht unseren Kopf«, sagte Brennecke. »Die Müllgeschichten sind Schnee von gestern. Das Verfahren ist eingestellt. Was die jetzt noch treiben, ist reine Schikane.«

»Ich ruf dann wieder an«, sagte Gonzo.

## 9

Blondie begleitete Gonzo mit wachsamen Augen auf seinem Weg zum Kombi. Am Stromkasten bei der Parkplatzausfahrt lehnte ein grauhaariger Opa mit kurzen Hosen und Baumfällerhemd. Gonzo schloss den Wagen auf und warf die Bänder auf den Rücksitz. Als er einsteigen wollte, leckte ihm der Rottweiler ihm die Schuhe ab. »Hau ab!«

»Gonschorek?« Der Grauhaarige kam über den Parkplatz und zeigte auf die Schrift an Gonzos Wagen.

»Und wenn?« Er erinnerte sich düster.

Der Opa fummelte Gonzos zerfledderte Visitenkarte aus der Hosentasche. »Ich hab schon mit Ihrer Chefin gesprochen. Wachowski mein Name.«

»Das ist nicht meine Chefin.«

»Sie wollten mir ein Video von meiner Helga geben«, sagte der Alte. »Das Pferd auf der Kreuzung, wissen Sie noch?«

Der Rottweiler trottete zu dem Alten und rieb seinen Kopf an seinem Bein. »Brav, Blondie.« Wachowski tätschelte ihn am Hals. »Was ist nun mit dem Video? Ich hab Ihren Wagen hier gesehen und gedacht …« Der Hund jaulte und sabberte an Wachowskis Hand herum. Der Alte deutete mit dem Kopf auf das Tier. »Haben Sie mit Brennecke zu tun?«

Gonzo war in der offenen Wagentür stehengeblieben, damit die heiße Luft abziehen konnte. »Und wenn?«

»Nur so. Was ist jetzt mit dem Video?«

»Später.«

Der Köter tanzte um Wachowski herum. »Der riecht meine Karnickel«, erklärte der Alte.

»Karnickel?«

»Karnickel.« Wachowski erzählte von seinen Rammlern, die er auf seinem Schrottplatz hielt. »Mit einem Hasen im Stall hat man immer was zu beißen gehabt, damals nach dem Krieg«, erklärte er grinsend. »Keine Ahnung, wo ich jetzt mit den Viechern hinsoll. Wenn der Brennecke meinen Platz übernimmt, gibt er sie doch bloß der Töle hier zu fressen.«

Blondie hob den Kopf und sah den Alten erwartungsvoll an.

»Kann ich die mal sehen, die Karnickel?«, fragte Gonzo. Vielleicht warfen sie ein paar Sekunden für das Tierband ab. Osterhasen im Sommer.

»Klar«, sagte Wachowski. »Ich hab sowie nichts mehr zu tun.« Er zeigte auf Gonzos Adresse an der Seite des Kombis. »Wenn du hinterher noch zur Altenessener musst, kannst du mich ja mitnehmen. Das Heim liegt genau auf dem Weg.« Wachowski kletterte auf den Beifahrersitz.

»Was für‘n Heim?«

»Rentnerknast«. Der Alte machte die Beifahrertür zu. »Friedrich-Ebert-Seniorenzentrum. Was soll ich das Geld für ein Taxi rausschmeißen?«

Gonzo seufzte. Jetzt machte er also schon den Fahrdienst fürs Altersheim. Er knallte dem Rottweiler die Wagentür vor der Nase zu und fuhr los. »Links und um den Block und dann an den Hallen vorbei«, dirigierte Wachowski und erzählte, dass er letzte Woche seinen Schrottplatz an Brennecke verkauft hatte. Gonzo konzentrierte sich auf die Lastwagen, die ihm auf der schmalen Straße entgegenkamen und hörte mit halbem Ohr zu.

»Das war ein gutes Geschäft, nach dem Krieg«, brabbelte Wachowski und kicherte. »Wenn ich nur dran denke, was ich mit dem alten Brennecke alles von dem Krupp-Gelände geholt habe. Kupfer und Stahl, nur vom Feinsten. Stand alles noch in den Bunkern am Panzerbaugelände. Und Naziadler, natürlich.«

»Natürlich«, sagte Gonzo. »War das der Vater vom jungen Brennecke?«

»Fahr links«, orderte der Alte. »Das ist kürzer.«

Gonzo rollte an Brenneckes Entsorgungs-Firma vorbei. Die Kräne auf dem Platz hievten klackend und surrend rostigen Metallschrott in einen Binnenkahn. Spätschicht. »Ich bin ja immer nur ein kleiner Krauter gewesen«, nuschelte Wachowski. »Aber der Brennecke, der ist wie ein Fettauge gewesen, immer oben drauf auf der Suppe.« Wachowski zog erneut ein Augenlid nach unten. »Schwarzmarkt, verstehste, nachem Krieg. Zigaretten, Nylons, Whisky, Corned beef. Und dann hat er die Mathilde geheiratet, die war bei Krupp in der Notverwaltung und nun rat mal, wer auf ein einmal den ganzen Metallschrott vom Werk gekriegt hat?«

»Ich kann‘s mir denken«, sagte Gonzo.

»Und sein Sohn ist genauso. Immer dabei, wo er schnell die Mark machen kann.« Rechts tauchte eine Einfahrt zu einem kleinen Schrottplatz auf. Hinter einer Reihe von ausgeschlachteten Lastwagen türmte sich ein Berg von Autowracks. Wachowski – Altwaren stand auf dem Holzschild über dem Tor. »Da rein?«

»Da rein«, bestätigte Wachowski. »Fahr ganz durch!«

Also fuhr Gonzo ganz durch, der trockene Weg staubte, bis er fast nichts mehr sehen konnte. Hinter den Autowracks lag ein halbwegs freier Platz mit einem alten Bauwagen, an dem eine alte Kreidler Florett lehnte. Sie stiegen aus. Wachowski erzählte weiter vom Schwarzmarkt, und wie Brennecke senior seinen alten Platz immer weiter vergrößert hatte. »Der hat Geld gehabt ohne Ende. In den Sechzigern hat er sich oben ihn Frohnhausen einen ganzen Wohnblock gekauft, immer eine Hausnummer nach der anderen, so schnell konnteste gar nicht gucken.«

Gonzo sah sich um. Von Kaninchenställen keine Spur. Stattdessen kamen ihm zwei Schafe und eine Ziege aus der Halle entgegen und begrüßten den Alten. Gonzo packte die Suzie aus und kontrollierte die Akkus. »Was dagegen, wenn ich die mal aufnehme?«, fragte er und machte schnell einen Weißabgleich.

»Kommt das auch auf die Kassette mit meiner Helga?«

»Sicher«, versprach Gonzo und nahm die Tiere ins Visier. Die Ziege stank penetrant nach Bock, glotzte ins Objektiv, dann senkte sie den Kopf und galoppierte auf Gonzo zu. In letzter Sekunde konnte er sich hinter dem Kombi in Sicherheit bringen. Die Ziege drehte auf der Hinterhand und raste in das Schrottgebirge zurück. Die Schafe zupften unterdessen an der spärlichen Mäusegerste auf dem Platz und ließen sich dann auch ohne Gegenwehr von Gonzo aufnehmen. Wachowski erzählte, wie er mit den Vorgängern seiner Helga vorm Wagen durch die Viertel gezogen war. »Waschkessel, Badewannen, Kochherde, alles, was die Leute übrighatten. Damals gab's das noch nicht, mit Sperrmüll und dass die Stadt alles abholt. Das haben alles wir Klüngelskerle gemacht.«

In Gonzos Erinnerung dämmerte dunkel, wie er als Schuljunge die alten Zeitungen von den Leuten aus dem Haus zusammengebettelt und zu einem abenteuerlich aussehenden Kerl auf einem Schrottplatz am Westbahnhof geschleppt hatte. Wenn er mit seinem Packen auftauchte, hatte der Alte geflucht, dass das alles überhaupt nichts wert wäre, und ihn mit ein paar Groschen und Pfennigen aus seiner Jackentasche abgespeist.

Hinter ihm ging die Tür des Bauwagens auf und der drahtige Kerl mit der Lederkappe blinzelte in die Sonne. »Kubitzki«, sagte Wachowski.

Kubitzki nickte Gonzo zu. »Du schon wieder?«

»Kubitzki passt hier auf«, erklärte Wachowski. »Für den Brennecke. Der hat ihn gleich hergeschickt, als wir vom Notar gekommen sind. Ich könnte ja noch was mitgehen lassen, was er gekauft hat.«

Kubitzki sah den alten Schrotthändler an. »Alles klar?

»Und bei dir?«

Kubitzki antwortete nicht. Er gähnte, nahm die Kreidler vom Bauwagen und schwang sich auf den Sattel. »Ich bin mal kurz weg.« Er knatterte vom Platz.

»Der meint's nicht so«, erklärte Wachowski. »Hat nur Ärger mit seinem Boss und außerdem hat ihn sein Freundin sitzen lassen.«

»Was ist denn nun mit den Karnickeln?«, wollte Gonzo wissen. »Oder hast du vielleicht überhaupt keine?«

»Natürlich hab ich welche«, erklärte Wachowski beleidigt und führte Gonzo hinter die Halle, wo ein Verschlag mit einem guten Dutzend Ställen unter einem Vordach stand. Wachowski erklärte ihm den Unterschied zwischen Wienern und Belgiern, Widdern und Angoras. Gonzo setzte die Suzie an und hielt durch die Drahtgitter auf die Tiere. Die Häsinnen und Rammler waren eine einzige Enttäuschung. Schlaff und träge, mit auf den Boden hängenden Ohren und großen blöden Augen lagen sie auf ihrem Heu und glotzten auf die verschrumpelten Möhren und Löwenzahnblätter. Wachowski machte einen Stall auf und zog ein Kaninchen am Nackenfell heraus. »Das ist der Nowack. Du kannst ihn haben, wenn du willst. Fürn Sonntagsbraten.«

»Danke, kein Bedarf.« Gonzo hielt die Suzie locker auf der Schulter und sah sich um. »Wieso hast du an den Brennecke verkauft?«

Wachowski stützte die Hände in die Hüften. »Weil einmal Schluss sein muss mit der Malocherei. Außerdem hab ich doch den Heimplatz vom Erwin gekriegt.« Er packte den Nowack wieder in seinen Verschlag. »Der hat unter mir gewohnt und ist vor zwei Wochen ex gegangen. Und da hat sein Cousin mich gefragt, ob ich nicht da hinziehen will.« Er zog ein Augenlid herunter. »Ging ihm natürlich nur um die Aufnahmegebühr, die wär sonst verfallen.« Er deutete auf Gonzos Suzie. »Lebst du davon?«

Gonzo deutete auf den Schrottplatz. »Und du?«

»Jaja«, murmelte Wachowski. »Der junge Brennecke hat mir einen anständigen Preis gemacht. Der baut jetzt hier seine neue Fraktionierung hin.«

Gonzo hob die Augenbraue.

»So ne Halle, wo hundert Kanaken den Plastikmüll aus den gelben Tonnen sortieren. Duales System, dieser Beschiss eben.« Wachowski machte eine Geste, dass Gonzo mitkommen sollte, und während er hinter dem Alten hertrottete, erklärte der, wie die ganze Schrottplatzromantik jetzt den Bach runter ging, weil die Stromkonzerne das Geschäft übernommen hatten. »Die machen wirklich aus Scheiße Geld«, brummte er, während er in den Bauwagen kletterte. Unter der Decke baumelte eine Glühbirne am Kabel und verbreitete diffuses Licht. Kubitzkis Sachen lagen auf dem Boden. Gonzo entdeckte zwischen dem Kram einen Jeansrock und ein paar andere Frauensachen. Auf einem einsamen Regalbrett standen ein Lippenstift und Gesichtscreme.

»Bier?«, fragte Wachowski und machte einen kleinen Kühlschrank neben dem Bett auf. Auf dem Kühlschrank stand ein kleiner Fernseher mit einem billigen Videorecorder.

»Wenn eins da ist.«

Gonzo bekam eine Flasche kühles Pils in die Hand gedrückt. Wachowski versorgte sich ebenfalls und zog die zerwühlte Decke auf dem Feldbett glatt, ehe er sich hinsetzte. »Wird Zeit, dass der Kubitzki eine ordentliche Wohnung kriegt«, erklärte er. »Vor einem halben Jahr ist er aus seiner alten rausgeflogen. Seitdem hat er beim Brennecke im Container gepennt.« Er nahm einen Schluck Bier und rülpste. »Ich hab ihm meine alte Bude angeboten. Muss nur noch mit dem Vermieter reden. Da kann er dann mit seinem Mädel hin, wenn er sie wiederfindet. Prost.«

»Der Brennecke soll Müll ins Ausland verschoben haben«, sagte Gonzo, nachdem er getrunken hatte.

Wachowski sah ihn an und zog wieder sein Augenlid herunter. »Vor einem Jahr noch, da hat er in seiner Spedition fünf Laster gehabt. Bis runter nach Albanien ist der Kubitzki gefahren, einen ganzen Berg Dreck hinten drauf, und dann irgendwo in die Landschaft gekippt.«

»Bis sie ihm draufgekommen sind, oder?«

Wachowski verzog das Gesicht. »Aber nicht so richtig. Ich sag doch, der Brennecke ist ein Schlitzohr. Hat den Fuhrpark dichtgemacht und die Leute entlassen. Nur der Kubitzki ist von denen noch da.«

Gonzo leerte die Bierflasche und stellte sie auf den Kühlschrank. »Aber er fährt doch immer noch für Brennecke«, sagte er.

»Zweimal im Monat. Nach Polen.« Der Alte summte: »In einem Polenstädtchen …« Er grinste. »Das hat ihn bös erwischt, das Mädel.« Er stieß den Jeansrock mit der Fußspitze unters Bett. »Bei seiner letzten Tour hat er sie aufgegabelt. Keine Papiere und nichts als die Klamotten auf dem Leib. Ich hab ihm gleich gesagt, dass das ne Streunerin ist, aber hat's ja nicht wissen wollen.« Er zog sein Augenlid herunter. »Die große Liebe. Der Brennecke ist ihm dann irgendwie draufgekommen, dass er sie hierhat und hat einen Riesentanz aufgeführt.« Wachowski stand auf und wischte sich Hände an den kurzen Hosen ab. »Fahrn wir! Hast du nicht gesagt, dass du noch zur Altenessener Straße musst?«

Die Sonne war inzwischen abgetaucht, Gonzo fühlte sich vom Bier ein bisschen schläfrig. Wachowski lotste ihn durch die Straßen, an den Hallen anderer Entsorgungsbetriebe und verlorenen Siedlungshäusern vorbei zurück in die Zivilisation. An der Förderstraße fuchtelte er mit der Hand vor Gonzos Gesicht herum. »Fahr mal rechts, das ist kürzer.« Er dirigierte Gonzo in ein Gewirr aus schmalen Nebenstraßen, vorbei an düsteren Wohnblöcken. Gonzo hatte schon längst die Orientierung verloren und atmete deshalb erleichtert auf, als der alte Hochbunker am Wildpferdehut auftauchte. »Den hat der Brennecke gemietet«, plapperte Wachowski. »Packt er wohl den ganzen Giftmüll rein, seit sie ihm auf die Finger gucken.«

Am Ende landeten sie in einem Wohnbereich mit Tempo-30-Markierungen auf der Fahrbahn, Stolperschwellen und Blumeninseln. Unterdessen erzählte er vom Kampf um Berlin und von seinem Kumpel Erwin, der in Hitlers Leibstandarte gekämpft hatte. Gonzo bekam Kopfschmerzen.

»Halt mal an! Da vorn ist meine Wohnung.«

Gonzo manövrierte den Kombi in eine Parklücke vor einem gesichtslosen Wohnhaus mit einem schmalen Vorgarten. Wachowski sah sich beim Aussteigen um, dann lief er überraschend fix zur Haustür und schloss auf. Gonzo folgte ihm mit pochenden Schläfen die Treppen hoch bis in die zweite Etage. Wachowski fummelte am Türschloss herum. »Juskowiak« stand auf dem Namensschild.

»Moment mal«, meinte Gonzo. »Heißt du nicht Wachowski?«

»Der Erwin braucht die Klamotten sowieso nicht mehr.« Wachowski schob Gonzo in die muffige Wohnung. Im Flur hing eine SS-Standarte. Gonzos Kopfschmerzen wurden stärker. Hoffentlich hatte er sich keinen Sonnenstich gefangen.

Wachowski machte sich im Wohnzimmer zu schaffen. Als Gonzo eintrat, sah er gerade noch, wie der Alte einen Armvoll Videokassetten in einen Karton packte. Auf den Covern war schwarzes Leder und nacktes Fleisch zu sehen. »Nazi-Torture« stand auf einer Box. »Du nimmst den Videorecorder!«, ordnete Wachowski an. »Und die Schreibmaschine geht auch mit.«

Gonzo starrte auf die altertümliche Reiseschreibmaschine, die in ihrem aufgeklappten Koffer auf einem Samtbezug auf der Anrichte stand. Neben der Maschine stand ein Hitlerfoto im Lederrahmen. Gonzo entzifferte die handgeschriebene Sütterlin-Signatur: »In Treue fest – A.H.«

Wachowski linste aus dem Fenster, murmelte »Scheiße« und kam mit seiner Kassettenkiste im Arm zu Gonzo herübergetappt. Er warf das Foto auf die Schreibmaschine, klappte den Koffer zu und riss ihn von der Anrichte. »Wir hauen ab!«

Durchs Fenster sah Gonzo, wie sich unten drei Greise aus einem Kleinbus wanden. Verwitterte Gestalten mit zerfurchten Gesichtern und altersfleckigen Glatzen. Die Alten kamen durch den Vorgarten.

»Abmarsch, aber fix!« Wachowski drängte Gonzo ins Treppenhaus. Er balancierte den Videorecorder und die Kassetten auf dem Arm, während er die Wohnungstür zuzog. In der unteren Wohnung schrillte die Klingel und Sekunde darauf auch hinter der Tür, vor der sie standen.

»Darf ich mal fragen, was du hier eigentlich abziehst?«, erkundigte sich Gonzo.

»Ich regele das schon.« Wachowski zog sein Augenlid herunter. »Das sind Kameraden vom Erwin. Du geht am besten hinten raus.« Er kletterte mit einer Geschwindigkeit, die Gonzo ihm nie zugetraut hätte, die Treppe runter. »Durch den Keller geht hinten eine Tür raus. Nimm die Schreibmaschine mit und bring sie mir die Tage ins Heim, klar?«

»Klar.« Gonzo huschte an der Haustür vorbei. Hinter den Milchglasscheiben zeichneten sich düster die Umrisse der drei Greise ab. Einer wummerte mit der Faust gegen das Türblatt. Wachowski zog die Kellertür auf und schob Gonzo über die steilen Stufen in den schwarzen Schacht. Dann klappte die Tür wieder zu. Gonzo stand mit dem Schreibmaschinenkoffer in der Hand im Dunklen. Nachdem er ein gutes Knäuel Spinnweben aufgewickelt hatte, fand er den Lichtschalter und machte, dass er durch die Gänge an den Lattenverschlägen vorbei nach hinten zum Gartenausgang davonkam.

Im Hof scheuchte er ein paar Kinder auf, die unter einem Baum an ihren Gameboys herumdrückten. Er kletterte über den Jägerzaun in den nächsten Garten, trampelte durch ein Beet mit verdorrter Tagetes und kam schließlich auf einen asphaltierten Hof mit Garagen. Durch die Toreinfahrt gelangte er wieder auf die Straße.

Der Kleinbus stand immer noch vor Wachowskis Haus. Der Opa hinterm Steuer steckte in einer Khakiuniform und trug ein Wüstenkäppi mit Nackenschutz. Auf dem Schild hinter der Windschutzscheibe mit einer Parkplakette für die Tiefgarage der Volkshochschule stand Arbeitskreis deutsche Geschichte.

Gonzo sah im Wegfahren noch im Rückspiegel, wie der Opa am Steuer ein Notizbuch hervorkramte und sich etwas aufschrieb.

Der Weihnachtsmann in seinem Schüttelglas wurde von dem Gerumpel der Straßenschikanen vollkommen eingeschneit, als Gonzo sich durch das Gewirr der Einbahnstraßen zur nächsten akzeptablen Verkehrsader durchschlug. Als er sie dann gefunden hatte, stand er prompt stand er vor der nächsten Kreuzung im Stau. Im Lokalradio war wieder Oldie-Time. Sie spielten Runaway und In the Year 2525, was Gonzo durchaus annehmbar fand, denn damals war es ihm gelungen, Renate zum ersten Mal in seine Dunkelkammer zu locken, die er sich im Keller eingerichtet hatte. Seinen Eltern hatte er eingeschärft, dass man ihn nicht stören durfte, wenn das rote Licht über der Tür brannte, weil er dann angeblich seine Bilder entwickelte. Mit dem Zehn-Platten-Spieler, den er zum Geburtstag bekommen hatte und dem alten Sofa von seinen Großeltern war aus dem Labor eine annehmbare Knutschbude geworden. An einem Sonntagnachmittag hatte er Renate gezeigt, wie man mit seinem neuen Apparat Bilder vergrößerte und sie auf das Sofa gelockt. Auf dem Plattenwechsler lag das volle Programm mit Schmusemusik, und nach und nach hatte Renate dann ihren Widerstand aufgegeben. Als er gerade bei A Whiter Shade of Pale bis zu ihrem Schlüpfer vorgedrungen war, lief die letzte Platte aus und er musste den

Packen wieder auf den Dorn fummeln. Die ganze Zeit schon stand ihm der Pinn, und es zog in seinen Leisten wie der Teufel. Er hantierte vor lauter Aufregung so ungeschickt, dass er die Schalen mit dem Entwickler und dem Fixierbad umkippte. Das Zeug spritzte auf Renates Klamotten, die fing an zu keifen, dass er ein Ferkel wäre und dann war sie abgehauen. Gonzo war sauer gewesen und hatte sich erstmal zu dem Foto von France Gall aus der Bravo und She Loves You einen runtergeholt.

An der Ecke zur Gladbecker entdeckte er vor einer Grillstube Reutters Kampfwagen. Gonzo ließ den Kombi auf den Bürgersteig holpern und stellte die Warnblinkanlage an. In der Bude gab es ein paar Tische und Stühle. Hinten standen eine Musicbox und ein elektronisches Dartspiel, um das sich ein paar Jugendliche versammelt hatten. Aus den Lautsprechern unter der Decke dröhnte T.Rex, und die Bedienung hinter Theke sang Hot Love mit. Ihr weißer Kittel stand auf, darunter hatte sie nur einen geblümten Slip an. Eine ältere Frau in Pantoffeln und Jogginganzug lehnte am Spielautomat und verfütterte ihr Kleingeld, während sie aus einer Bierflasche trank.

Reutter saß am Tisch neben der Tür, einen Teller mit den fettigen Resten eines halben Hähnchens vor sich und schmökerte in einem zerfledderten Jerry Cotton.

»Spannend?«, fragte Gonzo und setzte sich.

Reutters Schlangenblick hob sich von dem Buch. »Jerry jagt den Kameramann des Todes«, erklärte er. »Geile Sache.«

»Wie beutegierige Hyänen durchstreifen bei Nacht Männer mit TV-Kameras die Stadt. Ihre Beute: Bilder von Verbrechen und Unfällen, die sie an die lokalen TV-Sender verkaufen. Reality-TV in seiner miesesten Form.«
Gonzo nickte. »So isses.«

Als die Jungs mit ihrer Dartrunde durchwaren, nahm die Bedienung sich die Pfeile und setzte sie mit ein paar gelassenen Würfen in die richtigen Segmente. Der Automat quittierte die Treffer mit einem Blinkkonzert. Die Jugendlichen pfiffen anerkennend. Die Bedienung verzog sich wieder hinter ihre Theke und grinste Gonzo freundlich entgegen. »Was zu essen?«

»Mach mir ne Schlachtplatte.«

»Trinken?«

»Eimer Wasser.«

Sie schüttete eine Portion Pommes in die Fritteuse und jagte eine Currywurst durchs Schnitzelwerk. Draußen rollten zweispurig die ersten

Disco- und Kneipenbesucher in die Innenstadt, während auf seiner Seite schwere Lastwagen mit Anhängern raus zum Autobahnzubringer donnerten. Die Fensterscheiben der Grillstube zitterten.

Die Bedienung brachte ihm das Essen und einen Literkrug Wasser an den Tisch. Gonzo sah ihr nach, wie sie zur Theke zurückging. Nicht mehr die Jüngste, aber sicher gut für ein Wochenende. Er überlegte gerade, ob sie auf die Talentsuchernummer anspringen würde, als draußen ein Polizeiwagen hinter seinem Kombi stoppte. Reutter sah auf und klappte sein Buch zu. Gonzo erkannte Endrulat und Fischbeck, die aus dem Wagen kletterten. Fischbeck stürzte sich mit gezücktem Block auf Gonzos Wagen. Reutter grinste. »Wer falsch parkt, den bestraft das Leben.«

»Abwarten«, meinte Gonzo. Schließlich stand Reutter auch im Halteverbot.

Endrulat kam herein. »Einmal Currywurstdoppeltpommesrotweiß und einmal Schaschlikscharfpommeseinfachzigeunerhieressen.« Fischbeck klemmte die Verwarnung hinter Gonzos Wischerblatt und kam ebenfalls herein, ohne auch nur einen Blick auf Reutters Kampfmobil zu verschwenden.

Die Jugendlichen schoben sich ein Stück weiter in den Hintergrund. Einer von ihnen verschwand auf der Toilette. Die Alte am Spielautomat schob den Rest ihrer Rente in den Münzschlitz.

»Hallo Hitchcock!« Endrulat setzte sich zu ihnen an den Tisch. »Nichts zu tun?«

»Und selbst?« Gonzo schaufelte den Rest seiner Currywurst in sich hinein. Fischbeck baute sich vor dem Tisch auf. Aus der Musicbox kreischte Marc Bolan Children of the Revolution und der Spielautomat klapperte ein paar Münzen in den Auswurf.

»Herr Gonschorek?«

Endrulat schlug die Augen nieder und beschäftigte sich mit seinen Pommes frites. Reutter tat so, als sei er gar nicht da. Gonzo seufzte. »Und wenn?«

»Ihr Wagen behindert den Verkehr.«

»Seiner auch!« Gonzo zeigte auf Reutter.

»Ich spreche aber mit Ihnen.«

»Und warum nicht mit ihm?«, fragte Gonzo und sah Fischbeck an. Mit dem kantigen Gesicht, den kurzgeschnittenen Haaren wirkte er wie der

Prototyp für das Modell Supercop aus dem Genlabor. »Setz dich, deine Pommes werden kalt.«

»Bitte Ihre Papiere!«

»Mensch Fischbeck«, seufzte Endrulat.

»Vielleicht will er ja auch nur mit mir ins Geschäft kommen.« Gonzo reichte Fischbeck die Wagenpapiere. »Mit Reutter ist er ja schon ganz dicke.«

Fischbecks Blick irrte über Gonzos Gesicht zu Reutter. Der beschäftigte sich wieder intensiv mit seinem Buch.

»Für eine gute Leichengeschichte lass ich mindestens genauso viel springen wie Reutter für die Tipps in Hattingen und im Stadthafen.«

Reutter ließ sein Buch sinken. »Wo hast du das Märchen denn schon wieder her?«

Gonzo zog sein Augenlid herunter und musste an den alten Wachowski denken.

»Ihr Wagen wird abgeschleppt.« Fischbeck warf Gonzo die Papiere wieder auf den Tisch und holte sein Funksprechgerät aus der Brusttasche.

»Lass gut sein«, sagte Reutter.

Fischbeck zögerte. »Sein Wagen …«

»Er hat eine Panne«, sagte Reutter. »Siehst du doch. Warnblinker läuft, alles in Ordnung. Abschleppdienst kommt gleich.«

Endrulat wischte mit den letzten Pommes das Tomatenketchup zusammen.

»Stimmt das?« Fischbeck sah Gonzo an.

»Absolut korrekt.«

Fischbeck stopfte das Walkie-Talkie in die Tasche zurück und stürmte aus dem Laden. Die Bedienung kam an den Tisch und räumte die leeren Teller ab. »Isst das noch einer?«, fragte sie und zeigte auf Fischbecks Portion.

»Klar«, sagte Endrulat und langte nach dem Teller. »Kollege Fischbeck hat letzte Nacht noch eine längere Unterredung mit der eisernen Lady von der Sonderkommission gehabt.« Er sah Reutter an.

»Die Pless macht sich nur wichtig«, erklärte der halbherzig. »Die Ermittlungen laufen nicht wie geplant. Keine Hinweise, wer die toten Mädchen gewesen sind, keine Hinweise auf die Tatorte, alles null.«

»Sie steht enorm unter Druck«, meinte Endrulat.

Reutter beugte sich vor. »Hat sie sich wirklich vom BKA den Puchalski geholt, diesen Spezialisten für Persönlichkeitsprofile von Psychopathen?«

Endrulat nickte. »Absolut schräger Typ, dieser Puchalski. Ich war mal auf einem Lehrgang, bei dem hat er einen Vortrag über gestörte Einzeltäter gehalten.«

Gonzo sah nach draußen zu seinem Kombi. Dahinter hockte Fischbeck steif im Streifenwagen und glotze auf die Straße.

Endrulat erhob sich seufzend. »Man sieht sich!«

Gonzo wartete bis er gegangen war, dann stand er ebenfalls auf. »Zahlen.«

Reutter sah hoch. »Hast du nicht was vergessen?«

Gonzo rieb sich die Hände an der Hosennaht ab und sagte: »Danke.«

Reutter grinste. »Und weiter?«

Gonzo seufzte und wandte sich zur Bedienung: »Ich zahl für den Herrn mit.«

Die Bedienung schenkte ihm ein Lächeln, während sie alles in ihre Kasse tippte. Gonzo schob ihr den letzten Schein aus seiner Tasche und eine Visitenkarte über die Glasplatte. »Wenn du mal zum Film willst, dann sag Bescheid.«

Sie holte das Wechselgeld aus der Kasse und legte es ihm auf die Porzellanschale mit dem Werbeaufdruck für Markenkondome. »Zum Film bringt mich dein Kollege schon«, meinte sie. »Aber vielleicht kannst du mich hinterher nach Hause fahren?«

Im Hinterhof war keine Spur von der Katze zu sehen. Dafür hockte Bodo mit seinen Freunden und dem Meckimädchen auf dem Müllcontainer, trank Bier und ließ die weiße Ratte an seinem Oberarm hinauf und herunterlaufen. Aus ihrem Rekorder kam etwas, was sich wie der GAU in einer Maschinenfabrik anhörte. Gonzo stellte den Kombi auf seinen Parkplatz und lud die Suzie und Wachowskis Schreibmaschine aus. Bodo wankte zu ihm herüber und studierte mit glasigem Blick die Aufschrift auf Gonzos Wagen.

»Fernsehen?« Er bot Gonzo seine Bierflasche an.

»Klar«, sagte Gonzo. »Kann ich mal durch?«

Bodo schwenkte die Flasche, dass der Schaum aus dem Hals schoss. »Kannste uns nicht ein paar von den geilen Streifen besorgen?«

Gonzo stellte die Schreibmaschine ab und griff nach dem Bier, bevor Bodo noch mehr von dem Stoff vergeudete. »Kettensägenmassaker?« Er nahm einen Schluck.

»Quatsch. Wir gucken gute Filme.« Bodo versperrte Gonzo den Weg zur Haustür.

»Und das wären?«

»Der ewige Jude. Kolberg. So was.«

»Dann habt ihr ja alles, was ihr braucht.«

Bodo ließ nicht locker. »Die Wochenschauen mit Rommel. Von Stalingrad. Stuka-Angriffe.«

»Ich hör mich mal um.« Gonzo gab ihm sein Bier zurück und griff wieder nach der Schreibmaschine. Bodo trat beiseite.

»Und wenn ich mal was für dich tun kann …«

» … sag ich Bescheid«, nickte Gonzo und machte, dass er ins Haus kam.

Als eine halbe Stunde später der zerbeulte Bully der Tierschützer auf den Hof rollte und Frauke aus dem Wagen kletterte, rissen die beiden Skins ein paar Zoten. Frauke zeigte ihnen den Stinkefinger und kam mit Erik ins Hinterhaus.

»Nette Nachbarschaft.« Frauke blieb neben der Tür stehen, während Erik unruhig wie ein junges Fohlen auf seinen Designer-Turnschuhen durch den Raum steppte. Er entdeckte Wachowskis Schreibmaschine und tippte ein paar Buchstaben.

»Finger weg!«, sagte Gonzo.

Erik tänzelte weiter zu den Monitoren und wühlte sich durch Gonzos Kassettenstapel. »Wo ist das Band mit mir?«

Gonzo zeigte ihnen die Bilder. Erik konnte gar nicht genug davon bekommen. »Tolle Aktion!« Seine Augen strahlten. »Gute Bilder!« Er suchte die Rücklauftaste. »Kann ich das nochmal sehen?«

»Klar. Du bist der Boss!«

Frauke kam von der Tür herüber, stellte sich neben Gonzo und rieb ihre Hüfte an seiner. Sie roch nach Seife und Kräutershampoo. Ihre Haut schimmerte, aber das lag wahrscheinlich nur am Abendlicht.

»Er muss unbedingt bei der Laboraktion mitkommen«, jubelte Erik und ließ seine Fahrt nochmal durchlaufen.

Frauke hockte sich auf Gonzos Bett und schüttelte den Kopf. »Zu gefährlich.«

»Was für eine Laboraktion?«, fragte Gonzo.

»Frauke arbeitet in so einem Labor, wo sie Kosmetika an Schweinen und Kaninchen testen«, sprudelte Erik heraus. »Tagescremes, Shampoos, Badezusätze und den ganzen Kram. Sie schmieren den Tieren das Zeug in die Augen und sehen sich seelenruhig an, wie sie Geschwüre kriegen. Eine ganze Batterie mir zwanzig Kaninchen. Wir holen sie da raus.«

Gonzo sah zu Frauke. Ihr Gesichtsausdruck war undefinierbar. Erik ließ die Kassette von der Gänsereiter-Aktion aus dem Recorder schnappen. »Das hier macht die Leute nicht betroffen. Sie müssen sehen, wie Tiere für die Schönheitsindustrie gequält werden.« Er kam zu Gonzo herüber und sah ihn aus glänzenden Augen an.

»Das wäre eine tolle Geschichte für‘s Fernsehen«, meinte er. »Ich hab da ein paar Kontakte.«

Frauke sagte nichts. Eriks Augen leuchteten. »Klar. Natürlich. Kannst du mich auch in eine von den Talkshows bringen? Wo die im Studio stehen und sich anbrüllen?«

»Immer eins nach dem anderen«, meinte Gonzo.

Frauke sagte noch immer nichts. Nur ihre Mundwinkel zuckten. Aber vielleicht war es auch nur ihre Art zu lächeln.

»Also von mir aus ist das okay!«, meinte Erik in ihre Richtung.

»Für dich ist das doch nur ein Deal«, sagte Frauke schließlich zu Gonzo. »Du ziehst doch da bestimmt noch eine Mark mit ab.«

»Nur die Unkosten«, sagte Gonzo. »Also – ja oder nein?«

»Meinetwegen«, sagte Frauke.

Gonzo lehnte sich zurück und überlegte, ob er den Gänsereitern nicht auch noch eine Kopie für ihr Vereinsarchiv andrehen konnte. »Und wann läuft diese Laboraktion?«

»Das müssen wir erst mit den anderen bereden«, erklärte Frauke. Erik schmollte. Gonzos Blick verhakte sich in Fraukes, und in Gedanken zog er ihr schon einmal das Sweatshirt und die engen Jeans aus. Für einen Moment wurden ihm die Boxershorts eng. Frauke musterte ihn. »Ich sag dann Bescheid, okay?«

»Okay.«

Nachdem die beiden gegangen waren, machte Gonzo sich einen doppelten Wodka mit viel Eis. Bodo hatte sich mit seinen Freunden in seine

Wohnung zurückgezogen und hörte sich alte Schallplatten an. Durchs offene Fenster dröhnte Goebbels mit seiner Sportpalastrede über den Hof.

Der Mond schien durchs Fenster in sein Loft. Die Recorder, seine Schnitteinheit und die Monitore glänzten matt. Der Kühlschrank summte.

Gonzo lutschte einen Wodkaeiswürfel. Die Remington Portable stand im Mondlicht auf der Glasplatte. Gonzo angelte das Hitlerbild im Lederrahmen aus dem Koffer. Das Foto rutschte aus der Hülle. Dahinter steckte eine zusammengefaltete Buchseite, auf der groß das Bild einer Remington Portable prangte. »Die Kofferschreibmaschine, auf der der Führer auf der Festung Landsberg einen großen Teil seines Buches Mein Kampf verfasste«, stand darunter.

Gonzo machte die Schreibtischlampe an und verglich die Schwarzweißaufnahme mit der Maschine. Der gleiche verwischte Schriftzug des Herstellers: Remi … Po … Die gleiche verschmutzte Taste für die Ziffer 3 und der gleiche schräge Schriftzug »Umschalten« auf der rechten Großbuchstabentaste.

Im Vorderhaus tobte der Sportpalast nach dem totalen Krieg und Gonzo schüttelte den Kopf. Er drehte die Buchseite um und las ein paar Abschnitte. Die Maschine war angeblich von Hitlers Sekretär durch den Krieg gerettet und 1987 von einem Trödelhändler bei einer Auktion erstanden worden. Der hatte sie dann später bei seiner Bank als Sicherheit für sein überzogenes Konto verpfändet. Danach war sie wieder versteigert worden. Gut möglich, dass Wachowskis alter Kumpel aus der Leibstandarte sie bei der Gelegenheit an Land gezogen hatte. Aber vielleicht war das Ganze auch nur ein Bluff, genau wie damals die angeblichen Tagebücher. Gonzo war sich nur sicher, dass sich das Milchgesicht bei seiner Bank halbtot lachen würde, wenn er ihm das Gerät als Sicherheit für seinen Dispokredit auf die Theke stellte. Der Junge wusste wahrscheinlich nicht mal, wie man Hitler schrieb.

Gonzo packte die Maschine wieder in ihren Koffer und verstaute ihn unter seinem Bett. Dann leerte er sein Glas, legte sich hin und wartete auf die große Schwarzblende.

In der Nacht träumte er dann von den letzten Stunden im Führerbunker. Während draußen die russische Artillerie Berlin in Schutt und Asche legte, inspizierte Fischbeck die Leibstandarte. Gonzo schwitzte in seiner SS-Uniform als letzter in der Reihe, die Suzie auf der Schulter. Zwei Schritte hinter Fischbeck tänzelten Lutz und Wilbert in Pinguinfräcken und mit

Selektionslisten in der Hand. Die Erde bebte, France Gall schepperte aus dem Volksempfänger Poupée de cire, Poupée de son. Fischbeck sprach von den Schicksalsstunden des deutschen Volkes, ehe er die Zyankalitabletten an die Männer verteilte. Gonzo spürte die Angst in sich hochkriechen. Der Führer befahl ihm, den Mund zu öffnen. Er wollte sich herumwerfen, weglaufen und fuhr schweißgebadet aus dem Schlaf.

## 10

Der Gecko hockte auf seinem Ast und blinzelte verstört aus seinen senkrechten Pupillen in das Licht des Scheinwerfers. Gonzo ließ die Suzie laufen, obwohl das grüngraugescheckte Tier das langweiligste war, was er bis jetzt vor die Linse bekommen hatte. Hinter ihm hüstelte der Besitzer aufgeregt herum und tuschelte mit seiner Frau, dass ihr Rudi jetzt ins Fernsehen käme. In der engen Garage stapelte sich Terrarium an Terrarium. Unter Speziallampen schliefen noch ein paar Leguane, Chamäleons und andere exotische Echsen. Luftbefeuchter taten ihr Bestes, um ein bisschen Dschungelatmosphäre zu schaffen. Die drückende Hitze in dem engen Bau stank süßlich nach verfaultem Obst und Scheuerfix.

»Was sagt denn der Vermieter dazu?«, fragte Gonzo, nachdem er die Suzie abgesetzt hatte. Der Besitzer war ein kleiner, drahtiger Bursche, braungebrannt und mit kleinen flinken Eidechsenaugen hinter den schmalen Lidern.

»Der züchtet selber.« Rudis Pupillen zogen sich zusammen und dann verschwand das Tier mit einer einzigen zuckenden Bewegung in einem Versteck aus Steinen und alten Baumwurzeln in der Ecke des Glaskastens. Gonzo schrieb sich etwas von Dünn- und Nacktfingergeckos samt lateinischen Namen auf, damit er auch später noch wusste, was da über den Bildschirm kroch.

Der Besitzer streute feuchtverklumpte Fliegenlarven in die Terrarien. Die Echsen schoben sich quakend und zirpend heran und schnappten nach den Batzen.

»Bleiben Sie noch zum Mittagessen«, schlug der Besitzer vor und seine Frau sagte, dass das Gulasch gleich fertig sein müsste.

Gonzo konnte sich etwas Angenehmeres vorstellen, als seinen Kreislauf in der Mittagshitze auch noch mit fester Nahrung zu belasten und trat auf den Hof hinter der tristen Karnaper Häuserzeile. Der Asphalt schien unter seinen Turnschuhen zu fließen. Hinter ihm verschloss der Geckomann sein Garagentor und erzählte von einem anderen Tiersammler, der sich in seiner Wohnung eine Tigerpython hielt.

Gonzo machte, dass er davonkam. Der Kombi stand vorm Haus. Ein paar Kinder drückten sich die Nasen am Seitenfester platt, während zwei an der Heckklappe hantierten. Er scheuchte die Bande weg, drehte die Spiegel wieder richtig und entdeckte beim Aufschließen die Kratzer am Schloss der Heckklappe. Das Handy auf dem Beifahrersitz zirpte. Gonzo angelte nach dem Apparat.

»Der Bisamrattenjäger ist in Urlaub«, erklärte Betty. »Aber seine Mutter war dran und die sagt, sie hat ein zahmes Schwein. In der Küche.«

Gonzo seufzte. »Nein danke.«

Seit Betty heute Morgen ins Loft gekommen war, telefonierte sie auf der Suche nach obskuren Tierhaltern durch die Vereine und den Kleinanzeigenteil der Wochenendzeitung und gab jede Stunde übers Handy eine neue Adresse durch. Auf die Art und Weise hatte er inzwischen ein paar degenerierte Pudel aus einem Hundefrisiersalon, ein gutes Dutzend fetter Katzen aus einer Haustierpension und die Geckos auf Band bekommen. Außerdem war er bei einem Taubenzüchter in Bedingrade vorbeigefahren und hatte sich in der Bruthitze des Schlages unterm Dach den Vereinsmeister im Orientierungsflug zeigen lassen. Inzwischen fühlte er sich wie Heinz Sielmann.

Zuletzt hatte Betty versucht, den Typen aufzureißen, der an den Kanalufern Bisamratten aus ihren Bauten scheuchte und ihnen für eine Schwanzprämie den Schädel einschlug. »Im Moment hätte ich noch einen Typen mit einer Python im Wohnzimmer, jemand mit einen kleinen Geparden im Garten und einen, der züchtet Mäuse fürs Tierlabor.«

»Es reicht.« Gonzo überschlug wieviel Sprit er wegen der blöden Viecher bisher verfahren hatte. Die Kosten würde er von Lutz und Wilbert nie wieder hereinbekommen. »Ich komme zurück. Sonst noch was?«

»Ihr Freund Hassenkamp hat angerufen.«

»Der ist nicht mein Freund.«

»Er sagt, er würde gern von Ihnen hören, was es inzwischen neues gibt«, fuhr Betty fort und gab Gonzo die Nummer, die der Hauptkommissar hinterlassen hatte. »Außerdem war da noch ein paar Mal dieser Inkassodienst am Apparat. Sie wollen …«

Gonzo erinnerte sich an den Scheck für die Kanalleiche und sagte Betty, dass sie ihn einlösen und eine Überweisung fertig machen sollte.

»Das geht nicht so einfach«, sagte sie.

»Und wieso nicht?«

»Weil erstmal die Lastschriften für Ihre Miete und die Telefonrechnung und Ihre Versicherung und noch ein paar andere Sachen abgebucht werden«, sagte sie. »Außerdem ist noch Umsatzsteuer für's Finanzamt fällig und die tausend Mark, die ich noch von Ihnen zu kriegen habe.«

»Die verrechnen wir mit den Infos, die ich dir für deine Seminararbeit gebe«, sagte Gonzo. »Wieviel ist übrig?«

»Ähem …«, machte Betty.

»Scheiße«, sagte Gonzo. »Ich leier mir hier mit den Viechern die Seele aus dem Leib und du schmeißt das Geld schneller raus, als ich es reinkriege.«

»So ist die Marktwirtschaft eben. Wollen Sie jetzt die Frau mit dem Schwein oder nicht?«

»Nein!«, knurrte Gonzo und unterbrach die Verbindung. Eine Weile saß er in dem brütend heißen Wagen und sah den Kindern zu, wie sie in der Telefonzelle an der Ecke den Hörer abmontierten. An der Ecke hockten ihre Mütter im Schatten eines heruntergekommenen Bunkers auf ihren Sperrmüllstühlen und verfolgten wohlwollend das technische Interesse ihrer Sprösslinge. Gonzo drehte die Schneekugel mit dem Weihnachtsmann Richtung Südpol und fuhr los. Der Zeiger der Benzinuhr stand tief im roten Bereich. An der nächsten Tankstelle bog er ab und kurvte unter das Dach. Die Luft zwischen den Säulen stank nach Diesel. Er war der einzige Kunde, und der Kassierer ließ ihn keine Sekunde aus den Augen. Außerdem hingen unter dem Vordach zwei Videokameras. Bestimmt lief im Kassenhaus ein Recorder mit.

Gonzo hängte den Zapfschlauch ein und gab dem Kassierer seine Tankkarte. Das Thermometer an der Kassenbox zeigte 35 Grad. Der Kassierer schob Gonzo Karte ins Lesegerät und sofort flackerte etwas über seinen Bildschirm. »In bar bitte.«

»Hab kein Bargeld dabei.« Wahrscheinlich war die letzte Lastschrift für die Karte geplatzt.

»Sie haben überhaupt kein Geld.« Der Kassierer schnitt Gonzos Karte durch. »Die ist entwertet. Wegen der Außenstände kriegen sie noch die Rechnung. Und jetzt hauen Sie ab.«

Gonzo sagte sich, dass es keinen Zweck hatte, den wilden Mann zu machen, und ließ den Kombi aus der Tankstelle rollen. Die Hitze flirrte über dem grauen Asphalt, es war kaum jemand unterwegs. Die Sonne lag auf den Fassaden, knallte auf heruntergelassenen Rollläden und zermürbte die zugezogenen Gardinen. Die Rentiere des Weihnachtsmanns standen bis zu den Fesseln im Schnee und zogen den Schlitten unbeirrt ins Ungewisse.

Gonzo fuhr langsam an die nächste Ampel heran und drückte dabei die Telefonnummer, die Hassenkamp hinterlassen hatte ins Handy. Vor ihm sprang die Schaltung auf Rot. Nach dem dritten Klingeln meldete sich das Gerichtsmedizinische Institut und Gonzo fragte nach dem Hauptkommissar. In der Warteschleife bekam er Don't Worry, Be Happy ins Ohr geblasen, bis es klickte.

»Komm vorbei«, verlangte Hassenkamp. »Ich will wissen, was du wegen Matzke rausgekriegt hast.«

»Nachher«, sagte Gonzo.,

»Nein, jetzt.« Er sagte die Adresse des Institutes. »Ich bin noch den ganzen Nachmittag hier.«

Auf dem Weg zur Gerichtsmedizin hörte er kurz in den Polizeifunk. Außer den Bestellungen der Reviere für kalte Getränke lief nichts. Er machte den Scanner aus und das Lokalradio an. Da hatten sie einen indianischen Regenmacher aus Burgaltendorf ins Studio eingeladen und übertrugen seinen großen Zaubergesang für einen Regenschauer. Anschließend kamen die aktuellen Ozonwerte und die Hautkrebswarnung in Knittelversen. Es war das beste Programm, was er jemals auf dem Sender gehört hatte.

Der Parkplatz der Gerichtsmedizin lag am Ende einer einspurigen Zufahrt und war natürlich nur für Sonderausweise reserviert. Gonzo stellte sich neben Hassenkamps Transporter und die dunkle Limousine mit dem GdP-Aufkleber an der Scheibe. Unruhig streifte er um den Wagen herum, und entdeckte auf dem Beifahrersitz die schwarze Collegemappe der

Sonderkommissarin und auf dem Rücksitz eine Sporttasche, aus der ein Squashschläger ragte.

Er holte vorsichtshalber die Suzie aus dem Kombi und fragte an der Pforte bei einem schlaksigen Burschen in megaweißen Hosen nach Hassenkamp. Er musste seinen Ausweis zeigen, bekam einen Passierschein und durfte in die erste Schleuse. »Die Kamera bleibt hier«, sagte der Pförtner. »Ich passe solange darauf auf.«

Gonzo packte die Suzie eigenhändig auf den Tisch der Wachstube. »Und wehe, wenn du sie auch nur anrührst!«

An der Schleuse holte ihn ein anderer Typ in noch weißeren Klamotten ab und brachte ihn mit dem Fahrstuhl nach unten in den Keller. Die Klimaanlage war niedrig eingestellt und Gonzo fröstelte etwas, als das schweißnasse T-Shirt auf der Haut trocknete. Es ging an pastellfarbenen Wänden mit Bildern medizinischer Koryphäen und Vergrößerungen von Gewebeschnitten vorbei zum Obduktionsraum. Hassenkamp stand mit einem Arzt im grünen Kittel an einem der beiden Stahltische. Seine Kamera hatte der Kommissar auf einem Stativ davor aufgebaut. Das Operationslicht leuchtete den gekachelten Raum bis zur letzten Ritze aus. Der Grünkittel hantierte auf dem Tisch herum und Hassenkamp ließ seine Mühle laufen.

Auf dem Tisch lag das Mädchen aus dem Kanal. Der Pathologe hatte ihren Körper mit dem Y-Schnitt vom Hals bis zum Bauchnabel aufgeschnitten, und die Rippenknochen waren abgesägt, damit er an Herz und Lungen herankonnte. Der Kopf mit dem zerstörten Gesicht war fixiert und der hintere Schädel für den Zugang zum Gehirn geöffnet. Das Gehirn war schon entfernt und lag in einer Edelstahlschale auf dem Beistellwagen. Der Arzt diktierte monoton seine Befunde in das Mikrofon, das von der Decke herunterhing, während er in der Bauchhöhle des Mädchens herumhantierte. Mit ihren von der Schiffsschraube amputierten Beinen wirkte die Tote auf dem Tisch fast wie ein Kind. Gonzo war kurz hinter der Tür stehengeblieben. Er fühlte sich nicht besonders.

Hassenkamp sah auf und nickte ihm zu. »Moment noch«, sagte er.

Gonzo ging ein paar Schritte näher und stellte sich neben die Kamera des Kommissars. Der Arzt arbeitete routiniert weiter, entfernte Magen, Leber und Milz zur gesonderten Untersuchung und rief dann nach seinem Assistenten, der Gewebeproben nehmen sollte. Hassenkamp schaltete die Kamera aus und ging mit Gonzo nach draußen auf den Gang. Aus den offenen

Bürotüren tönte Schreibmaschinengeklapper, Telefone fiepten und weiter hinten lief ein Radio. »Setzen wir uns ein bisschen«, sagte Hassenkamp und nahm Gonzo am Arm. Am Ende des Flures lag der Aufenthaltsraum für das Personal. Auf dem Weg entdeckte Gonzo in einem der Büros die Sonderkommissarin mit einem ihrer Assistenten. Die beiden unterhielten sich mit einem der Pathologen.

Im Aufenthaltsraum zog Hassenkamp zwei Becher Mineralwasser aus dem Automaten. Er fuhr sich mit der Hand übers Gesicht und sagte: »Dokumentationsauftrag für die Landespolizeischule.«

»Kriegst du Druck?«, fragte Gonzo und deutete mit dem Kopf zum Büro mit der Sonderkommissarin.

Hassenkamp zuckte mit den Schultern. »Pless geht gerade die Befunde der anderen Mädchen durch und vergleicht sie mit den Bildern von deinem Freund Matzke.«

»Matzke ist nicht mein Freund.«

»Womit wir beim Thema wären«, sagte Pless von der Tür her. Die Sonderkommissarin kam mit ihrem Assistenten im Schlepptau herein. »Das ist Kriminalobermeister Lenartowicz.«

Lenartowicz war Mitte dreißig, schlank und sportlich, die gelgestylten Haare kurzgeschnitten und in seinem modischen outfit voll auf der Höhe der Zeit. Pless schnippte mit den Fingern. Lenartowicz verschwand, um gleich darauf mit einem Computerausdruck wieder aufzutauchen.

»Heinz Matzke, geboren und so weiter, 1967 in Frankfurt verhaftet wegen Vertriebs pornographischen Materials, Verfahren eingestellt, dito zwei weitere Verfahren wegen Schmuggels von Haschisch und Pornos aus Holland und Dänemark, nach der Pornographie-Freigabe Angestellter bei verschiedenen einschlägigen Produktionsfirmen, zuletzt beim RITA-Film in Bergisch-Gladbach. Seit zehn Jahren mit verschiedenen Pornoproduktionen selbständig. In der Zeit immer wieder Verstoß gegen Auflagen des Gewerbeamtes, des Bauamtes und des Gesundheitsamtes. Zwei Verfahren wegen Nötigung und Körperverletzung gegen Frauen eingestellt, Strafbescheid wegen Steuervergehens.« Er klappte die Blätter wieder zusammen. »Das kam gestern vom LKA. Ich hätte mich mit Matzke gern deswegen ein bisschen unterhalten, aber leider fällt er für die nächsten Tage aus.«

Gonzo brauchte ein paar Sekunden, um die neue Information richtig einzuordnen. »Wieso?«

»Er ist gestern irgendwem in die Finger geraten, der ihn gar nicht gemocht hat. Eine Streife hat ihn letzte Nacht vor seiner Firma neben dem Wagen gefunden. Gehirnerschütterung, gebrochene Nase, Schneidezähne ausgeschlagen. Das dauert eine Weile, bis sie ihn im Krankenhaus wieder zusammengeflickt haben.«

Gonzo griff nach dem Becher und schaute interessiert auf die Wassertropfen, die die Plastikwand hinunterliefen. Dann trank er einen Schluck, um nichts sagen zu müssen. Der Assistent beobachtete ihn die ganze Zeit über wie eine besonders blöde Labormaus.

»Wie es passiert ist und wer ihn so zugerichtet hat, hat er angeblich vergessen«, sagte Pless schließlich.

»Soll bei einer Gehirnerschütterung durchaus vorkommen.« Gonzo und stellte ein paar Spekulationen an, wer den Pornofilmer zusammengeschlagen hatte. Jemand, dessen Rechnung er nicht bezahlt oder irgendein Zuhälter, der spitzgekriegt hatte, dass sich seine Mädels bei Matzke etwas dazuverdienten. Auf alle Fälle musste er den Rest des Sommers ohne Matzkes Kamerahonorare kalkulieren.

»Wir haben uns nämlich inzwischen die Mädchen auf der Katalogkassette angesehen und mit den Toten aus der Ruhr verglichen«, fuhr Lenartowicz fort. »Ob sie wirklich identisch sind werden wir wahrscheinlich nie herauskriegen. Aber es ist schon komisch, dass die Mädchen auf dem Band alle so um die sechzehn sind und die Toten auch. Körpergröße und ein paar andere Merkmale stimmen ebenfalls überein. Woher hat Matzke also die Mädchen?«

Gonzo schüttelte den Kopf. »Ihr verrennt euch da in etwas.«

Eine Weile sagte keiner etwas. Pless saß am Tisch und trommelte mit den Fingern auf die Resopalplatte. Ihr Kettenhund wippte auf den Fußballen. Schließlich meinte Hassenkamp: »Das Mädchen drüben im Saal könnte deine Tochter sein.«

»Ich hab keine Tochter.«

»Oder die Kleine, die bei dir im Büro rumläuft oder sonst ein Mädel«, sagte Hassenkamp. »Sie ist vor ein paar Tagen vergewaltigt worden. Die Wunden waren schon beim Abheilen. Gestorben ist sie an inneren Verletzungen. Nachher hat ihr der Kerl die Schleifscheibe durchs Gesicht gezogen und sie in den Kanal geworfen. Dabei hat sie sogar noch Glück gehabt, denn die anderen Opfer nicht einmal oder zweimal, sondern mindestens ein

Dutzend Mal missbraucht und verstümmelt worden. Und ob er die Flex erst benutzt hat, als sie schon tot waren, ist gar nicht so sicher.« Hassenkamp schüttelte den Kopf. »Noch mehr Details gefällig?«

»Nicht nötig.« Gonzo erzählte von seiner letzten Verhandlung mit Matzke und Brennecke. »Er hat ein paar Probebänder rausgerückt.«

»Brennecke also«, sagte Pless.

Lenartowicz schrieb sich den Namen auf. »Sie vermuten, dass sie die Mädchen aus Polen rüberschaffen?«

Gonzo zuckte mit den Schultern und überlegte, ob er sich je wieder im Stadthafen blicken lassen konnte. Pless wollte wissen, wie er mit Matzke zusammengekommen war und er erzählte ihr von dem Dreh für den Erotikclip. »Er hat die Modelle besorgt. Vorher hab ich nichts mit ihm zu schaffen gehabt.«

»Sicher«, sagte Hassenkamp. »Du bist ein Unschuldslamm wie es im Buche steht. Genau wie im Frühjahr bei der Sache mit den Glatzköpfen und dem Wachdienst am Bahnhof.«

»Ich mach nur meinen Job.«

»Wir auch«, sagte Pless und verlangte Matzkes Bänder. Gonzo musste Lenartowicz die Wagenschlüssel geben und ihm erklären, wo die Kassetten im Kombi lagen.

»Okay«, sagte er, nachdem der Jungbulle den Raum verlassen hatte. »Das war's dann wohl für mich. Game over.«

»Irrtum«, sagte Hassenkamp.

»Sie bleiben natürlich an Brennecke dran«, sagte Pless. »Wir wollen den ganzen Ring. Die Hintermänner aus Polen, die Kunden hier.

Gonzo rieb sich den Nacken. »Ich denke, Sie suchen den Ruhrkiller«, sagte er. »Das hat doch alles gar nichts mit diesem Verrückten zu tun.«

»Sind Sie da so sicher?«, wollte Pless wissen.

Gonzo sagte nichts, weil er sich wirklich nicht sicher war.

»Dass das ein Verrückter ist, das haben sich doch die Journalisten und Leute wie Sie aus den Fingern gesaugt, um über den Sommer zu kommen«, sagte Pless. »In den Polizeimitteilungen war immer nur von einer Mordserie die Rede.«

»Und warum haben Sie dann diesen Psychospezialisten geholt?«, fragte Gonzo. »Puchalski oder wie er heißt.«

»Um uns bestätigen zu lassen, dass die Taten nicht die Handschrift eines psychopathischen Serienmörders tragen.«

Lenartowicz kam mit Matzkes Girl Rape- und Sklavinnen-Kassetten zurück und meinte säuerlich: »Damit hätten wir den Matzke ganz klar festnageln können.« Sein Blick traf Gonzo. »Sie wissen sicher, dass auch schon der Besitz strafbar ist?«

»Moment mal!« Gonzo stand auf und hob die Hände. »Ich hab das Zeug in eurem Auftrag besorgt.«

»Das kann ja jeder sagen.« Lenartowicz grinste.

»Wir verstehen uns also?«, erkundigte sich Pless.

Gonzo starrte sie wütend an.

»Sag einfach ja«, sagte Hassenkamp.

Gonzo murmelte, was Pless und Lenartowicz und auch der Hauptkommissar ihn mal konnten und machte sich auf den Weg zum Ausgang. Hassenkamp kam gemächlich hinter ihm her und zündete sich draußen vor der Pforte eine Zigarette an, während Gonzo noch mit dem Posten, der inzwischen seinen Kollegen abgelöst hatte, über seine Suzie verhandelte.

Hassenkamp lehnte an seinem Diensttransporter, während Gonzo die Kamera im Kombi verstaute.

»Diesmal sitzt du wirklich in der Scheiße«, meinte er. »Wenn die Pless rauskriegt, dass du was mit Matzkes Nebengeschäft zu tun hast, dann gnade dir Gott. Sie braucht dringenden einen Erfolg. Sobald Matzke vernehmungsfähig ist, wird sie ihn wie eine Zitrone ausquetschen. Der kennt dann keine Freund mehr, das kann ich dir garantieren.«

Gonzo sagte nichts und schwang sich in den Kombi. An der Ausfahrt nahm er den halben Bürgersteig mit und hätte fast noch den grauen Telefonverteiler gerammt. Der Weihnachtsmann im Schüttelglas war vollkommen im dichten Schnee verschwunden, und daran änderte sich auch in den nächsten Minuten kaum etwas. Zum Glück waren die Straßen rund ums Institut fast leer, so dass Gonzo außer sich und Santa Claus keinen in Gefahr brachte.

## 11

Die Schlange fing im Tunnel unter dem Hochhaus mit dem stillgelegten Spaßbad an und hörte erst am nördlichen Rand der City auf. Gonzo verbrachte eine geschlagene halbe Stunde mit dem trägen Stop and Go, bis er endlich die Altenessener Straße erreichte.

Er war schon fast im Hinterhof, als er sich an den Inkassodienst erinnerte. Er peilte die Lage, entdeckte weder Köhler noch einen anderen, der es auf sein Geld hätte abgesehen haben können und stellte den Kombi auf seinen Platz. Bettys Roller schmorte neben dem Müllcontainer in der Sonne.

Mit der Suzie, seinen Tonbändern und den Akkus in der Reisetasche schleppte er sich ins Loft. Betty hatte die Schreibmaschine von Wachowskis Kumpel ausgepackt und studierte die Buchseite aus dem Bilderrahmen. »Stimmt das wirklich?«, fragte sie und hielt das Bild neben die Maschine.

»Keine Ahnung.«

»Wo haben Sie die denn her?«

»Kümmer dich um deinen Kram.«

Sie packte die Maschine wieder in den Koffer. »Schlechte Laune?«

»Nein.«

»Was wollte Hassenkamp denn von Ihnen?«

Er erzählte ihr, was mit Matzke passiert war. »Ich denke, Brennecke steckt dahinter«, sagte er zum Schluss. »Der hat kalte Füße bekommen. Mit dem ist nicht zu spaßen.«

Sie knabberte an der Unterlippe, sagte aber nichts. Gonzo packte seine Vormittagsbeute auf den Arbeitstisch und machte sich daran, die Hunde, Katzen, Eidechsen und das andere Viehzeug zusammenzuschneiden. Betty kam auf ihrem Bürostuhl herübergerollt und sah ihm zu. »Kann ich Ihnen helfen?«

»Nein.«

Also blieb sie sitzen und schaute ihm auf die Finger. Nach einer Dreiviertelstunde hatte Gonzo das Band zusammen. Er kopierte den Teil mit Wachowskis Pferd und den Viechern vom Schrottplatz heraus und zog für den Alten eine Kopie. Dann machte er den Blechschrank auf, in dem er alle Bilder aufhob, die er bisher in seiner Zeit als Freier gemacht hatte. Fast sieben Reihen mit Kassetten waren inzwischen zusammengekommen, Bänder von Unfällen, bei denen die Feuerwehr die Opfer mit schwerem Gerät aus den Wracks holte, Bilder von Bränden mit Flammen, die haushoch in den Nachthimmel schlugen. Unfallleichen auf der Straße, Drogentote auf dem Bahnhofsklo oder in verdreckten Fixerwohnungen, erfrorene Penner aus dem Stadtgarten und Action-Bilder von Polizeirazzien, Demonstrationen für oder gegen irgendwas. Er wühlte sich durch die Kassetten.

»Was suchen Sie denn?«, fragte Betty. »Ich habe doch alles mit meinem Computerprogramm archiviert.«

»Ich find‘s auch so«, knurrte Gonzo, aber am Ende musste er sich dann von Betty doch erklären lassen, wie er das Band, das er brauchte, aufstöbern konnte. Er kopierte es an den Schluss der Tierkassette und sagte Betty, dass sie ihm eine Rechnung für Wachowski schreiben sollte. »Zweihundert Mark für Videoproduktion, Adresse Friedrich-Ebert-Seniorenzentrum.«

Während sie das erledigte, duschte er kurz und packte dann seine Sachen zusammen und schnappte sich die alte Remington Portable in ihrem Köfferchen. »Ich bin unterwegs.«

»Kann ich nicht …«

»Nein.«

Gonzo trug seine Sachen die Treppe hinunter, hielt nach dem Inkassodienst Ausschau und manövrierte dann den Kombi durch die Toreinfahrt nach draußen. Der Verkehr floss träge, die Baustelle beim Supermarkt lag friedlich in der Sonne und die Arbeiter lungerten im Schatten ihres Containers herum.

Er brauchte nur zehn Minuten bis zum Viehofer Platz und machte einen Abstecher zu Mutter Zeys Imbissstube auf der Halbweltmeile am Berliner Platz. In dem kleinen Laden hatten der Hähnchengrill und die Fritteusen die Temperatur bis an die Grenze des erträglichen hochgetrieben. Die Bedienung war eine Aushilfe und trug unter ihrer weißen Einwegschürze nur einen fleischfarbenen Bikini.

»Currywurstpommesrotweißscharfmachenhieressen« orderte Gonzo. »Zweihalbehähnchenpommesmajoextraeinpackenmitnehmen.«

Eine Viertelstunde später war er wieder unterwegs. Die Hähnchen in den Warmhaltetüten auf dem Beifahrersitz kurvte er um die City herum nach Rüttenscheid und rangierte den Kombi auf den Parkplatz vor der Agentur neben eine dunkle Luxuslimousine mit Dortmunder Kennzeichnen.

Wilbert und Lutz nahmen im Redaktionsraum gerade einen Bericht über einen Bestatter ab, der auf dem Südwestfriedhof beim Ausheben einer Gruft unter die nachrutschende Erde geraten war und jetzt etwas vom Angesicht des Todes erzählte, in das er geblickt hatte. Die Tür zum Chefbüro war zu. Wilbert steckte heute in Bermudas und einem knallgrünen Hawaiihemd, während Lutz die neuesten Designerklamotten trug, ohne die er sich wohl nicht als Mensch fühlte.

»Mittagspause!« Gonzo packte die Hähnchentüten aus und schob sie den beiden zusammen mit seiner Tierkassette hin. Sie packten die gegrillten Flattermänner aus, während der Rest des Totengräberfilms durchlief. »Müll«, kommentierte Lutz und zerrte mit den Zähnen krosse Hühnerhaut vom Fleisch. Wilbert wickelte eine Serviette um den Knochen einer Keule und spreizte den kleinen Finger ab, während er daran nagte. »Dann zeig mal, was du hast.«

Gonzo schob die Tierkassette ein. Lutz knabberte die Hähnchenflügel ab und versenkte die Knochen wieder in der Tüte. Sein Interesse an Gonzos Tieren hielt sich in Grenzen. Er schaltete auf Schnelldurchlauf. Erst als die Szene mit Wachowskis Pferd kam, sah er aufmerksamer hin. »Das hab ich gestern schon bei deinem Freund Herbert gesehen.«

»Der Rest ist exklusiv«, sagte Gonzo. Wilbert wischte sich die Finger an der Serviette ab und förderte ein Seidentaschentuch hervor, um sich das Fett aus den Mundwinkeln zu tupfen. Gonzo fuhr das Band auf Normalgeschwindigkeit zurück und wartete auf die Szenen, die er eben aus dem Archiv geholt hatte. Fast zwei Jahre alte Reste von einem Dreh im Schlachthof.

Ein Kalb starrte mit großen Augen auf die Zuschauer, der Kopfschlächter hob das riesige Beil bis über die Schultern. Es blitzte im Licht von Gonzos Kamerascheinwerfer auf und fuhr mit einem kräftigen Hieb in den Nacken des Tieres. Das Metallblatt durchtrennte Haut, Muskeln und Nackenwirbel. Der Kopf des Tieres kippte nach unten und blieb einen Moment an einem Fleischfetzen hängen, bis er vom eigenen Gewicht gezogen auf den Kachelboden aufschlug. Blut spritzte, der Rumpf des Kalbes zuckte, die Beine knickten ein und der Körper glitt zu Boden.

Neben sich hörte Gonzo, wie Wilbert scharf die Luft einzog und vorsichtshalber nach der Tüte mit den Hähnchenknochen langte. Lutz saß gespannt auf der Stuhlkante.

Die Kamera folgte dem fallenden Tier. Aus dem durchtrennten Hals quoll immer noch ein stetiger Blutstrom. Ein Auge blickte groß und starr in die Kamera. Der Kopfschlächter drückte auf einen Knopf. Ein Wasserschwall schwemmte Blut und Kot in eine Rinne. Der Tierkadaver wurde von zwei Greifarmen zur weiteren Verwertung abgeräumt. Eine Tür öffnete sich und das nächste Rindvieh trottete auf den Mann zu. Gonzo hatte dem Kerl damals einen Fünfziger in die Hand gedrückt, damit er die Sache ausnahmsweise mit dem Beil machte, weil sie die Tiere sonst längst vollautomatisch betäubten und schlachteten.

Wilberts Gesicht passte mit seinem leicht grünlichen Ton gut zu seinem Hemd. Nach einem kurzen Blick auf die fettigen Hühnerreste, entschuldigte er sich kurz und verschwand.

Lutz fummelte an den Reglern der Schnitteinheit herum, bis er den richtigen Knopf gefunden hatte. Das Bild fiel in sich zusammen. »Du spinnst ja wohl.«

»Ihr werdet schon die richtigen Kunden dafür finden«, meinte Gonzo. »Irgendeine Tierschutzsendung. Wenn ihr wollt, kommt da noch mehr Material.« Gonzo und erzählte ein bisschen von Frauke und Eriks Hasen.

Lutz fing an, um den Preis zu feilschen. Wilbert kam, eingehüllt in eine Wolke Nobelrasierwasser zurück.

Sie einigten sich auf ein halbwegs akzeptables Honorar, und Lutz verschwand im Chefbüro, um den Vertrag und den Scheck zu holen. Durch die offene Tür drang ein rhythmisches Klacken, und Gonzo erspähte Wahnfried am Schreibtisch, wie er die Geschäftsbücher studierte. Als er Gonzo entdeckte, murmelte Lutz ihm etwas ins Ohr. Dann kam Wahnfried mit einem Vertrag in der Hand herüber. »Hallo Gonzo.« Die bunten Marmorkugeln verschwanden mit einem Klick in seiner Leinenjacke.

Lutz verdrückte sich nach draußen und nahm an der Tür gleich Wilbert mit, der neben dem Plastikpinguin herumdruckste.

Wahnfried setzte sich zu Gonzo an die Schnitteinheit. »Dann wollen wir mal sehen!« Er ließ das Band durchlaufen. »Und dafür willst du Geld?«

»Du musst es nur sagen, wenn du es dir nicht leisten kannst«, meinte Gonzo.

Wahnfried lächelte freudlos. »Dein Auftritt bei meinem Dreh auf der Margarethenhöhe hat mich einiges gekostet. Ich hätte nicht schlecht Lust, das mit dem Honorar für deinen Müll hier zu verrechnen.«

»Schön, wenn alte Freunde zusammenhalten.« Gonzo wollte die Kassette aus dem Recorder holen. Wahnfrieds Hand schoss vor und bedeckte den Schacht. »Nicht so schnell. Die Jungs sagen, du hast da irgendwelche militanten Tierschützer aufgerissen?«

Gonzo nickte.

»Ist das was drin für eine gute Reportage?«

»Sicher«, sagte Gonzo. »Willst du einsteigen?«

Wahnfrieds Blick wurde undurchsichtig. »Warum nicht.«

»Die Jungs kennen meinen Tagessatz«, meinte Gonzo. »Und meine Telefonnummer haben sie auch.«

Wahnfried entspannte sich. »Bleib doch vorerst mal an den Tierschützern dran. Ich hör mich mal um, wo das unterzubringen ist.«

»Zeit ist Geld.« Gonzo rieb den Daumen am Zeigefinger.

»Kein Thema«, sagte Wahnfried freundlich. »Was hältst du von einem Vorschuss?« Er nannte eine Summe, und Gonzo sagte sich, dass er wirklich verdammt gut im Geschäft sein musste.

»Wenn ich da dranbleibe, kann ich natürlich nicht an anderen Aufträgen arbeiten.«

»Übertreib es nicht«, warnte Wahnfried. »Es ist Sommer und du hast nicht mal eine Urlaubsvertretung gekriegt. Ich nehme mal an, dass ich dich auch für die Hälfte haben könnte.«

»Bestimmt nicht«, sagte Gonzo, obwohl er schon über ein Drittel froh gewesen wäre.

»Aber wie du schon sagtest – es ist nett, wenn alte Freunde zusammenhalten.«

Gonzo hatte zwar ein paar andere Erinnerungen an ihr Verhältnis, aber das wollte er nicht auf den Tisch bringen, solange Wahnfried in Spendierlaune war.

»Du kümmerst dich also weiter um die Tiergeschichten. In den nächsten Tagen ruft dich dann einer von den Reportern an, mit denen wir hier arbeiten. Der weiß dann auch, was wir aus dem Thema machen.«

Gonzo nickte. Dann fragte er mit einem Blick auf die Schreibtische und Geräte im Redaktionsraum: »Was suchst du eigentlich auf einmal wieder im Nachrichtengeschäft?«

»Diversifizierung«, meinte Wahnfried. »Außerdem war die Idee der Jungs nicht dumm.«

»Die machen mit der Agentur nur die Preise kaputt.«

Wahnfried schüttelte den Kopf. »Dafür sorgt ihr Geier schon untereinander. Inzwischen hält sich ja jeder, der gerade mal einen Urlaubsstreifen gedreht hat, für einen Videojournalisten. Mit der Agentur entlasten wir einfach die Redaktionen von dem ganzen Schrott, mit dem sie zugeschüttet werden. Unser Material ist sauber recherchiert, ordentlich gefilmt und auf die Wünsche des Partners abgestimmt. Wir arbeiten nur mit absolut zuverlässigen Profis mit langjähriger Berufserfahrung.« Er grinste.

Gonzo fand das überhaupt nicht komisch, aber im Moment saß Wahnfried am längeren Hebel. Er nahm seinen Scheck und trottete nach draußen. Auf dem Flur standen Wilbert und Lutz zusammen und tuschelten. Sie sahen ihm nach, bis er durch die Tür war.

Draußen riss er zuerst einmal wieder die Wagentüren auf, damit die Hitze abziehen konnte. Der Weihnachtsmann starrte träge durchs Wasser des Schüttelglases und wirkte müde und abgeschlafft. Gonzo konnte es ihm nachfühlen, dass ihm sein Job langsam zum Halse heraushing.

Eine halbe Stunde später zuckelte er an dem Ziegelsteinblock mit dem Schriftzug des Friedrich-Ebert-Seniorenzentrums vorbei über die geschwungene Auffahrt und stellte den Kombi auf einen Personalparkplatz. Bevor er ausstieg und Wachowskis Videokassette und seine Schreibmaschine von der Ladefläche holte, klappte er die Sonnenblende mit dem Presseschild herunter. Vor dem Eingang des Klinkerbaus stand eine schwarze Limousine mit Rüschengardinen an den Seitenfenstern. Im Foyer thronte ein Alter mit dichtem weißem Haar und Hakennase im Rollstuhl auf dem ersten Treppenabsatz neben der Fahrstuhltür. Hinter ihm standen wie die Zinnsoldaten zwei glatzköpfige Greise, die Gonzo irgendwie bekannt vorkamen.

»Gib's hier einen Wachowski?«, fragte er den Zivi, der an der Pforte die Telefonanlage bediente.

Der Junge deutete auf den Leichenwagen. »Tut mir leid, der wird gerade abgeholt. Ist heut Nacht verstorben.«

»Aber wie …«

»Herzversagen, meint der Hausarzt. Lag heute Morgen im Bad.«

»Scheiße.« Gonzo zerriss Bettys Rechnung für die Videokassette. Die Schreibmaschine brauchte der Alte jetzt auch nicht mehr. Vielleicht konnte er sie bei einem Trödler günstig verscherbeln.

Der Lift surrte ins Parterre. Unten sprangen zwei andere Greise sofort zur Tür und zerrten sie auf. Der Weißschopf wurde von den Glatzköpfen zu Gonzo herübergerollt.

»Sie wollten zu Wachowski?« Die Stimme des Alten war bemerkenswert kräftig. Seine hellblauen Rentneraugen fixierten Gonzo. »Sind Sie Gonschorek?«

»Und wenn?«

»Ich muss Sie sprechen!«

»Aber ich dich nicht, Opa!«

»Kommen Sie!«, bat der glatzköpfige Alte, der den Rollstuhl schob. »Der General wird Sie nicht lange aufhalten!« Gonzo wurde von zwei Rentnern in die Mitte genommen. Es ging am Speisesaal vorbei durch einen langen Gang in den Wohntrakt. Die Krücken und Stöcke der Alten klackten auf dem Boden, die Rollstuhlreifen quietschten. Die Sonne stand voll auf der verglasten Loggia, Gonzo schwitzte, das Licht blendete ihn.

Das Zimmer des Generals war geräumiger, als Gonzo es erwartet hatte. Ein alter Berliner Stadtplan mit den Pfeilen für die vorrückenden alliierten Truppen hing an der Wand. Über den Fernseher in der Schrankwand lief tonlos Riefenstahls Triumph des Willens vom Recorder.

»Kleines Familienvideo?«, fragte Gonzo.

»Nehmen Sie Platz!«

Gonzo sackte in einen zerschlissenen Ledersessel und stellte den Koffer mit der Schreibmaschine daneben. Der General schnippte mit den Fingern. »Einen Eistee?«

Der Rollstuhlschieber machte sich an der Pantryküche zu schaffen. Dann servierte er Gonzo auf einem Tablett ein schlankes Glas mit klingelnden Eiswürfeln und einem Zitronenschnitz. »Bitte sehr!«

Gonzo leerte das Glas in einem Zug. Der Tee war angenehm kühl und bitter. »Die Firma dankt.«

»Keine Ursache.« Der General rollte sich vor Gonzos Sessel. »Wachowski hat gestern die Wohnung von unserem Kameraden Juskowiak geplündert.«

Gonzo zuckte mit den Schultern, um den merkwürdigen Druck loszuwerden, der sich zwischen seinen Schulterblättern festgesetzt hatte. »Interessiert mich nicht, was ihr hier für Sorgen habt.«

Der General verzog die Lippen zu einem schmalen Lächeln. Gonzo versuchte aufzustehen, aber der Glatzköpfige drückte ihn in den Sessel zurück. »Sitzen bleiben!« Der General schob sich noch näher heran.

»Gonschorek«, murmelte er. »Ist das polnisch?«

Irgendetwas stimmte nicht. Gonzo hatte den Tee im Verdacht. Sein Herz raste, der Schweiß brach ihm aus.

»Wir erkennen es an, dass Sie das Eigentum unseres Kameraden zurückbringen wollen«, erklärte der General und nickte einem der Rentner hinter Gonzo kurz zu. Der langte mit seiner altersfleckigen Hand nach der Schreibmaschine und stellte sie sicher. Gonzo hatte Mühe, die Augen offenzuhalten. Durch einen milchigen Schleier machte er die Batterie von Medikamenten aus, die neben dem Krug mit dem Eistee auf der Küchenplatte standen. Der Druck in seinem Kopf nahm zu, sein Herz pochte gegen die Rippen.

»Nur ein harmloses Blutdruckmittel«, beruhigte ihn der General. »Man muss nur bei der Dosierung aufpassen. Kamerad Wachowski war da letzte Nacht sehr unvorsichtig.«

Gonzo schüttelte den Kopf. Ihm wurde schwindelig.

»Gib ihm noch etwas!«, ordnete der General an. Ehe Gonzo sich wehren konnte, hatte ihm der Glatzköpfige den Kopf an den Haaren zurückgerissen und hielt ihm die Nase zu. Ein anderer träufelte ihm aus einem Medikamentenfläschchen etwas Bitteres in den Mund. Gonzo wehrte sich, so gut er konnte, aber die Flüssigkeit lief ihm in den Hals und durch die Kehle. Gegen seinen Willen musste er schlucken. Dann ließen sie ihn los und sahen zu, wie er aufzustehen versuchte. Das Zimmer verschwamm vor seinen Augen und fing an, sich langsam zu drehen.

»Keine Sorge«, hörte er den General noch. »Das ist ganz normal.«

## 12

Es mussten Ameisen sein. Millionen von Ameisen, die in einer endlosen Karawane durch seine Adern trippelten, in seine Augen krochen, die Ohren durchstreiften und an den Haarwurzeln zerrten. Außerdem bewegten sie sich in einer halbkreisförmigen Formation auf seiner linken Brust zum

Herzen hin. Gonzo schnappte nach Luft, japste und keuchte und versuchte verzweifelt, die Ameisenströme von seinen Lippen zu wischen. Sein Herz pochte. Langsam wurde aus den Ameisen ein Kribbeln und Jucken. Gonzo riskierte es, die Augen aufzumachen.

Alles war schwarz und eng, er konnte die Arme und Beine kaum bewegen. Vorsichtig hob er den Kopf, sein Magen zog sich zusammen und er musste sich fast übergeben. Er versuchte, sich zur Seite zu drehen, aber er schaffte es nicht, weil er gegen eine Blechwand prallte. In seinen Schläfen stach ein spitzer Schmerz.

Die Metallkiste, in der er steckte, hatte keinen Deckel. Er wälzte sich auf die Seite, spürte wie die Blechwand dort auf einmal nachgab und ein frischer Lufthauch über sein Gesicht glitt. Er stieß mit den Armen nach, konnte das Hindernis zur Seite drücken, quälte sich mit vor Anstrengung pochendem Herzen herum und krachte direkt von der Ladefläche des Kombis einen halben Meter tief auf den Betonboden.

Gonzo stöhnte, als ihn der Schmerz aus der Platzwunde an der Stirn durchzuckte. Blut lief ihm übers Gesicht und sei Puls wummerte immer noch wie verrückt. Er tastete seine Umgebung ab, fand etwas, was sich wie ein Autoreifen anfühlte, arbeitete sich über einen Kotflügel langsam nach oben und schaffte es endlich, sich aufzurichten. In der Tiefgarage brannte nur ganz am Ende des Parkdecks die Notbeleuchtung. Gonzo kroch an dem Fahrzeug entlang, das er vage als seinen Kombi identifizierte, und umklammerte den Türgriff. Die Tür ging auf, das Innenlicht flammte auf und ohne einen festen Halt sackte er wieder zu Boden. Die nächsten zwei Minuten verbrachte er damit, den Schwindel niederzukämpfen und in den Wagen zu kriechen. Als er endlich hinterm Steuer saß, gönnte er sich erst einmal ein bisschen Ruhe. Dann tastete er vorsichtig nach dem Zündschlüssel und dem Funkscanner. Alles okay. Halbwegs beruhigt schloss er die Augen und legte wieder eine Pause ein. Beim nächsten Mal wagte er es, den Kopf zu drehen und nach der Suzie in ihrer Halterung auf der Ladefläche zu schauen. Alles in Ordnung, auch der kleine Camcorder für alle Fälle war noch da. Die Greise hatten ihn wohl nur betäubt, weil sie es auf die Schreibmaschine abgesehen gehabt hatten und ihn dann irgendwie samt Kombi hier in der Tiefgarage entsorgt. Das Auto stand in einer Box neben einem roten Kleinwagen, der durchdringend nach Benzin stank. Sofort drehte sich Gonzo der Magen um, und er schaffte es gerade noch, sich aus dem Wagen zu beugen, ehe ihm alles hochkam. Er würgte den Rest des Eistees und bittere Galle heraus.

Danach kippte er erst einmal den Sitz nach hinten und gönnte sich wieder eine Pause. Als er endlich glaubte, seine Handlungen wieder einigermaßen koordinieren können, ließ er den Motor an und rangierte den Kombi vorsichtig aus der Bucht. Es ging eine Ebene in die Höhe, dann wieder gerade aus und schließlich über eine Zufahrt nach draußen auf einen Vorplatz. Sofort schwappte die Hitze durch die offenen Fenster ins Fahrzeug. Gonzo wurde es für einen Moment schwarz vor Augen. Er würgte den Motor ab und versuchte herauszufinden, wo er sich befand.

Von dem Vorplatz gelangte man auf eine Straße, auf der dichter Verkehr lief. Die Straßenbahn kam auf ihrer Trasse über die U-Bahnrampe aus der Tiefe gerattert und stoppte an der Haltestelle. Ein Reklameplakatadler verkündete »Locker bleiben!«, und darüber entzifferte Gonzo Volkshochschule. Wenigstens hatten ihn die Greise nicht allzu weit weggekarrt.

Gonzo atmete tief durch. Der Motor kam stotternd in die Gänge, als er ihn wieder anließ. Im Schritttempo rollte er auf die Straße und drängelte sich trotz des wütenden Geblinkes seiner Hinterleute auf die Abbiegespur in Richtung Norden.

Im Getümmel des Feierabendverkehrs achtete niemand besonders auf seine großzügigen Schlangenlinien, die er fuhr, weil sich gelegentlich das Bild vor seinen Augen zu drehen begann. Der Weihnachtsmann in seiner Kugel taumelte mit seinem Rentierschlitten von Schneewehe zu Schneewehe. Mit zusammengekniffenen Augen hockte Gonzo auf der Sitzkante und umklammerte das Lenkrad wie ein Opa beim Sonntagsausflug. In der Tunnelpassage unterm Rathaus geriet er dann aus Versehen auf die Busspur und provozierte ein wütendes Hupkonzert. Der Gedanke, dass er sich im Moment weder einen Unfall noch irgendwelche Reparaturen am Kombi leisten konnte, brachte ihn wieder halbwegs auf Vordermann. Langsam spielte sich auch die Feinmotorik wieder ein. Er schaffte es, den Blinker richtig zu setzen und riskierte sogar einen Blick in den Rückspiegel. Rechts tauchte die Nordwache auf. Vor dem düsteren Verwaltungsbau mit den angeklatschten Erweiterungscontainern standen die Streifenwagen in Reih und Glied. Als er endlich am Freistein auf die Altenessener Straße einbog, fühlte er sich schon wieder halbwegs fit und wagte einen etwas stärkeren Druck aufs Gas. Mit den Reflexen stimmte es allerdings noch nicht so ganz, denn bis er bemerkte dass die nächste Ampel auf Rot stand, war er schon halb über die Kreuzung. Gonzo bretterte weiter und entdeckte den Streifenwagen vor dem China-Imbiss erst, als er an ihm vorbeirauschte. Hinterm Schaufenster der Imbissstube machte er einen Uniformierten aus, der andere saß am Steuer.

Weil er sich auf die Baustelle konzentrierte, die gleich kommen musste, fiel ihm der Polizeiwagen erst auf, als er links an ihm vorbeizog und sich vor ihn setzte. Die Leuchtschrift im Fond blinkte: Bitte folgen!

Fluchend ließ Gonzo sich aus dem laufenden Verkehr fallen und stoppte hinter der Streife am Straßenrand. In seinem Magen wühlte wieder die Übelkeit. Vorne stieg Polizeimeister Fischbeck aus und kam, ganz Wyatt Earp, mit der Hand an der Pistolentasche zu ihm. Gonzo lehnte sich aus dem Fenster. »Tut mir leid!«

»Die Ampel war rot.«

»Weiß ich.«

»Papiere!«

Gonzo fummelte sein Etui heraus. Fischbeck ließ sich viel Zeit für Fahrzeugbrief und Führerschein. Gonzo schloss die Augen, weil das Blut in seinen Schläfen zu hämmern begann.

»Haben Sie getrunken?«

»Nein.«

»Hauchen Sie mich mal an «

Gonzo tat ihm den Gefallen, Fischbeck verzog angewidert das Gesicht. Dann holte er den Alkoholtester und Gonzo musste ins Röhrchen blasen. Enttäuscht musterte Fischbeck die Anzeige.

»Hören Sie …«, sagte Gonzo.

Fischbeck füllte einen Zettel aus. »Der ist für die Ampel. Flensburg folgt.« Dann zerrte er Gonzos Führerschein aus der Hülle. »Und der ist erst mal eingezogen.«

»He, Moment!« Gonzo schwang sich aus dem Wagen. Seine Knie zitterten.

Fischbecks Gesicht blieb unbewegt. »Verdacht auf Fälschung.«

Das Pochen in Gonzos Schläfen verstärkte sich. »Du spinnst ja wohl!«

Fischbeck wedelte mit dem Führerschein. »Der ist auf Otto Heinrich Gonschorek ausgestellt und der Fahrzeugschein auf Heinrich Otto.« Er drückte Gonzo den Rest seiner Papiere in die Hand. »Deswegen wird er erst mal einbehalten, alles klar? Schließen Sie den Wagen ab.«

»Ich denk ja gar nicht dran!« Gonzo blinzelte gegen die roten Schleier vor seinen Augen an. Fischbeck trat einen Schritt zurück und machte seine Pistolentasche auf. »Wollen Sie Schwierigkeiten machen?«

»Ich brauch den Lappen beruflich«, sagte Gonzo. »Das ist ein Versehen!«

»Versehen gibt's nicht. Personaldaten müssen exakt von den Personalpapieren übertragen werden.« Er tippte sich an den Mützenschirm. »Schönen Tag noch.«

Gonzo blieb neben dem Kombi stehen und ballte die Fäuste, während Fischbeck sich zu seinem Streifenwagen trollte. Mit Sirene und Blaulicht verschaffte er sich Platz zum Wenden und rollte auf der Gegenfahrbahn zur Kreuzung zurück. Gonzo hämmerte ein paar Mal wütend aufs Dach des Kombis und trat dann noch gegen den Vorderreifen. Ohne Führerschein konnte er sich gleich die Kugel geben.

Er sah sich um. Fischbeck und sein Streifenwagen waren nicht mehr zu sehen. Gonzo setzte sich in den Wagen und ließ den Motor an. Den letzten Kilometer bis zum Loft schaffte er mit Tempo dreißig auf der rechten Spur auch ohne Pappe.

Im Hinterhof scheuchte er beim Einparken die Katze von ihrem Platz. Stumm wuchtete er die Suzie und die Kühltasche an einem Opa vorbei, der seine beiden feuchten Kaffeefilter in den Müllcontainer warf. Im Treppenhaus machte er erst einmal Licht und linste nach oben, ob da nicht wieder Köhler vom Inkassodienst auf ihn wartete.

Die Luft im Loft war stickig, obwohl Betty noch die Fenster auf Kippe gestellt hatte, bevor sie Feierabend gemacht hatte. Auf dem Schreibtisch lag ein Zettel mit ihren Telefonnotizen.

Gonzo strich die drei Anrufe des Inkassodienstes durch und fragte sich, was »Hasen bitten um Rückruf« zu bedeuten hatte. Noch während er die Nummer in den Apparat drückte, die Betty notiert hatte, fiel ihm Frauke ein.

Es klingelte lange, bis sie abnahm. »Heute Nacht, hast du da Zeit?«

Gonzo ließ sich auf den Schreibtischstuhl sacken. Die Tierbefreiung. »Klar«, sagte er.

»Ist irgendwas?«, wollte sie wissen.

»Was soll sein?«

»Du klingst so komisch.«

»Nur die Hitze.«

»Wir treffen uns um Mitternacht.« Sie gab ihm eine Adresse. »Sei pünktlich.«

»Moment«, sagte Gonzo.

»Was ist denn noch?«

»Kannst du mich fahren?«

Sie wollte wissen, wie er auf die Idee käme, und er erklärte ihr, dass er ein paar Probleme mit seinem Führerschein hatte. Sie tuschelte mit jemand im Hintergrund. »Ich komm dann vorbei«, sagte sie schließlich.

Gonzo legte auf und schloss die Augen. Der Schwindel hielt sich in Grenzen. Er massierte seine Augäpfel durch die Lider und suchte sich dann die Nummer des Anwaltes heraus, der ihn damals gegen den Mercedes vertreten hatten, der ihn auf dem Ruhrschnellweg gerammt hatte. Der Anrufbeantworter in der Kanzlei sagte ihm, dass er gleich morgen früh wieder anrufen sollte.

Am Fenster sah er drüben bei Bodo Licht brennen. Statt seiner Oi-Musik plärrte jetzt Peter Maffay etwas von sieben Brücken, und Bodo knutschte auf der Couch unter seiner Reichskriegsflagge mit dem Meckimädchen. Sie hatte ihm schon das Hemd abgestreift und fummelte jetzt an seiner Hose herum. Ihre Ratte hockte in einem Drahtkäfig auf dem Nachttisch.

Gonzo holte sich eine Cola, setzte sich an den Bistrotisch und sah sich die ganze Show an. Bodo hing schräg auf der Couch und zerwühlte die Meckifrisur zwischen seinen Beinen. Dann zog sie sich aus, zusammen klappten sie die Couch auf und sie drückte den Glatzkopf aufs Bett. Sie bewegte eine Weile mit rhythmisch schwingendem Becken auf seinen Hüften, dann richtete Bodo sich auf, drehte sie herum, so dass sie unter ihm lag und drang mit wippendem Hintern in sie ein.

Gonzos Gedanken verirrten sich zu Frauke, und er fingerte an der Erektion herum, die sich automatisch einstellte. Der Kreislauf war also tatsächlich wieder in Ordnung.

Bodo und seine Freundin waren gerade fertiggeworden, als Fraukes Kleinwagen auf den Hof rollte. Gonzo schnappte sich seine Ausrüstung und raste hinunter. Sie nahmen seinen Kombi. Frauke fuhr zügig auf der A 40 in Richtung Gelsenkirchen, bog kurz hinter der Stadtgrenze ab und folgte den Schildern zur Internationalen Bauausstellung Sie roch nach Sandelholz;

unter ihrem dunklen Blouson trug sie ein genauso dunkles T-Shirt mit einem Halstuch, dazu schwarze Jeans und schwarze Turnschuhe. Gonzo wusste auf dem Beifahrersitz nichts mit seinen Händen anzufangen und musste sich beherrschen, nicht dauernd mit Frauke zu bremsen. Als sie es bemerkte, grinste sie zu ihm herüber und legte ihm die Hand auf den Oberschenkel. »Keine Angst, das wird schon wieder mit deinem Führerschein.«

Dann erzählte sie ihm, welche Versuche in dem Tierlabor angestellt wurden, in dem sie als MTA arbeitete, und aus dem die Hasen gleich ein zwei Dutzend Karnickel befreien wollten, um ein loderndes Signal für den Schutz der gequälten Kreatur zu setzen.

»Da vorne ist es«, sagte Frauke schließlich.

Der rostige Bully stand in einer Parkbucht vor dem hellen Flachbau. Sie parkte den Kombi ein paar Plätze weiter und schloss die Heckklappe auf. Gonzo holte die Suzie heraus, klemmte den Scheinwerfer auf und legte sich den Gürtel mit den Akkus um. Frauke steckte die Kabel an die Kamera und zog sich ihr Halstuch vors Gesicht. »Alles okay!« Er lief hinter ihr durch die Dunkelheit an der Hauswand entlang. International Beauty Academy – Institut Professor Dr. Seltmann stand auf dem Messingschild neben der Tür des restaurierten Backsteinbaus, in dem zu Zeiten von Kohle und Stahl wahrscheinlich einmal eine Zechenverwaltung residiert hatte. Weiter hinten auf dem Gelände erhob sich noch ein wuchtiges Maschinenhaus mit schmalen Fenster und einem vorgesetzten Eingangspavillon.

»Psst!« Ein halbes Dutzend Gestalten und Kapuzenhemden kam aus der Deckung des Windfanges. Sie hatten ihre Gesichtstücher hochgezogen. Nur Erik war nicht maskiert. Er hielt Frauke eine kleine Sporttasche mit Werkzeug hin. »Fang an!«

In Gonzos Kameralicht schraubte Frauke den Ziehfix ans Sicherheitsschloss, knackte den Zylinder und holte ihn mit einer Rohrzange heraus. Die Tür schwang auf. Die Tierschützer huschten mit ihren Turnschuhen lautlos über die grauen Granitplatten des langen Flurs. Erik machte sich an einer Tür mit dem Schild Tiere 1 zu schaffen. Weiter hinten hörte Gonzo ein dumpfes Rumoren.

»Das sind die Schweine«, flüsterte Frauke ihm ins Ohr. Sie stützte ihn wieder beim Drehen, und Gonzo spürte ihre Hände an seinen Hüften nach vorn gleiten. »Ein Eber und zwei Sauen, für Hautversuche.«

Sie bugsierte Gonzo in das offene Labor. Die Hasen waren schon bei der Arbeit. Erik sprühte mit Autolack irgendwas von TIERMORD an die Wand, die anderen holten die Kaninchen aus ihren Drahtkäfigen und packten sie in die blauen Müllsäcke, die sie mitgebracht hatten. Die Tiere glotzten mit entsetzten Augen ins Kameralicht und fiepten zum Gotterbarmen. Gonzo sah ein paar Geschwüre und eitrige Wunden im Fell. Frauke hielt ihn fest, als er herumschwenkte, um den Rückzug der Hasen aus der Tierstation in einer Einstellung zu drehen. Als Assistentin war sie perfekt. Vielleicht konnte er sie gelegentlich anheuern, damit sie ihm bei speziellen Einsätzen den Rücken freihielt.

Als sich ihre Hände an seinen Hüften verkrallten, ahnte er, dass etwas nicht stimmte. Auf dem Gang brüllte Erik los, Gonzo hörte lautes Schweinegrunzen und jemand brüllte: »Ihr spinnt ja wohl, ihr Arschlöcher!«

Er riss die Kamera im gleichen Moment herunter, in dem Frauke ihn auf den Gang hinausstieß. Die Tür zum Schweinestall stand auf. Im tanzenden Lichtkegel seines Scheinwerfers sah Gonzo, wie Erik mit einem grauhaarigen Kerl in den Clinch ging. Der Grauhaarige schwang seinen großen Schweinetreiber, und Erik versuchte ihm auszuweichen, während seine Kapuzenjungs mit ihren Müllsäcken an den beiden vorbei zum Ausgang rasten.

»Scheiße!«, keuchte Frauke neben Gonzo.

»Abhauen!«, brüllte Erik ihnen zu, während er den Grauhaarigen gegen die Wand presste und mit ihm um den Elektroschockstab rang. Gonzos Schläfen hämmerten. Er betete, dass der Pfleger sich sein Gesicht nicht zu genau angesehen hatte. Sonst brachte ihm die Aktion mindestens ein halbes Jahr auf Bewährung ein. Mit einer plötzlichen Bewegung schaffte Erik es, dem Wärter den Schockstab aus der Hand zu drehen und damit zuzuschlagen. Der Alte taumelte benommen zu Boden und blieb liegen.

»Weg hier!« Frauke versetzte Gonzo einen Stoß. Er hetzte hinter Erik nach draußen. Der Motor des Bully lief schon. Im Haus gegenüber ging im Erdgeschoss das Licht an. Die Kapuzenjungs hockten wie paralysiert auf der Ladefläche zwischen ihren Müllsäcken mit den befreiten Karnickeln. Erik zerrte an der Schiebetür.

Als Gonzo zu seinem Kombi hastete, entdeckte er, dass er immer noch den Aufnahmeknopf der Suzie festhielt. Drüben ging im Erdgeschoss ein Fenster auf. Gonzo riss die Heckklappe hoch und warf die Kamera auf die

Schaumgummimatratze der Ladefläche. Frauke kam aus dem Institut, mit einer Hand hielt sie sich ihrer Windjacke zu. Eriks Bully schoss aus der Bucht auf die Fahrbahn und preschte davon. Gonzo schwang sich in den Wagen und machte die Fahrertür auf. Frauke warf sich hinters Steuer.

»Fahr zu!«, keuchte Gonzo.

Sie ließ den Motor an und machte, dass sie davonkam. Eine Weile preschten sie hinter Eriks Bully her. »Sie bringen die Tiere nach Duisburg!«, sagte sie. »Da werden sie dann untersucht und bis zu unserer Pressekonferenz untergebracht.« Sie bog ab und schlug den Weg zur Autobahn ein. »Danach wird Seltmann nicht mehr behaupten können, dass er humane Versuche macht.«

Inzwischen hatte Gonzo seine Gedanken halbwegs geordnet. »Erzähl mir nicht, dass du nichts von dem Wärter gewusst hast!«, fauchte er.

Frauke grinste zu ihm herüber. »Kalkuliertes Risiko.«

»Ihr habt alle ein Rad ab.«

»Ist doch nichts passiert.« Sie zog an einer Lastwagenkolonne vorbei, ohne sich um den Luxusschlitten zu kümmern, die hinter ihnen mit der Lichthupe blinkte.

»Sag mal«, meinte Gonzo langsam. »Ihr wollt doch ins Fernsehen?«

Sie antwortete erst, nachdem sie wieder eingeschert war. »Hast du schon was arrangiert?«

Gonzos Bremsfuß trat ins Leere. Er sagt ihr, dass sich vielleicht ein Sender für die Arbeit der Hasen interessierte, um sie nicht mit den Einzelheiten über die Agentur und Wahnfried zu verwirren.

»Klingt gut.« Sie schaltete herunter, um die Ausfahrt zu nehmen. »Bleib dran!«

»Dazu müsst ihr die Geschichte aber exklusiv aufziehen«, meinte Gonzo. »Ich kümmere mich weiter um den Kontakt. Ihr redet nur mit Leuten, die ich gecheckt habe.« Vielleicht stand ihm eine große Karriere als Presseagent der Hasen bevor.

Fraukes Hand rutschte aufs Gonzos Oberschenkel und tastete sich weiter. »Reden wir darüber, wenn du dich wieder beruhigt hast.« Sie beschleunigte und der Weihnachtsmann verschwand im Schneegestöber.

Im Hinterhof war es ruhig, hinter keinem der Fenster brannte Licht. Gonzo spürte das angenehm scherzhafte Ziehen in den Leisten, während er mit

Frauke die Sachen auslud. Breitbeinig stakste er ums Auto herum. Frauke drängte sich an ihn und nahm ihm die Tasche mit den Akkus ab. Sie roch nach Schweiß. »Gleich!«, versprach sie Gonzo ins Ohr.

Er sah zu, dass er so schnell wie möglich die Treppe hinaufkam. Oben im Loft hatte er kaum die Akkus ins Ladegerät geschoben und den Funkscanner eingeschaltet, um zu hören, ob sie schon etwas von der Aktion brachten, als sie die Arme von hinten um ihn schlang und sich an seiner Hose zu schaffen machte. »Komm. Ich brauch das jetzt!«

Auf dem Weg zum Bett schälten sie sich aus den Kleidern. Sie war kräftig und zielstrebig, mit festen Muskeln unter der Haut. Gonzo fummelte ein Kondom aus der Zigarrenkiste unterm Bett, sie half ihm beim Überziehen und dann drückte sie ihn auf die Matratze und ließ sich auf ihn sinken. Im Polizeifunk wurde ein Wagen nach Altendorf bestellt.

»Ja!« Frauke saß auf ihm und bewegte ihr Becken mit der gleichen sportlichen Lässigkeit, mit der sie vor drei Tagen ins Loft gekommen war. Ihre Brüste schimmerten feucht im Licht der Stehlampe neben dem Feldbett. Sie massierte ihn mit ihren Muskeln, steigerte das Tempo, verlangsamte es wieder und hatte alles unter Kontrolle. Gonzo wollte sie herunterziehen, aber sie bog den Oberkörper zurück. »Nicht.«

Sie zitterte, aber jetzt nicht mehr vor Stress. Gonzo pumpte weiter, ihr Schweißgeruch war jetzt nicht mehr zu unterscheiden.

In Fraukes Stöhnen platzte wieder der Funk. In den Schrebergärten am Erlengrund ging den Nachbarn eine Grillfete auf die Nerven. Sie bewegte sich schneller, half sich mit den Fingern, und drückte Gonzo immer im letzten Moment an der Wurzel, bevor er kommen konnte. »Warte mal, das geht noch besser …«

Sie verhakte die Füße hinter seinen Unterschenkeln hängte sich aus dem Bett, um auf dem Boden nach etwas zu suchen. In Gonzos Ohren knackte es und dann zogen sich seine Nackenmuskeln zusammen. Frauke kam mit dem Elektroschockstab des Institutswärters in der Hand wieder in die Höhe. Zwischen den Elektroden knisterte ein blauer Funkenstrang, als sie an den Auslöser kam.

»Moment mal!«, keuchte Gonzo.

Fraukes Augen leuchteten, als sie Gonzo die Elektroden an die Schläfe setzte. Ihm brach der Schweiß aus. Fraukes Blick nach zu urteilen war er für sie im Moment nichts anderes als eine Laborratte.

»Geil, was?«, keuchte sie und glitt mit dem Finger über den Auslöser. »Schweiß leitet Strom sehr gut. Was meinst du, wie es deinem Gehirn geht, wenn ich abdrücke?«

Gonzos atmete flach und spürte zur gleichen Zeit, wie Hormone und Adrenalin ihn in einen Zustand brachten, über den Frauke wohl alles und er gar nichts wusste. Seine Haut schien zu brennen, seine Wahrnehmung blendete den Polizeifunk im Hintergrund vollkommen aus und alles in ihm konzentrierte sich auf den großen Knall, egal in welcher Form. »Hör mal …«, presste er hervor.

Ihr Lächeln machte ihm klar, dass sie kilometerweit weg war. Sie presste den Schocker weiter an Gonzos Schläfe und legte sich auf ihn; er spürte ihre Brüste und die kräftigen Schenkel. Ein Schweißtropfen fiel von ihrer Stirn auf Gonzos Wange. Sie leckte ihn weg. Ihrer Zunge war klein und flink, ihr Atem heiß. Gonzo zweifelte keinen Moment daran, dass sie ihm ohne Weiteres ein paar tausend Volt durch den Kopf jagen würde, wenn er etwas sagte, was ihr nicht gefiel.

»Bitte Nahbereichsfahndung«, meldete der Polizeifunk. »Dunkler VW-Bully, Kennzeichen unbekannt. Wagen ist mit mehreren Personen besetzt und wurde gegen Mitternacht am Tatort gesehen.«

Gonzos Hals war trocken. Er räusperte sich. Fraukes feuchter Körper drückte sich auf ihn, hob und senkte sich, der Stab rutschte zur Seite und im nächsten Moment zuckte der Spannungsbogen zwischen den Elektroden. Ein heißer Fleck brannte sich an seinem Haaransatz auf die Haut, es roch verbrannt und Frauke drückte ihm das Ding wieder an den Kopf. Rund um Gonzo schien die Luft zu vibrieren, alles war ganz leicht und einfach. Die Angst gab ihm den letzten Kick, er ließ alles los und dann explodierte er mit einer Wucht, wie er sie eigentlich nur damals beim ersten Mal mit Renate auf der Pritsche in der Gartenlaube seines Onkels erlebt hatte. Frauke zuckte und knurrte heftig, ihre Muskeln zogen sich zusammen und sie wippte weiter und weiter, bis ihr Körper steif zu werden schien und sie nach ein paar endlosen Sekunden über ihm zusammensackte.

Der Elektrostab rutschte ihr aus der Hand. Mit einem erleichterten Gefühl hörte Gonzo, wie er aus dem Bett fiel und mit halbem Ohr bekam er mit, dass sie im Polizeifunk einen Sanitäter für das Institut anforderten. »Nachtwächter leicht verletzt. Schock und Platzwunde.«

Frauke rutschte von ihm herunter. Ihr Blick entschleierte sich wieder. »Super!«

Gonzo hatte noch keine Meinung, deshalb sagte er nichts und sah zu, wie sie im Bad verschwand. Die Dusche rauschte los. Nach fünf Minuten folgte er ihr, entsorgte das Kondom in der Toilette und stellte sich zu ihr unter den Wasserstrahl. Sie kam ganz nah heran. »Ich rede mit Erik!«, flüsterte sie ihm ins Ohr und schlängelte mit der Zunge kurz hinterher.

Gonzo brauchte ein paar Sekunden, bevor er begriff, was sie meinte. »Keine Presse ohne Rücksprache!«, ordnete er an.

Sie kniff ihn an seinem empfindlichsten Teil. »Okay erstmal. Ruf mich an.«

Sie kletterte aus der Kabine. Gonzo blieb noch eine ganze Weile unter der Dusche. Als er dann ins Loft kam, schlüpfte sie gerade in ihre Klamotten. Den Stab steckte sie wieder unter die Windjacke. Dann holte sie die Kassette mit den Bildern der Institutsaktion aus Gonzos Kamera. »Damit es auch wirklich exklusiv bleibt!«, meinte sie und klemmte sie sich unter den Arm.

## 13

Bodo frühstückte mit der Meckifrau und ihrer Ratte im Bett. Um sich herum hatten sie Brötchen, Butter und Marmelade verteilt, der Kaffee stand in einer Thermoskanne auf dem Boden. Was die Ratte bekam, konnte Gonzo nicht sehen. Aus den Boxen sang Zarah Leander Davon geht die Welt nicht unter und Bodo grölte den Refrain mit.

Die Meckifrau hatte kleine Brüste und als Gonzo genauer hinsah, entdeckte er die beiden Silberringe, die sie sich durch die Warzen gezogen hatte. Auf Bodos linker Schulter prangte ein dilettantisch tätowiertes Eisernes Kreuz über einer Inschrift. Er hockte mit der zweiten Kanne Kaffee am Bistrotisch vorm offenen Fenster und bekämpfte abwechselnd den stechenden Kopfschmerz und die periodisch aufsteigende Übelkeit.

Es war Mittag. Betty war schon seit fast vier Stunden da und verfolgte seine Bemühungen, ins Reich der Lebenden zurückzukehren mit der aufmerksamen Neugier, mit der Fraukes Professor wahrscheinlich seine Laborkaninchen beobachtete. Nach und nach hatte er sie in seinen klaren Phasen auf den letzten Stand der Dinge gebracht. Im Moment telefonierte sie wegen Gonzos Führerschein mit dem Anwalt. Allein der Duft ihres Vanilleparfüms löste bei Gonzo schon wieder Brechreiz aus. Er verschwand im Bad, um die erste Kanne Kaffee und ein bisschen grüne Galle herauszuwürgen.

»Sie sehen wirklich schlecht aus«, meinte Betty, als er zurückkam. Gonzo kramte in seiner Hausapotheke nach Aspirin oder Alka Seltzer oder sonst etwas, was Linderung versprach. »Der Anwalt sagt, dass sich das hinziehen kann.«

Gonzo löste ein paar Tabletten in Wasser auf und trank. Sofort zog sich sein Magen wieder zusammen. Seufzend kehrte er zu seinem Platz am Fenster zurück. Unten im Hof schmorten die Autos, Bettys Roller stand neben dem Müllcontainer und die fette Katze lag auf der Motorhaube von Gonzos Kombi. Der Briefträger kam mit seiner Karre durch die Toreinfahrt.

»Wenn Sie nicht so bockig wären …«, begann Betty.

»Was dann?« Die Tabletten taten ihre Wirkung. Gonzos Bewusstsein kehrte langsam zurück.

»Ich könnte doch fahren, solange bis Sie den Führerschein zurückbekommen.«

Gonzo verkniff sich die Antwort, die ihm auf der Zunge lag. Rein praktisch gesehen hatte sie natürlich Recht. Mit ihr wäre er wenigstens tagsüber einsatzbereit.

»Ich überleg's mir.«

»Lassen Sie sich nur Zeit!«

»Die Post war da.«

»Dafür bin wohl gut genug!«

Sie beschäftigte sich eine Weile mit den letzten Honorarabrechnungen von Herberts Redaktion und machte keine Anstalten, den Briefkasten zu kontrollieren. Dafür schob sie Gonzo zwei von ihren Müsliriegeln hin. »Essen Sie das.«

Gonzo aß. Er hatte den Funkscanner eingeschaltet und hörte mit halbem Ohr auf die Meldungen. Drüben räumten Bodo und seine Freundin das Frühstück vom Bett und gingen wieder in den Clinch. Zarah beschwor dazu Ich weiß, es wird einmal ein Wunder geschehen. Gonzo schluckte, um den metallischen Geschmack im Mund loszuwerden. In die Erinnerung an Frauke und die letzte Nacht mischten sich die Bilder des toten Mädchens aus der Pathologie. Er stemmte sich hoch und schlurfte ins Bad, weil sein Magen sich nicht entscheiden konnte, was er mit Bettys Riegeln machen sollte. Nach einigem Würgen behielt er sie dann aber doch bei sich. Nachdem er sich rasiert hatte, fühlte Gonzo sich wieder einigermaßen fit und beschloss, dem Tag ins Gesicht zu sehen.

Er schnappte sich den Briefkastenschlüssel und stolperte im Treppenhaus fast über die fette Katze, die ihm auf den Stufen unversehens zwischen die Beine schoss. Kaum war er unten angekommen, als er begriff, dass er einen Fehler gemacht hatte.

»Schön, dass Sie gerade vorbeikommen« sagte Köhler. Blond und eckig stand er bei den Briefkästen und hatte gerade etwas in Gonzos Schlitz gesteckt. Jetzt zerrte er den Umschlag wieder heraus und verstaute ihn in seinem Jackett. »Dann können wir die Sache ja gleich unter vier Augen klären.«

Gonzo umklammerte seinen Briefkastenschlüssel, während er den Rückzug antrat. Er kam nicht weit. Mit dem Rücken stieß er an die Haustür.

»Entweder du bezahlst bis morgen«, sagte Köhler und schlug einen ansatzlosen Haken in Gonzos Unterleib, »oder ich mach dich platt.«

Ehe Gonzo etwas erwidern konnte, kassierte er den zweiten Schlag. Sterne tanzten vor seinen Augen, als er nach vorn taumelte und in Köhlers nächste Schläge hineinlief. Der Blonde teilte ohne jede Spur von Anstrengung aus. Gonzo rutschte sein Schlüssel aus der Hand, knallte mit dem Kopf gegen die Mauern und glitt zu Boden. Sein Körper schmerzte, er bekam kaum noch Luft und sah gerade noch, wie Köhler mit dem Bein ausholte, um nach ihm zu treten, als auf einmal alles hell wurde. In der nächsten Sekunde hörte er jemand brüllen. Es vergingen einige Sekunden, bis er begriff, dass nicht er es gewesen war, der da vor Schmerz schrie.

Vorsichtig riskierte er einen Blick und sah Bodo, der Köhler am Hals gepackt hatte und gegen die Wand drückte. Köhler japste nach Luft, er blutete aus dem Mund und die Nase saß ihm schief im Gesicht. Bodo presste ihn noch fester gegen die Wand, bis Köhler die Augen zu verdrehen begann. Dann rammte der Glatzkopf ihm das Knie zwischen die Beine. Köhler heulte auf und rutschte an der Wand herunter, als Bodo ihn losließ.

»Verpiss dich.« Bodo hielt die Tür auf und wartete, bis Köhler auf allen Vieren auf den Hof gekrochen war. Dann half er Gonzo hoch.

»Ich wollt mal wegen der Videos fragen«, meinte er. »Aber im Moment passt es wohl nicht so ganz, oder?«

»Nicht ganz«, murmelte Gonzo. Es stach beim Atmen in den Rippen. »Danke.«

»Stress?«

Gonzo nickte.

»Na dann«, sagte Bodo und schlappte zur Tür. »Ich schau später nochmal vorbei.«

Gonzo brauchte eine Weile, bis er sich wieder halbwegs ohne Schmerzen bewegen konnte. Dann fummelte er in der Hosentasche nach seinem Schlüsselbund und stapfte in den Keller. Die Birne im Seitengang war immer noch kaputt. Gonzo tastete sich an der Wand entlang zum Heizungsraum und schloss auf. Diesmal ließ sich die Klappe am Kamin ohne Weiteres abnehmen. Mit der Hand wühlte er in dem fetten Ruß, bis er die Hähnchentüte fand. Er riss sie auf und holte die Pistole heraus. Beim nächsten Mal, da war er sich ganz sicher, wurde er auch alleine mit Köhler fertig.

Betty starrte ihn entgeistert an, als er wieder ins Loft kam. »Was ist denn mit Ihnen passiert?« Dann entdeckte sie die Pistole in seiner Hand und trat einen Schritt zurück.

»Alles in Ordnung«, nuschelte Gonzo. Er knallte die Waffe auf den Schreibtisch und ging erstmal unter die Dusche, um den Ruß abzuwaschen und seine Schrammen zu verarzten. Als er zurückkam, hatte er zwar immer noch Schmerzen am ganzen Leib, war sich aber einigermaßen sicher, dass seine Begegnung mit Köhler ohne gebrochene Rippen verlaufen war. Er ließ sich vorsichtig in den Schreibtischstuhl sinken. Während er ihr erzählte, was passiert war, schob sie die Pistole mit ihrem Bleistift auf der Glasplatte hin und her.

»Wo haben Sie die her?«

»Gefunden.«

Die nächste Frage verkniff sie sich. Stattdessen sagte sie: »Ich hoffe, Sie wissen, was Sie tun.«

»Ich müsste nachher mal zu Brennecke in den Stadthafen«, sagte er.

»Warum?« Betty ließ ihren Bleistift sinken. »Meinen Sie, der erzählt Ihnen noch etwas?«

»Wieso nicht?«

»Wenn Ihr Freund Matzke wegen der Pornofilme zusammengeschlagen worden ist, dann hat Brennecke bestimmt kalte Füße bekommen.«

»Matzke ist nicht mein Freund.«

»Sie wissen schon, was ich meine.«

Gonzo hatte sich schon fast entschlossen, Betty freizugeben und den ganzen Tag einfach aus seinem Leben zu streichen, als der Scanner auf die Feuerwehrfrequenz sprang. Im Hafen brannte etwas. Drei Löschzüge rückten aus. Die Wehren in den Nachbarstädten sollten in Bereitschaft gehen.

Gonzo schnappte sich die Pistole und stolperte zum Arbeitstisch. Die Sache klang groß genug, um sich ein paar Mark zu verdienen. Er warf die Waffe zu den Akkus in seine Tasche und kramte schnell ein paar Leerkassetten zusammen.

»Na los«, raunzte er Betty an, die ihn verwundert anstarrte. »Willst du nun fahren oder nicht?«

»Klasse!« Sie half ihm, die Sachen zum Wagen zu bringen und gleich darauf kurvte sie mit dem Kombi durch die Toreinfahrt. Gonzo hockte auf dem Beifahrersitz und fixierte den Weihnachtsmann in seinem Flockentaumel. Er machte den Scanner an und hörte gerade noch, wie sie auch noch zwei Krankenwagen bestellten.

»Links«, befahl er, aber Betty hatte schon den anderen Blinker gesetzt.

»Ich weiß schon, wie wir hinkommen.«

»Einen Scheiß weißt du!« Gonzo sah sich schon im nächsten Stau stecken und schrieb die Bilder ab.

Betty fuhr konzentriert, aber ohne sichtbaren Stress. Es ging durch Wohnstraßen, vorbei an Brenneckes Bunker am Wildpferdehut. Von fern hörte Gonzo schon das vertraute Geheul der Sirenen.

»Mach Platz und klemm dich dran«, sagte er, während Betty schon rechts ranfuhr. Ein Krankenwagen und ein Notarztkombi kamen von hinten durch die Gasse und zischten vorbei. Betty trat aufs Gas und hängte sich an die beiden Fahrzeuge.

Gonzo drehte sich um und entdeckte hinter sich noch den Rüstwagen der Feuerwehr. Der Fahrer drohte ihm mit der Faust und versuchte sie von der Fahrbahn zu drängen. Aber Betty hatte den Kombi voll im Griff. Aus dem Funkgerät plärrte der erste Bericht der Einsatzleitung vor Ort. Die Zentrale meldete, dass auch die Polizei schon alarmiert war.

»Mach zu, die sperren ab.«

»Schneller geht's nicht.« Betty hielt sich eng an den Notarzt und ließ sich von den Feuerwehrwagen hinter sich nicht beeindrucken.

Im Stadthafen ging es an den Anlagen und Hallen vorbei zu einem Areal, dass er inzwischen nur zu gut kannte. Matzkes Pornobude und Brenneckes Schrottplatz. Fette schwarze Qualmwolken türmten sich atompilzartig über einem Stapel alter Autoreifen, daneben brannte die Teerpappe in der Betonwanne und die großen Halle. Auf der anderen Seite waren sie über das trockene Gras weitergesprungen und leckten an der Fassade von Matzkes Flachbau hoch.

An der Zufahrt hatten zwei Streifenwagen Posten bezogen. Die Beamten lehnten an den offenen Türen, beachteten Gonzos Kombi und die anderen Wagen ohne besonderes Interesse. Das Tor zum Schrottplatz war offen, auf dem Gelände hatten sich die Löschzüge auseinandergefächert, und die Wehrleute wuselten mit ihren Schläuchen und Geräten in ihre Positionen. Der Zugführer bellte seine Kommandos durchs Megaphon, dann schlängelten sich die ersten Schlauchrollen über die Wege zwischen den Schrottbergen zur Straße und wurden an die Hydranten geklinkt.

Betty hatte den Kombi hinterm Tor im Schutz von Brenneckes beiden Bürocontainern zum Stehen gebracht, und Gonzo kletterte mit zittrigen Knien heraus, um die Suzie zu holen. An der Heckklappe musste er warten, bis Betty mit dem Schlüssel kam. »Kann ich mit?«

»Du bleibst hier!«

»Das ist doch kein Zufall, dass das jetzt ausgerechnet bei Brennecke brennt.«

Gonzo holte die Suzie heraus, schnallte sich hektisch den Akkugürtel um, ließ sich von Betty anschließen und stapfte unter den Kranauslegern durch an den Wehrmännern und an den glühenden Metallbergen vorbei. Endlich geriet er in die Ausläufer des Palettenlagers und kämpfte sich durch den dichten Qualm weiter. Das Feuer hatte inzwischen die gesamte Halle erfasst. Gonzo nahm die Suzie hoch und drehte eine lange Totale von den hohen Flammen, die an der Hallenfassade in die Höhe schossen und sich überm Dach vereinigten. Der Rauch und die heiße Luft nahmen ihm fast den Atem. Es stank durchdringend nach Teer.

Die Wehrleute schleppten die ersten C-Rohre heran und formierten sich an den Spritzen. Dann kam das Wasser, schoss in einem scharfen Strahl aus der Düse in die Höhe und senkte sich in einem feinen Schleier über die Halle. In der Halle knallte etwas, gleich darauf noch einmal. Der Einsatzleiter und seine Männer starrten von ihrem Posten neben dem Löschzug besorgt auf das Gelände. Nicht mal fünfzig Meter von der Halle entfernt stapelten sich meterhoch blaue Plastikfässer auf einer Betonplatte.

Gonzo lief an den Palettenstapeln entlang und schnappte nach Luft, als ein Windhauch die Flammenhitze zu ihm herübertrieb. Feiner Ruß setzte sich heiß auf die Haut. Er wischte sich übers Gesicht. Ihm wurde schwindelig, und vorsichtshalber zog er sich ein paar Meter bis an eine alte Backsteinmauer zurück, an die er sich anlehnen konnte.

Vorn bei der Zufahrt standen die beiden Rettungswagen in Position, und zwischen den Feuerwehrmännern, Sanitätern und Polizisten sah er Brennecke herumlaufen, sein Funktelefon am Ohr.

Gonzo drehte ein paar beeindruckende Bilder vom ersten Wasserschirm, den die Wehrleute auf die Halle legte. Die Luft wurde schwer vom verdampften Löschwasser, feuchte und rußige Schwaden zogen herüber und legten sich auf seine Haut und in die Haare. Er setzte die Suzie auf einem Mauervorsprung ab, zerrte sich das T-Shirt vom Körper und wickelte die Kamera darin ein. Er hoffte, dass die feine Elektronik nicht schlappmachte und holte sich mit einem Zoom eine vorrückende Schlauchmannschaft ganz nah heran. Die Halle wurde jetzt von zwei Seiten besprüht. Um Matzkes Flachbau kümmerte sich nur ein einziger Löschtrupp, der mit seinem Rohr die Flammen im Zaum hielt und darauf wartete, dass die Bude niederbrannte. Zu retten war da nichts mehr.

Als Gonzo die Szene abschwenkte, entdeckte er neben der Halle einen Schweißkarren und gleich dabei ein paar mannshohe Metallhülsen mir blauen und gelben Kappen. Er fragte sich gerade, wieso es die Sauerstoffflaschen so lange in der Hitze ausgehalten hatten, als es auch schon krachte. Die Explosion drückte ihm die Trommelfelle zusammen, aber er hielt die Suzie eisern fest auf den Flecken, an dem eben noch die Schweißkarre gestanden hatte. In einem Feuerball ging die nächste Sauerstoffflasche hoch, wie ein Projektil raste die Stahlkartusche auf einem Feuerschweif aus gleißendem Orange schräg in die Höhe, verfehlte knapp einen der Kranausleger und stürzte weiter hinten ins Hafenbecken.

Brennende Trümmer wirbelten durch die Luft, in dem Qualm war bald nichts mehr genau zu erkennen, und die Hitze wurde langsam unerträglich. Gonzo fand, dass er erst einmal genug auf Band hatte und trat den Rückzug an. An der Einfahrt lief er ein paar vollkommen durchnässten Wehrleuten über den Weg, die im zuschrien, wo er sich seine Suzie hinstecken könnte.

Brennecke kam mit rußgeschwärzten Gesicht und pochenden Stirnader herübergestapft und packte Gonzo am Arm. »Runter von dem Platz, sonst gibt‘s Dresche!«

»Was ist eigentlich passiert?«

»Hau ab oder ich bring dich um!« Brennecke keuchte. »Ich bring euch alle um.«

Mit dem Mann war im Augenblick nicht zu reden, also sah Gonzo zu, dass er Land gewann. Neben der Einfahrt rollten die Sanitäter gerade jemand auf ihrer Trage zum Wagen. Gonzo hetzte hinterher und setzte im Laufen die Suzie an. Die Gestalt auf der Bahre steckte in ausgebeulten Jeans und einem T-Shirt, das auf der Haut verbrannt war. Gonzo sah im Okular das durch Ruß und Brandwunden entstellte Gesicht auftauchen, darüber die Reste von kurzem Haar. Im Ohrläppchen hing ein silberner Ring. Trotz der Entstellung erkannte Gonzo Fischbeck sofort. Der Polizeimeister rührte sich nicht, Blut tropfte von seinem Hinterkopf auf das Laken der Trage.

Er machte noch einen Schuss, wie die Retter die Bahre verluden und wartete darauf, dass der Rettungswagen mit Blaulicht davonrasen würde. Als es endlich soweit war und der Wagen sich mit heulender Sirene in Bewegung setzte, versperrte ihm Reutters schwarzer Geländewagen den Weg. Der Fahrer schaffte es gerade noch mit quietschenden Reifen auszuweichen und setzte seine Karre gegen die Straßenbegrenzung. Reutter schwang sich mit der Mühle unterm Arm aus dem Wagen und kam herangestapft. Unter der Rangerweste mit den Akkus trug er ein schwarzes T-Shirt. Natural born Killer stand in weißen Buchstaben auf der Brust. Als erstes schwenkte er die Totale ab. Gegen Ende geriet ihm Gonzo ins Bild. Er fuchtelte mit dem freien Arm. »Hau ab!«

Gonzo ging grinsend auf ihn zu. »Wer zu spät kommt, kriegt nichts mehr aufs Band.«

»Das ist mein Job hier.« Reutter baute sich vor Gonzo auf und behielt mit einem Auge die Löscharbeiten im Blick.

Gonzo zuckte mit den Schultern. »Kein Problem, ich bin sowieso fertig.«

Auf dem Speditionsgelände sackte die Lagerhalle langsam in den Flammen zusammen. »Scheiße!«, sagte Reutter.

Gonzo lief zum Einfahrt zurück. Betty stand mit dem Notfall-Camcorder neben dem Kombi und drehte. Gonzo verzichtete darauf, ihr ein paar Takte wegen ihrer Eigenmächtigkeit zu sagen, und lehnte sich stattdessen erschöpft gegen den Wagen. Dann packte er die Suzie weg und zog sich ein frisches T-Shirt aus seiner Notfalltasche über. Betty setzte den Camcorder ab und kam zu ihm. »Geht's?«

»Klar!«, keuchte er.

Auf dem Platz tobte Brennecke beim Einsatzleiter herum. Was er verlangte, war nicht zu hören. Schließlich winkte der Mann zwei Wehrleute heran, damit sie den Schrotthändler wegbrachten.

»Brennecke«, sagte Gonzo zu Betty.

Sie packte den Camcorder zu der Suzie in den Kombi. »Er will jemand umbringen.«

»Ja, mich.«

»Nein, einen gewissen Kubitzki.«

Gonzo kniff die Augen zusammen. »Wieso?«

»Der soll das Feuer gelegt haben.« Sie sah ihn an. »Kennen Sie den?«

Gonzo nickte und erzählte ihr, dass Kubitzki für Brennecke arbeitete und die Lastwagen nach Polen fuhr. Sie nagte an ihrer Unterlippe. »Kubitzki hat sich mit dem Typen geprügelt, den sie eben im Rettungswagen weggebracht haben, wenn ich das richtig gehört habe«, sagte sie. »Und dabei ist ein Teerkocher umgefallen und das Feuer hat angefangen.«

»Fischbeck«, murmelte Gonzo.

»Bitte?«

»Der dienstgeile Bulle.« Gonzo kratzte sich am Hinterkopf. »Mit dem Ring im Ohr.«

»Ich versteh nicht ...«

»Moment mal.« Gonzo holte das Band aus dem Camcorder und stiefelte los.

»Halt«, rief Betty hinter ihm her. »Das ist mein Film!«

Gonzo fand Reutter vorne bei der Halle, wo er gerade ein paar Nahaufnahmen von den Feuerwehrmännern drehte, damit man nicht sah, dass die Halle schon fast gelöscht war.

»Mal eine Frage«, sagte Gonzo und drückte Reutter die Mühle von der Schulter.

»Nimm die Pfoten weg!«

»Du hast doch diese Schweinereportage über die gewaltgeilen Freaks gefilmt?«

»Du sollst die Pfoten wegnehmen.« Reutter zerrte an seiner Mühle, aber Gonzo hielt sie fest.

»Nur eine kleine Auskunft.«

»Was?« Reutter war kurz davor, zuzuschlagen.

»Der Typ in der Reportage, der im Schatten, mit dem silbernen Ohrring, der es nur mit Leichen gekonnt hat …«

»Was ist mit dem?«

»Wer war das?«

»Geht dich nichts an.«

Gonzo wedelte ihm mit Bettys Band vorm Gesicht herum. »Das kannst du haben.«

Reutter starrte Gonzo an. »Was ist drauf?«

»Alles. Hat meine Assistentin gedreht.«

»Assistentin!«, schnaufte Reutter und langte nach dem Band. Gonzo brachte es in Sicherheit.

»Der Todesfreak war Fischbeck, richtig?«

»Und wenn?«

»Seitdem seit ihr dicke Freund, ja? Er ruft dich an, wenn‘s Leichen vom Ruhrkiller gibt.«

»Na und? Gibst du mir nun das Band oder nicht?«

Wahrscheinlich hatte Reutter nicht mitbekommen, dass sein spezieller Freund bei dem Feuer gehörig Federn gelassen hatte. »Wer hat Fischbeck für die Reportage aufgerissen?«, keuchte Gonzo. »Lutz? Wilbert?«

»Die beiden Flaschen!« Reutter lachte böse.

»Also wer? Du vielleicht?«

»Klar«, stieß Reutter hervor. »Wir sind uns ein paar Mal über den Weg gelaufen, er hinter der Absperrung und ich davor. Dann hab ich ihn in Bochum ein paar Mal in der Kneipe getroffen, und wir haben so geredet und er hat sich ausgekotzt über den Bullendienst. Und jetzt her mit dem Band.«

»Das war dann der Anfang eurer wunderbaren Freundschaft?«

»Fischbeck hat mich wegen dem ganzen Videozeugs gelöchert«, sagte Reutter. »Ich nehm ihn also mal mit und zeig ihm, wie das alles so geht, und er kommt so nach und nach damit raus, das er nebenbei bei deinem Freund Matzke Pornofilme macht.«

»Blödsinn«, sagte Gonzo. »Da hätte ich ihn sehen müssen.«

Reutter atmete schwer. »Er hat irgendwas von speziellen Filmen gesagt. Irgendwann hab ich ihm dann beim Bier von dieser Reportage erzählt, und dass deinem Freund Wahnfried der ganze Schrott von Lutz und Wilbert nicht hart genug war. Da hat Fischbeck seine Leichengeschichte ausgepackt. Wahnfried war ganz begeistert. Hat einen glatten Tausender Informationshonorar dafür hingelegt.« Drüben zerrten die Wehrleute mit Seilen Teile der verkohlten Hallenkonstruktion zu Boden. Reutter klemmte sich hinters Okular und drehte kurz mit.

»Die Geschichte, die Fischbeck da abgelassen hat«, sagte Gonzo und gab Reutter Bettys Band. »Dass er Frauen umbringt und so weiter – war die echt?«

»Keine Ahnung.«

»Erzähl keinen Scheiß. So was merkt man.«

Reutter steckte die Kassette in den Hosenbund und warf noch einen frustrierten Blick auf die schwelenden Trümmer der Brandstätte. »Okay«, sagte er dann leise. »Ich denke, die Story war echt. Vielleicht übertrieben, aber echt. Bei dem Interview waren nur wir drei, Fischbeck, Wahnfried und ich. Das war seine Bedingung. Wahnfried war ganz hin und weg von dem Typ und hat ihn hinterher noch abgeschleppt.«

Gonzo wandte sich ab und stolperte über die angekokelten Trümmerstücke zum Kombi zurück. Bei den Bürocontainern kümmerte sich Brennecke um Blondie. Der Rottweiler humpelte winselnd mit angesengt qualmenden Fell um ihn herum. Gonzo setzte sich in den Wagen, angelte das Handy von der Konsole und drückte die Nummer der Agentur. Er erwischte Lutz.

»Das Feuer im Stadthafen«, sagte Gonzo. »Alles komplett. Ja oder nein?«

»Für uns ist Reutter da.«

»Der hat‘s vermasselt.«

»Du kannst mir viel erzählen.«

»Dein Risiko. Er zu spät gekommen und hat einem Gaffer sein Camcorder-Band abgekauft. Wenn euch das reicht …«

Aus den Augenwinkeln sah er, wie Betty sich mit dem Finger an die Stirn tippte.

»Und du hast alles?«, fragte Lutz.

»Klar.«

Im Hintergrund hörte Gonzo Wilbert schimpfen. »Okay«, sagte Lutz dann. »Aber bitte pronto!«

Gonzo unterbrach die Verbindung und lehnte sich zurück.

»Was haben Sie mit meiner Kassette gemacht?«, wollte Betty wissen.

»Verkauft.« Gonzo holte das Band aus der Suzie und legte ein frisches ein. »An Reutter.«

»Wie kommen Sie dazu, einfach mein Band wegzugeben?«

Gonzo kletterte aus dem Wagen und hob die Hände. »Jetzt mach hier keinen Stress, ich muss überlegen. Also: Fischbeck hat mit Matzke zusammengesteckt. Matzke hat für Brennecke die Gewaltpornos gedreht und Fischbeck war geil auf Gewalt und Sex. Die Mädchen dafür hat Brennecke sich wahrscheinlich aus Polen besorgt. Und Kubitzki hat für ihn zweimal im Monat Müll nach Polen geschafft. Ahnst du was?«

Betty runzelte die Stirn, dann nickte sie. »Auf Matzkes Band waren vier Mädchen, und es gibt vier Opfer des Ruhrkillers. Wenn die identisch sind, heißt das ...«

»Gonzo!«

Wahnfried zerrte Gonzo an der Schulter herum. Seine Unterlippe zitterte, genau wie damals, als sie den Stress wegen der Firma gehabt hatten. Sein Wagen stand mit offener Tür weiter hinten schräg auf dem Bürgersteig.

»Tag auch!«, meinte Gonzo. »Wenn du Reutter suchst ...«

»Warum kümmerst du dich nicht um deine Tier-Geschichte?«

»Tu ich doch!« Gonzo zeigte auf Brennecke, der Blondie mit einem Wasserschlauch besprühte. Dann holte er das Band mit dem Feuer. »Außerdem habe ich den ganzen Brand. In der Agentur warten sie schon drauf. Kannst du's schnell hinbringen?«

Wahnfried riss ihm das Band aus der Hand. »Wir sprechen uns noch.«

»Sicher«, sagte Gonzo. »Mach einen Termin mit meiner Sekretärin.«

Wahnfried lief zu seinem Wagen zurück, um zu telefonieren. In die offene Tür gelehnt schimpfte er in sein Handy. Gonzo nahm an, dass am anderen Ende Lutz oder Wilbert den ganzen Segen abbekamen. Brennecke hatte Blondie inzwischen soweit abgelöscht, dass der Hund nicht mehr jaulte und kam herüber.

»Einsteigen!« Gonzo scheuchte Betty in den Wagen. »Und los!«

»Ich bin übrigens nicht Ihre Sekretärin!«, sagte sie, während sie den Kombi rückwärts aus der Zufahrt rangierte. Brennecke blieb mit in die Hüften gestemmten Fäusten stehen und sah ihnen nach. Sie rollten an

Wahnfried vorbei, der gerade das Handy in den Wagen zurückwarf und die Tür zuknallte.

»Und du bist nicht meine Chefin«, erinnerte Gonzo sie. »Fahr da vorne rechts und dann sofort wieder rechts.«

Sie setzte den Blinker. »Was soll da sein?«

»Noch ein Schrottplatz.«

»Und was machen wir da?«

Wachowskis alter Platz zog an ihnen vorüber. In der Zufahrt stand eines der Schafe und glotzte ihnen entgegen. »Halt mal an.«

»Wieso?« Sie ging vom Gas.

»Ich denke, da steckt Kubitzki.«

Sie fuhr bis zum ersten Berg ausgeschlachteter Autos. »Und jetzt?«

Gonzo langte nach dem Handy und drückte es ihr in die Hand. »Jetzt hängst du dich ans Telefon und versuchst bei den Krankenhäusern rauszukriegen, ob Fischbeck noch lebt. Fang beim Klinikum an, die haben eine Station für Verbrennungen.«

»Geht klar!« Ihre Augen leuchteten. Jagdfieber! stellte Gonzo fest. Wahrscheinlich hatte sie es wirklich auf seinen Job abgesehen.

Er stieg aus und stapfte an dem Schaf vorbei. Der Bauwagen auf dem Gelände hinter den Autowracks wirkte verloren, die Tür war nur angelehnt. Der Ziegenbock graste an der schattigen Seite herum.

Gonzo drückte die Tür des Bauwagens. »Kubitzki?«

Brenneckes Mann hockte im funzeligen Licht der Glühbirne auf dem Feldbett neben dem Kühlschrank. Gonzo schob sich in das stickige Kabuff. Draußen meckerte die Ziege. Kubitzki hatte Schrammen im Gesicht, ein Auge war fast zugeschwollen und seine Handknöchel aufgeschlagen. Er starrte auf einen Streifen Automatenfotos, den er vor sich auf den Knien liegen hatte. Seine Lederkappe saß schief.

»Brennecke hat eine Stinkwut auf dich!«, sagte Gonzo.

Kubitzki hob den Blick. Am Ausdruck in seinen Augen sah Gonzo, dass es ihn nicht interessierte, wer wütend auf ihn war.

»Fischbeck geht's dreckig«, sagte er. »Vielleicht stirbt er.«

Kubitzki lächelte. Seine Lippen sprangen zurück und gaben den Blick auf eine blutige Zahnlücke frei.

»Was ist passiert?« Gonzo schob sich näher heran, um die Bilder auf Kubitzkis Knien zu sehen. Sie zeigten das Mädchen aus Matzkes Büro, jung und lachend sah sie in die Kamera. Gonzo räusperte sich. »Deine Freundin?«

»Elena«, sagte Kubitzki. »Fischbeck ist schuld, dass sie tot ist.«

»Woher weißt du das?« Gonzo konnte es sich fast denken.

»Von Matzke.«

»Du warst das, der ihn zusammengeschlagen hat?«

»Ja.« Langsam löste sich Kubitzki aus seiner Erstarrung. Elena war sechzehn gewesen, erzählte er und tippte auf die Bilder. Sie kam aus einem kleinen Ort bei Warschau. »Sie war anders als die anderen Mädchen, verstehst du?« Er sah auf.

Gonzo atmete einmal tief durch. »Anders als die Mädchen, die du sonst für Brennecke aus Polen mitgebracht hast?«

Kubitzki strich über die Bilder. »Brennecke kennt da einen Kerl in Warschau, der erzählt ihnen was von einer Stelle als Zimmermädchen im Hotel oder als Bedienung.« Kubitzki nahm sie dann in seinem Lastwagen mit nach Deutschland, wenn er für Brennecke Sondermüll nach Polen gefahren und in die Landschaft gekippt hatte. »Die Mädchen hat Brennecke dann hier für ein paar Tage in seinem Bunker versteckt. Ich hab sie da immer abgeliefert.«

»Den am Wildpferdehut?«, fragte Gonzo.

Kubitzki nickte. »War natürlich nichts mit Zimmermädchen und so. In dem Bunker hat der Matzke mit denen Filme gemacht.« Er sah Gonzo an. »Aber das hab ich erst rausgekriegt, als ich letzte Woche nach Elena gesucht habe.«

Gonzos Mund war trocken. Er sah im Kühlschrank nach und fand noch zwei Flaschen Bier. Der Fernseher und der Recorder auf dem Gerät wackelten, als er die Tür zuschlug. Kubitzki knackte die Kronkorken mit beiden Daumen.

Gonzo trank. Die Kohlensäure sammelte sich in seinem Magen. »Was war jetzt mit Elena?«

Kubitzki erzählte von dem Mädchen und wie er sich auf der Fahrt in sie verliebt hatte. »Ich hab ihr versprochen, dass ich ihr helfe. Ihr eine Arbeit besorge. Wir wollten zusammenbleiben. Also hab ich sie mit hierher genommen und Brennecke gesagt, dass sie mir unterwegs abgehauen ist.« Er stockte, weil Betty auf einmal in der Tür des Bauwagens erschien. Sie blieb zögernd in der Tür stehen.

»Fischbeck ist tot«, sagte sie. »Beim Transport gestorben. Schädelbruch und Verbrennungen.«

Kubitzki schien erleichtert aufzuatmen. »Matzke hat zusammen mit Fischbeck diese Filme mit den Mädchen gedreht.« Er wühlte in seinen Sachen herum und brachte eine von Matzkes Sklavinnen-Kassetten zum Vorschein. »Die hab ich von ihm. Zuerst hat er sie zwar nicht rausrücken wollen, aber dann …« Kubitzki rieb sich die zerschrammten Handknöchel und trank sein Bier aus. »Ich habs mir angesehen. Das war eins von den Mädchen, die ich mitgebracht habe. Im Mai glaub ich.« Er erzählte weiter, dass Brennecke zuerst nichts davon bemerkt hatte, dass er Elena bei sich in Wachowskis Bauwagen versteckt hatte. »Aber dann ist er doch dahintergekommen. Ich war an dem Tag nicht da, als er sie hier gefunden hat. Sie hat sich wohl gewehrt, jedenfalls hat er sie rausgeholt und weggebracht und hinterher rumgebrüllt, dass er mich rausschmeißt und so weiter.«

Gonzo nickte langsam. »Wann war das?«

»Letzte Woche. Mittwoch.« Am Abend hatte er dann Brennecke wegen Elena zur Rede gestellt hatte. »Er hat nicht gesagt, wo sie war«, sagte Kubitzki. »Er hat nur gemeint, ich soll mich um meinen Kram kümmern, sonst setzt er mich auf die Straße. Aber ich hab mir sowas gedacht, dass er sie vielleicht in seinen Bunker gebracht hat.« Am Abend des Tages hatte er dann am Wildpferdehut auf die Lauer gelegt und Matzke und Fischbeck in Brenneckes Bunker verschwinden sehen.«

Gonzo sah zu Betty. Sie lehnte neben der Tür an der Wand und hörte Kubitzki zu. »An dem Abend haben sie wohl die Aufnahmen gemacht, die den Bullen dann bei der Durchsuchung am Donnerstag in die Hände gefallen sind. Das waren einfach Bilder für ein neues Katalogband.«

»Aber wieso war diese Elena am Montag bei Matzke?«, fragte sie.

Kubitzki stellte seine Bierflasche weg. »Der Matzke hat mich gesehen, an dem Bunker. Am nächsten Tag wollte ich mit ihm reden, aber da war die Polizei bei ihm und dann war er weg. Also sag ich Montagfrüh dem Brennecke, dass er Elena aus dem Bunker rausholen soll, weil ich sonst zur Polizei gehe, und er brüllt wieder rum und meint am Ende, dass er sich drum kümmern wird, und dass es der Elena nicht gut geht und sie wohl erst zu einem Arzt muss.«

Den Rest konnte Gonzo sich zusammenreimen. Brennecke und Matzke hatten das Mädchen in die A+P gebracht. Matzke hatte sich Zeit gelassen mit dem Arzt, weil für den Nachmittag schon der Dreh mit Harry und Susann fest eingeplant war und darüber war die Polin dann gestorben. Gonzo erinnerte sich daran, dass Kubitzki an dem Tag bei der A+P herumgelungert hatte. »Hast du gewusst, dass sie bei Matzke war?«

Kubitzki zuckte mit den Schultern. »Das war nur so ein Gefühl.« Erst als dann zwei Tage darauf alle im Hafen von der Toten gesprochen hatten, die aus dem Kanal gefischt worden war, hatte er sich den Rest zusammengereimt. »Da bin ich zu Matzke rüber und hab ihn gefragt, was sie mit Elena gemacht haben«, murmelte Kubitzki und ballte die Fäuste. »Zuerst wollte er nicht mit der Sprache raus, aber dann hab ich ihm die Fresse poliert und er hat alles erzählt. Dass Elena gestorben ist und Fischbeck sie in den Kanal geworfen hat, nachdem er sie …«. Er schluckte.

»Und was ist heute mit Fischbeck passiert?«, fragte Gonzo.

Brennecke war gerade nicht auf dem Platz gewesen, als Kubitzki hinübergangen war, um zu duschen. Da war ihm Fischbeck über den Weg gelaufen, der was mit Brennecke bereden wollte. »Dem war nämlich der Arsch auf Grundeis gegangen, weil der Matzke im Krankenhaus war.« Kubitzki machte den Kühlschrank auf, aber es war kein Bier mehr da. »Er wollte abhauen, als er mich gesehen hat, aber ich hab ihn gekriegt«, murmelte er. »Der wär mir so oder so nicht davongekommen. Ich hätte ihn mit dem Schrott in einen von den Kähnen geladen. Die kippen das Zeug so wie es kommt in den Hochofen.«

Aber dann war der Teerkocher umgestürzt und alles hatte sofort in Flammen gestanden. Im nächsten Moment war Brennecke aufgetaucht. »Da bin ich abgehauen«, sagte Kubitzki.

Gonzo sagte eine Weile nichts. Betty stand immer noch neben der Tür. Ihr Blick wanderte seltsam unbestimmt über Elenas Rock auf dem Boden und ihre billigen Schminksacken auf dem Regalbrett. Kubitzki nahm seine Ledermütze ab, steckte den Fotostreifen unters Futter und setzte sie wieder auf. »Ich denke, ich verschwinde erstmal aus der Gegend.«

»Gute Idee«, sagte Gonzo.

»Hab einen Kumpel in Werdohl.« Kubitzki machte keine Anstalten, aufzustehen. »Bei dem kann ich erstmal unterkommen.«

»Mach das.« Gonzo stand auf. Ehe er ging, legte er Kubitzki die Hand auf die Schulter. »Und pass auf, ja?«

## 14

Als er sich an Betty vorbei aus dem Bauwagens schob, standen die beiden Schafe vor der Tür und glotzten ihn stumm an. Betty kam hinter ihm her zum Wagen. Gonzo stieg ein, und sie fuhr los. Er starrte auf den Weihnachtsmann in seiner Schneekugel. Santa Claus starrte Peitsche schwingend zurück. Die Sonne war untergegangen, und die Hallen und Lager des Hafens lagen trist in der Dämmerung. Betty ging vom Gas.

»Eins verstehe ich nicht«, meinte sie. »Warum haben sie die Mädchen umgebracht und so schrecklich verstümmelt?«

Gonzo überlegte. »Sie waren Zeuginnen.«

Betty runzelte die Stirn. »Die ganze Filmerei ist doch höchstens Nötigung, Vergewaltigung und Körperverletzung gewesen. Aber so ein Mord ist ein Mord. Da wird intensiv ermittelt.«

»Bieg mal links und dann hinter der Kreuzung rechts ab«, sagte Gonzo auf einmal.

So setzte den Blinker. »Wohin?«

»Brenneckes Bunker. Wildpferdehut.«

Auf der Gladbecker Straße schaltete Betty das Licht ein und behielt die Seitenstraßen im Blick. Hinter ihnen drückten genervte Autofahrer auf die Hupe. Sie erwischte die Ampel noch bei Gelb, dann tauchte ein schwarzfleckiger Hochbunker in einer Sackgasse auf. »Hier?«, fragte sie.

Gonzo nickte. Weil es keinen Parkplatz gab, musste sie wieder zurück und den Kombi an der Hauptstraße abstellen.

Der Bunkereingang lag an der Schmalseite des Betonklotzes. Die innere Stahltür mit den schweren Verriegelungshebeln war von einem vorgesetzten Drahtgitter gesichert. Betty rüttelte am Rahmen. »Keine Chance.« Sie umrundeten den massiven Klotz. Mit der Rückfront grenzte der Bunker an die Gartenzeile der Reihenhäuser, zwei Lauben lehnten sich an die Betonwand. Gonzo bemerkte, wie in den Häusern nebenan schon die Gardinen gerückt wurden. Er zog sich mit Betty zum Wagen zurück.

»Was ist, wenn Sie Hassenkamp anrufen?«, fragte sie zaghaft.

»Vergiss es«, sagte Gonzo. »Bis der das mit den ganzen anderen Dezernaten durchgehechelt und abgesichert hat, hat Brennecke den Bunker schon dreimal ausgeräumt.« Gonzo massierte sich mit den Fingerspitzen die Schläfen. »Hast du die Nummer von diesen Hasen dabei?«

»Die Tierschützer?« Sie rasselte die Nummer herunter.

Gonzo tippte sie in das Handy und wartete darauf, dass am anderen Ende jemand abnahm.

»Was haben Sie denn vor?«, wollte Betty wissen.

»Einbrechen.«

»Können Sie das denn?«

»Nein. Aber ich kenne da jemanden.«

»Und dann?«

»Dann sehen wir weiter.« Er zuckte mit den Achseln, »Wenn wir Brenneckes Pornolager finden, dann können wir die Bullen anrufen. Anonym, dass da jemand in den Bunker eingebrochen ist.«

»Verstehe«, sagte sie. »Die Polizei findet die Pornos, und Brennecke muss erklären, wie sie in seinen Bunker kommen.« Sie sah zu ihm herüber. » Aber ich komme mit.« Sie sagte es so, dass ein Widerspruch zwecklos war. Gonzo zuckte mit den Schultern und lauschte den Rufzeichen im Hörer. Endlich meldete Frauke sich.

»Ich brauch dich!«, sagte Gonzo.

»Wird das irgendwelche Gefühlsscheiße?«

Er konnte sie beruhigen und sagte ihr, wobei sie ihm helfen konnte. Sie stellte noch ein paar Fragen, und beim Klang ihrer Stimme registrierte Gonzo etwas befremdet die Erektion, die sich zwischen seinen Beinen bildete. Für einen kurzen Moment gaukelte ihm seine Nase sogar den Geruch von verbrannter Haut und angekokeltem Haar vor.

»In Ordnung«, sagte Frauke schließlich. »Ich bin gleich da.« Sie legte auf.

Betty hatte bemerkt, wie er auf seinem Sitz hin und hergerutscht war. »Alles in Ordnung?«

»Sicher.«

»War das Ihre Freundin?«

Er sah sie verblüfft an. »Wie kommst du denn auf das schmale Brett?«

»Nur so.«

»Ich hab im Moment weiß Gott andere Probleme.« Er stieg aus und machte die Ladeklappe auf. Aus seiner Notfalltasche kramte er die Stabtaschenlampe hervor. Dann holte er zwei Paar Aidshandschuhe aus dem Verbandskasten. Eins zog er selber an, das andere gab er Betty. Sie schlüpfte hinein. »Nehmen wir die Kamera mit?«

Gonzo schüttelte den Kopf. »Das gibt hinterher nur blöde Fragen von den Bullen, wenn da Bilder auftauchen.

Zum Schluss holte er die Pistole aus der Tasche mit den Akkus und schob sie sich hinten in den Hosenbund. Betty musterte ihn zweifelnd.

»Nur für alle Fälle«, sagte Gonzo.

Frauke kam nach einer Viertelstunde mit ihrem gelben Auto. Sie parkte hinter Gonzos Kombi und kam mit einem kleinen Matchsack heran. Sie trug wieder ihren dunklen Blouson und hatte die Haare mit einem Stirnband gebändigt. In dem Matchsack klapperten Werkzeuge. Sie nickte Gonzo zu und musterte dann ausführlich Betty.

»Sie ist in Ordnung«, beruhigte Gonzo sie. Sie gingen in die Sackgasse und er deutete mit dem Kopf auf den Bunkereingang. »Wir müssten da mal kurz rein.«

»Und wieso?«

Gonzo wippte ungeduldig auf den Fußballen. »Erklär ich dir später.«

Frauke checkte kurz die Lage. Die Straße lag ruhig da, hinter den Fenstern flimmerten blau die Fernseher. Sie gingen auf die Rückseite des Betonklotzes. Dort kramte Frauke in ihrem Beutel. »Stellt euch mal ein bisschen zusammen.«

Gonzo drängte sich an Betty. Sein Puls war auf mindestens Hundertzwanzig, ihrer wahrscheinlich auch. Jedenfalls atmete sie heftig, während Frauke sich mit einem umgebauten Akkuschrauber an der Drahtgittertür zu schaffen machte. Das Schloss sprang auf. »Nummer eins«, murmelte sie zufrieden und drückte sich in den dunklen Windfang. Für die Stahltür brauchte sie etwas länger. Gonzo hörte sie leise fluchen, aber dann quietschte die schwere Tür in den Angeln.

»Alles klar.« Frauke kam zurück und machte den Reißverschluss ihrer Sporttasche zu. Sie schob sich an Gonzo, rieb ihre Hüften an seinem Becken und flüsterte ihm ins Ohr, worauf sie Lust hatte.

»Später«, brachte er heiser hervor. Betty grinste.

»Du hast ja meine Nummer.« Frauke wollte zu ihrem Wagen zurück.

»Moment noch.« Gonzo gab ihr die Adresse von Wachowskis Schrottplatz. »Da sind ein paar Tiere. Könnt ihr euch darum kümmern?«

»Sicher.«

Er wartete, bis Frauke bei ihrem Wagen war, ehe er Betty in den dunklen Bunkereingang schob. Sie hielt die Taschenlampe, damit er die Stahltür aufdrücken konnte. Dahinter führte ein kalter, dunkler Gang in einem Panikstauraum. An den kahlen Betonwänden standen blaue Fässer mit Totenkopf-Aufklebern, daneben stapelten sich obskure Kisten und Kartons ohne Aufdruck. Einige waren aufgeplatzt und ein ungesund grünes Granulat sickerte heraus. Es roch nach Farben und Öl.

Sie gingen weiter und gelangten durch eine Schleuse in einen ehemaligen Aufenthaltsraum. Ihre Schritte klangen von den Betonwänden zurück. In Gonzos Ohren knackte es. Betty fand den Lichtschalter und die Neonstangen unter der Decke flammten auf. Fünferreihen mit angeschraubten Sitzschalen in der Mitte und an den Wänden brusthoch gemauerte Abteile mit weiteren Plastikfässern. Die Luft war feucht und etwas frischer, ein stetiger Zug kam aus den Schächten unter der Decke.

»Nichts«, sagte Betty neben ihm. Ihre Stimme klang dünn in dem großen Raum.

Von der Schleuse ging eine weitere Stahltür ab, dahinter lief ein Treppenhaus mit breiten Betonstufen und mannshohen Stahlgittern anstelle von Geländern in die Höhe. In der ersten Etage stießen sie wieder auf die obligatorische Stahltür. Raum 2 stand rot auf weißem Untergrund.

Der Raum dahinter das war das Gegenstück zu dem unteren Aufenthaltsraum. Nur waren hier die Sitzschalen abgeschraubt und an den Wänden gestapelt. Auf dem freien Platz türmten sich Kartons mit VHS-Kassetten, teilweise schon in den Boxen. Gonzo überflog die Cover. Mädchen in Ketten, Gezüchtigt und gequält, Teenage-Torture. »Na also, sagte er. Außer dem Lager gab es noch einen Arbeitsplatz mit einem verbeulten Metallschreibtisch, einem Computer und ein paar Aktenordner voller Bestellzettel und Lieferscheine von einem Filmkreis Naturfreunde. Fotokopierte Angebotslisten, Versandtaschen und eine Metallkassette mit Verrechnungsschecks und Bargeld. Matzkes Vertriebszentrum.

An der Stirnseite entdeckte er auf Stahltischen unter einem Plakat mit den »Aufenthaltsbestimmungen im Schutzraum« einen kleinen Schnittplatz mit Recordern und Monitoren. Daneben standen auf einem Stahlregal an die fünfzig Videorecorder mit erleuchteten Displays.

»Brenneckes private Kopierstraße«, vermutete er und kontrollierte ein paar Kassettenschächte. Die Straße war bestückt und die Bandwickel der

Kassetten standen rechts. Die Zuspieleinheit war ebenfalls eingeschaltet und blinkte mit der END-Anzeige. Gonzos Nackenhaare richteten sich auf. »Hier hat einer gearbeitet.«

Betty zuckte zusammen und wurde etwas blass um die Nase. Gonzo spulte das Masterband im Zuspieler zurück und knipste den Kontrollmonitor an. »Dann wollen wir mal sehen«, sagte er und drückte die Wiedergabetaste.

Der Monitor wurde hell, aber außer ein paar verrissenen Schwenks über kahle Betonwände war erstmal nichts zu sehen. Dann erschien auf dem Schirm eins der Mädchen von Matzkes Katalogkassette mit den Bildern, die er schon kannte. Gonzo fuhr das Band ein paar Minuten weiter. Das Mädchen, in Slip und BH, auf einer Pritsche in einem der Bunkerräume. Die Szene überstrahlte, weil mit dem Licht etwas nicht stimmte, und als die Kamera etwas zurückfuhr, tauchte auch das Scheinwerferstativ am Bildrand auf und für ein paar Sekunden rollte etwas über den Boden und verschwand unter dem Metallbett. Gonzo spulte das Band ein Stück zurück, stellte auf Einzelbildwiedergabe und verfolgte die grünliche Steinkugel, wie sie durchs Bild kollerte. Das Mädchen schrie etwas mit angstverzerrtem Gesicht.

Gonzo suchte den Tonregler. Er hatte auf einmal einen Kloß im Hals. Endlich fand er den Ton und zog ihn hoch. Die abgehackten polnischen Worte aus dem Lautsprecher waren nicht zu verstehen, weil die Szene nur mit dem Kameramikro aufgenommen worden war. Das Mädchen wimmerte vor Angst.

Ein nackter Mann schob sich ins Bild, er war nur von hinten zu sehen, aber mit dem kurzgeschnittenen Haar und dem silbernen Ohrring durchaus als Fischbeck zu identifizieren. Die tätowierte Rose auf der Hinterbacke zuckte, als er die Muskeln spannte und sich auf das Mädchen warf.

Betty griff nach Gonzos Arm, als sie begriff, was auf dem Bildschirm passierte. Aus dem Lautsprecher kam nur noch ein ununterscheidbares Schreien und Keuchen. Die Kamera wackelte um die Pritsche herum und vermied jeden Blick auf Fischbecks Kopf.

Bettys Finger gruben sich in Gonzos Oberarm. In seinem Magen bildete sich ein eiskalter Klumpen. Dem Mädchen wurden BH und Slip heruntergerissen. Ihre Schreie gellten aus dem Lautsprecher, aber Gonzo fand nicht die Kraft, den Regler ganz herunterzuziehen. Gebannt starrte er auf das, was auf dem Monitor geschah. Der Mann griff nach dem Hals des Mädchens.

Von der Tonspur kam nur ein dunkles Keuchen. Das Band lief weiter. Seit die Szene begonnen hatte, gab es keinen Schnitt in der Aufnahme, keine Unterbrechung, und so blieb es auch die nächsten fünf Minuten bis zum Schluss, als der Mann sich zurückzog und die reglose nackte Gestalt auf der Pritsche zurückblieb. Das Bild stand noch fast eine Minute, dann fiel es zusammen.

Betty ließ seinen Arm los. »Er hat doch nicht …«

Gonzo wollte etwas sagen, aber dann nickte er nur. Bis jetzt hatte er die Geschichten von diesen Filmen immer nur für Märchen gehalten, mit denen die Kollegen nach dem siebten Bier in der Kneipe beweisen wollten, was für harte Burschen sie waren. Dann erzählten sie, diese Snuff-Videos kämen aus Südamerika oder Asien, und würden unter Liebhabern mit horrenden Preisen gehandelt. Bis jetzt hatte Gonzo aber noch nie einen getroffen, der mal wirklich eins gesehen hatte.

»Scheiße!« Gonzo hatte den Geschmack von Metall im Mund. Er schob Betty zur Tür. »Weiter.«

Hinter der Tür war ein kurzer Gang, von der wieder Stahltüren abgingen. Versorgung stand auf den Schildern. Gonzo machte die erste Tür auf und stand in dem Raum mit der Pritsche. Der Scheinwerfer war an die Wand gelehnt, ein Kamerastativ stand da, Trafos für das Licht türmten sich hinter der Tür, ein paar Kabel schlängelten sich über den Boden. Es gehörte nicht viel zu einem Video, wenn man keine großen Ansprüche hatte. Er guckte unter die Pritsche und fand die grüne Marmorkugel, die er eben auf dem Band gesehen hatte. Im gleichen Moment hörte er Betty aufschreien. Er raste auf den Gang zurück.

»Hallo Gonzo.«

In der Tür zum Aufenthaltsraum stand Wahnfried, angespannt, aber mit einem sehr aufmerksamen und kalten Blick. In der Hand hielt er einen kleinen Revolver, der wie ein Spielzeug wirkte, aber über dessen Wirkung sich Gonzo allerdings keine Illusionen machte. Betty war bis zur Wand zurückgewichen und drückte sich an den Beton. Unwillkürlich hob Gonzo die Hände in Schulterhöhe.

»Wie immer im falschen Moment am falschen Ort!« Wahnfried kam näher und Gonzo ging zurück. »Und du hast deine Nase wieder mal in Sachen gesteckt, die dich nichts angehen.«

»Brennecke hat dich eben beim Kopieren gestört, was?« krächzte Gonzo. »Hat er dich hier angerufen, weil Kubitzki deinen Freund Fischbeck plattgemacht hat?«

Hinter sich hörte Gonzo Betty nach Luft schnappen. Er ahnte, was ihr durch den Kopf ging. Wahnfried musste die Spuren der Filmerei verschwinden zu lassen, und Zeugen waren das letzte, was er gebrauchen konnte. Gonzo deutete mit der erhobenen Hand auf die Zelle mit der Pritsche. »War das auch eine von deinen Diversifizierungen?«

Wahnfried fuhr sich mit der freien Hand übers Gesicht. Seine Augen leuchteten, und Gonzo fragte sich, ob er vielleicht irgendwelche Pillen eingeworfen hatte, um mit dem Stress fertigzuwerden. »Du denkst doch nicht, dass ich mich mit so einem Dreck abgegeben habe, den Matzke hier fabriziert hat«, sagte er. »Das war doch Kinderkram.«

»Verstehe!«, sagte Gonzo. »Aber als Reutter dann Fischbeck mit seiner Story über die toten Frauen angeschleppt hat, da hast du Blut geleckt?«

Wahnfried verzog die Mundwinkel. »Zuerst hab ich ihm kein Wort geglaubt«, meinte er. »Aber dann kam er mit Einzelheiten rüber, die konnte er sich gar nicht ausgedacht haben. Den Pornojob bei Matzke hat er wegen der Kohle gemacht, aber dabei hat es ihm immer wieder in den Fingern gejuckt.« Er holte mit der Linken seine Marmorkugel heraus und ließ sie in der Hand hektisch aneinander klicken. »Fischbeck war echt durchgeknallt. Er hat mich mal zu einem Dreh hierher mitgenommen. Er hätte das Mädel umgebracht, wenn Matzke nicht dazwischen gegangen wäre. Normalerweise hat Brennecke die Mädel nach ein paar Filmen an die Binnenschiffer weitergeschoben, die seinen Schrott wegfahren. Da haben sie's dann sogar noch gut gehabt. Aber auf Dauer war das nichts.«

Gonzo spürte, wie Betty sich hinter ihm bewegte. Er fragte sich, was sie wollte. Außer der Wand gab es in seinem Rücken nichts.

»Wer ist dann auf die Idee gekommen?«, fragte er Wahnfried. Solange er ihn am Reden hielt, war er einigermaßen sicher. Wahnfried war schon immer ein Schwätzer gewesen. Früher als Redakteur genauso wie dann später als Produzent. »Jeder kennt die Geschichten von den Snuff-Filmen«, sagte er. »Jeder redet davon, aber keiner hat jemals einen gesehen. Hat dich das gereizt?«

Wahnfried lächelte zufrieden. »Eigentlich war es ganz einfach. Fischbeck und ich haben Brennecke und Matzke die Mädchen einfach abgenommen, wenn sie mit ihnen fertig waren. Kein Entsorgungsproblem mehr für die beiden. War denen nur recht. Und Fischbeck ist dann endlich wirklich auf seine Kosten gekommen. Alles im ganz kleinen Kreis, nur ich an der Kamera, Fischbeck und das Mädchen. Das mit der Schleifscheibe hat er dann immer irgendwo allein bei sich im Keller gemacht. Als Bulle hat er natürlich gewusst, worauf er achten muss, damit die Mordkommission nicht allzu weit kommt.«

»Und du?«, fragte Gonzo. »Was hast du mit den Bändern gemacht?«

Wahnfried kicherte. »Du hast es doch selber gesagt: jeder redet über diese Filme, keiner hat je einem gesehen. Die Leute bei den Sendern sind da genauso wie ihr Kamerageier. Die sind bis oben hin zu mit dem ganzen Müll, den sie in die Welt setzen. Die haben alles gesehen. Die kannst du nur noch mit den wirklich harten Sachen kriegen.«

Gonzo schüttelte den Kopf. »Kein Redakteur, der halbwegs bei Verstand ist kauft sowas.«

»Wer spricht denn von kaufen?« Wahnfried schwenkte die Pistole, weil Betty sich wieder bewegte. Gonzo spürte, wie ihre Hand an seinem Rücken herunterkroch und ihm brach der Schweiß aus. Hinten drückte die Pistole in seinem Hosenbund.

»Kleine Geschenke für funktionierende Geschäftsbeziehungen«, sagte Wahnfried. »Was meinst du, was für Aufträge mir die vier Bänder eingebracht haben, die ich mit Fischbeck gemacht hab? Der eine hat mir seinen Produktionsetat fast nachgeschmissen, bloß um sie alle zu kriegen. Das ist das Absolute für die, verstehst du? Das einzig Wahre. Die haben …«

Gonzo spürte, wie Bettys Hand die Waffe erreichte, und dann war der warme Druck an seinem Rückgrat auf einmal verschwunden. Mit ausgestreckten Armen stand Betty neben ihm und hielt die Pistole mit beiden Händen umklammert auf Wahnfried gerichtet. Gonzos Gedanken überschlugen sich. Er sah in einer komischen Verzögerung, wie Wahnfried seine Waffe zur Seite schwenkte und dann krachte auch schon der Schuss. Es dröhnte in dem kleinen Raum wie ein gigantischer Donner, es roch scharf nach verbranntem Pulver, Betty schrie. Und im gleichen Moment, in dem Gonzo den heißen Hauch an seinem Kopf vorbeihuschen spürte, wummerte es neben ihm los, als Betty abdrückte. Wahnfried wurde zurückgerissen. Die Pistole fiel auf den Boden, und während sich auf seinem Hemd ein großer Blutfleck ausbreitete, versuchte er, wieder auf die Beine zu kommen. Sein

Gesicht wirkte dabei seltsam konzentriert, als wäre er damit beschäftigt, ein Geduldsspiel zu lösen, dann rollten die Marmorkugeln aus seiner Hand.

Gonzos Ohren waren immer noch taub von den Schüssen. Er sah Betty die Lippen bewegen und hörte wie durch eine Watteschicht ihren Aufschrei. Er riss ihr die Waffe aus der Hand. Wahnfried hatte seine Pistole erreicht und hob sie hoch. Gonzo dachte nicht mehr nach und drückte einfach ab. Wahnfrieds Kopf wurde auf den Boden geschleudert. Betty schlug die Hände vor Gesicht, Gonzo riss sie am Arm und schob sie an Wahnfried vorbei aus dem Gang in den Aufenthaltsraum.

Seine Knie waren butterweich. Betty sah leichenblass aus. Gonzo hetzte zur Zuspielmaschine und zerrte das Mastertape heraus. Dann trieb und zerrte er Betty ins Treppenhaus und jagte mit ihr die Stufen hinunter. Durch den ersten Aufenthaltsraum und die Schleuse kamen sie nach draußen. Die warme Nachtluft schmeckte nach Abgasen und Staub. Betty presste sich zitternd an ihn. Gonzo stieß sie zum Wagen und riss die Beifahrertür auf.

Er selbst rutschte hinters Steuer, würgte den Motor beim ersten Start ab, kriegte ihn dann aber doch ans Laufen und atmete tief durch, ehe er ausscherte und sich davonmachte

Betty saß stumm am Bistrotisch und starrte hinaus in die Nacht. Drüben feierte Bodo mit seinen Freunden Wohnungseinweihung. Death Metal dröhnte in den Hof. Gonzo goss ihr den Rest aus der Wodkaflasche ein. Die Eiswürfel waren schon fast geschmolzen. Sie umklammerte das Glas, ohne zu trinken.

Außer der Schreibtischlampe brannte kein Licht im Loft. Die Fenster standen auf, ohne dass ein Hauch von Kühle zu spüren war. Der Funkscanner rauschte vor sich hin, Routinemeldungen liefen durch. Der große Trubel war vorüber. Einsatz von zwei Streifenwagen, nachdem Gonzo von einer Telefonzelle auf der Altenessener Straße mit verstellter Stimme bei der 110 gemeldet hatte, dass er einen Einbruch in den Bunker am Wildpferdehut beobachtet hatte. Dann die Rückmeldung der Streifen nach Verstärkung. Schließlich die Anforderung des Kriminaldauerdienstes, der Mordkommission und der Spurensicherung. Und vor zehn Minuten vielleicht die Bitte, die Sonderkommission und Kriminalrätin Pless zu verständigen.

Gonzo sah den Bunker vor sich, das flackernde Blaulicht der Einsatzfahrzeuge am Straßenrand und die Uniformierten und Zivilen, die herumliefen.

Bestimmt waren auch schon die Zeitungsfritzen da, und auch Reutter würde mit seiner Mühle auf der Schulter herumrennen.

Betty nahm die Pistole, die zwischen ihnen auf dem Tisch lag in die Hand und legte sie nach einer Weile wieder auf die Marmorplatte. »Ich wollte nicht schießen«, sagte sie leise.

»Es ist alles in Ordnung.« Gonzo nahm ihre Hände und hielt sie fast. Sie zitterte nur noch ein bisschen, die Pupillen waren weit vom Alkohol und ihre Stimme träge, als sie wieder sagte. »Ich wolle nicht schießen.«

Gonzo räusperte sich. »Er hat zuerst geschossen.«

»Ich wollte nur …«

Er drückte ihre Hände. »Ich sag doch: Es ist schon gut!«

Die Chancen, dass die Polizei ihr nicht auf die Spur kam, waren ganz gut. Fingerabdrücke von ihnen gab es im Bunker nicht, die Pistole hatten sie wieder mitgenommen. Und den Kombi hatten sie zum Glück auf der Hauptstraße geparkt gehabt. Nur Frauke wusste, dass er mit Betty dagewesen war, und die hatte wahrscheinlich nicht vor, damit hausieren zu gehen. Gonzo nahm einen Schluck Wodka. Langsam fügte sich alles zusammen. Wahnfried war durch seine Schnüffelei im Hafen nervös geworden und hatte versucht, ihn mit dem Auftrag für die Tierschutzreportage zu beschäftigen. Fischbeck war genauso unruhig geworden und wollte ihn lahmlegen, indem er ihm den Führerschein abnahm.

»Ich hab Angst gehabt«, sagte Betty jetzt.

»Ich auch«, sagte er.

Sie verzog einen Mundwinkel.

»Ich denke, ich bin dir jetzt was schuldig«, sagte Gonzo.

»Na toll«, sagte sie.

Sie blieben noch lange am Fenster sitzen. Dann fielen Betty von einem Moment auf den anderen die Augen zu. Ihr Wodkaglas kippte um, und Gonzo machte sich nicht die Mühe, den nassen Fleck wegzuwischen. Er nahm die Pistole und verstaute sie in seinem Schreibtisch, dann hievte er Betty hoch und trug sie hinüber zu seinem Feldbett. Er zog ihr die Decke über, obwohl sie noch ihre Schuhe anhatte, zerrte die alte Luftmatratze aus einer von seinen Umzugskisten, suchte vergeblich nach dem Blasebalg und pustete sich schließlich die Lunge aus dem Leib, bis er das Ding einigermaßen in Form gebracht hatte.

Er legte sich hin und versuchte zu schlafen, aber wenn er die Augen schloss, drehte sich alles, und er spürte wieder die Ameisen über die Haut laufen. Also starrte er zur Decke, und lauschte dem wummernden Death Metal aus Bodos Wohnung, bis sich sein Bewusstsein verabschiedete.

## 15

Die fette Katze hatte eine Maus gefangen und sie auf die Motorhaube von Gonzos Kombi gelegt. Mit den Pfoten schob sie sie träge hin und her und schielte gelegentlich zu ihm hoch, als würde sie irgendetwas von ihm erwarten. Gonzo saß am Fenster und sah Bodo und seinen Freunden beim Katerfrühstück mit einer Palette Dosenbier zu. Betty schrieb irgendetwas auf dem Computer. Vielleicht war es die wahre Geschichte des ganzen Falles, vielleicht auch nur ein paar Mahnungen. Das Telefon klingelte ein paar Mal, aber keiner von ihnen ging ran und niemand sagte etwas auf den Anrufbeantworter. Gegen Mittag klingelte es wieder. Der Automat meldete sich.

»Nimm ab!«, sagte Hassenkamp aus dem Lautsprecher.

Gonzo nahm nicht ab.

»Ihn einer Viertelstunde will ich dir hier auf der Nordwache sehen«, sagte der Hauptkommissar.

Gonzo raffte sich auf. Betty sah ihn an. Sie hatte dunkle Ringe unter den Augen. Gonzo nickte, und sie folgte ihm zum Wagen. Im Lokalradio forderte ein schwachsinniger Spaßbolzen die Leute auf, per TED darüber abzustimmen, ob nicht mittlerweile Zeit für ein bisschen Regen sei.

Vor der Wache stellte Betty den Wagen auf den Platz für die Streifenwagen und trottete hinter Gonzo die Treppe hinauf. Im Wachraum tippte Endrulat auf seiner Schreibmaschine einen Bericht, Kriwett saß am Funktisch und Bantzok lungerte am Fenster herum. Auf dem Tresen stand ein Bild von Fischbeck in Uniform, mit einem Trauerflor über der Ecke. Hassenkamp hatte das Büro des Revierleiters requiriert. Vor ihm lag Gonzos Führerschein. Er musterte zuerst Gonzo und dann Betty und seufzte schließlich. »Hinsetzen!«

Gonzo setzte sich. Betty blieb an der Tür stehen.

»Wo warst du letzte Nacht?«, fragte Hassenkamp.

»Zuhause.«

»Das ist aber komisch«, sagte Hassenkamp. »Da war nämlich eine Riesenparty an dem alten Bunker am Wildpferdehut. Alle Geier, die immer am Polizeifunk rumhängen waren da. Die Zeitungsfritzen, die Radiofuzzis und dein Freund Reutter. Nur du nicht.«

»Keine Zeit gehabt.«

»Im Moment gibt es da ein paar offene Fragen«, fuhr Hassenkamp fort. »Ein paar wird die eiserne Lady klären, wenn sie mit der Durchsuchung von der Firma deines Freundes Wahnfried in Dortmund fertig ist. Der lag nämlich gestern tot in dem Bunker, falls du das nicht schon weißt. Und unter den ganzen Drecksvidoes, die da gelagert waren, war auch eines, das noch dreckiger war als die anderen. Irgendein Kommentar von dir?«

»Den Bunker hat Brennecke gemietet«, sagte Gonzo. »Hab ich erst gestern rausgekriegt.«

Hassenkamp nickte. »Die Pless hat ihn deswegen auch gleich heute Morgen festgesetzt und Matzke im Krankenhaus übrigens auch. Für die ist der Fall der ganz große Lift nach oben. Die kocht die beiden windelweich. Bis jetzt sagt der Brennecke zwar nur, dass er von nichts eine Ahnung gehabt hat und dass diese Pornofilmerei auf das Konto von einem gewissen Kubitzki und deinem Freund Matzke geht, aber das glaubt sie ihm nicht.«

»Kubitzki?«, fragte Gonzo. »Der ist doch nur der Fahrer gewesen.«

»Das dumme ist nur, dass dieser Kubitzki verschwunden ist«, meinte Hassenkamp. »Was auch das klügste war, was er tun konnte, denn seit gestern läuft eine Fahndung wegen des Totschlags an Polizeimeister Fischbeck nach ihm.« Hassenkamp seufzte. »Dieser Fischbeck. Lässt sich eine Rose auf den Hintern tätowieren und jobbt nebenher beim Film. Als der Pless das klargeworden ist, hat sie sich für ihre Pressekonferenz morgen den großen Saal im Präsidium reserviert.«

»Na wunderbar«, sagte Gonzo. »Dann ist ja alles bestens.«

»Überhaupt nichts ist klar«, sagte Hassenkamp und wedelte mit Gonzos Führerschein. »Unter anderem fragt sie sich nämlich, wer den Bunker fachmännisch aufgebrochen hat und warum Wahnfried mit der Dienstpistole unseres Rauschgiftkollegen Sascha erschossen worden ist. Das haben nämlich die Laborleute inzwischen festgestellt. Deshalb hat die Pless den Fall auch noch an sich gezogen und Kollege Breitscheidt springt im

Dreieck. Im Augenblick sitzt er wohl beim Chef und beschwert sich wegen Kompetenzüberschreitungen und so weiter.« Er fixierte Gonzo.

»Was guckst du mich dabei so an?«, fragte Gonzo.

»Ich überlege nur, dass du die einzige Verbindung zwischen den beiden Fällen bist.«

Draußen im Wachraum wurde es laut. Jemand brüllte etwas von einem Bullenstaat und dann fielen Stühle um.

»Keine Ahnung, was du meinst«, murmelte Gonzo.

»Vielleicht«, sagte Hassenkamp und wedelte wieder mit dem Führerschein, »hätte der Kollege Fischbeck uns einige Aufklärung geben können, wenn er gestern nicht auf so tragische Weise ums Leben gekommen wäre. Er ist zwar ein Schwein gewesen, aber er war auch Polizist. In seinem Schreibtisch hier haben die Kollegen nämlich nicht nur deine Pappe hier gefunden, sondern auch ein kleines Dossier über dich, mein Freund. Alles Kleinkram, was er so in den letzten Tagen hier über dich rausgekriegt hat. Es scheint, als hätte er irgendeinen Verdacht gegen dich gehabt.« Der Führerschein segelte Gonzo entgegen. »Leider hat Fischbeck vergessen aufzuschreiben, warum er dir den weggenommen hat.«

Gonzo steckte das Papier ein. »War's das?«

Hassenkamp überlegte. »Ich frag mich wirklich, wo du letzte Nacht warst.«

»Wir waren zusammen«, sagte Betty auf einmal von der Tür her.

Hassenkamp hob die Augenbrauen.

»Die ganze Nacht«, sagte Betty.

»Der Beginn einer wunderbaren Freundschaft, was?«

Gonzo zuckte mit den Schultern.

»Dann haut ab, ihr beiden«, sagte Hassenkamp.

Draußen im Wachraum hielten Kriwett und Endrulat einen Penner mit tätowierten Armen fest. Gonzo kümmerte sich nicht darum. Erst als er draußen vorm Wagen stand, atmete er tief durch. Der Himmel hatte sich verdunkelt, düstere Wolkengebirge türmten sich hinter dem Rathaus. Ein Windstoß fauchte bösartig um die Ecke. Die Luft war elektrisch geladen.

»Schlüssel«, verlangte er von Betty.

Sie stieg neben ihm ein. »Meinen Sie, er weiß was?«, fragte sie.

»Hassenkamp?«

Sie nickte.

»Wenn er was beweisen könnte, wären wir da nicht rausgekommen.« Er sah sie an. »Danke.«

»Ist schon okay«, meinte sie.

Gonzo fuhr los und holte sich die letzte Cola aus der Kühltasche. Die Sonne war hinter grauen Schlieren verschwunden. Das Licht legte sich wie ein Weichzeichner über die Hausdächer. Im Radio liefen die Lokalnachrichten. Intensive Ermittlungen wegen des ermordeten Fernsehproduzenten Wahnfried K., der in eine Pornoaffäre verwickelt sein sollte. Am Set von Alle meine Enkel würde eine Schweigeminute eingelegt werden. Die Suche nach der drogenabhängigen Jutta H. sollten auf Anweisung der Sonderkommission Ruhrkiller intensiviert werden, weil ein Zusammenhang zwischen beiden Verbrechen bestand. Es wurde mit Wärmegewittern gerechnet.

Gonzo trank die Cola aus und warf einen Blick auf die Quellwolken, die sich am Himmel türmten. Das Handy zirpte und Betty nahm das Gespräch an. Soviel er hören konnte, brauchte Herbert einen Kameramann für drei Tage. Betty hatte kaum aufgelegt, als der erste Blitz über den Himmel zuckte. Fast in derselben Sekunde dröhnte der Donner los. Ein Windstoß fegte durchs Seitenfenster.

Im Polizeifunk wurde es lebendig. Gonzo drehte die Lautstärke hoch. Auf dem Dach vom Rathaus stand einer und wollte herunterspringen, falls ihm die Oberbürgermeisterin nicht seine Sozialhilfe erhöhte. Die Feuerwehr war schon mit ihrem Luftkissen unterwegs, einen Pfarrer hatten sie auch schon besorgt. Gonzo linste in den Rückspiegel und trat aufs Gas, um noch vor dem Lastwagen die Spur zu wechseln, der von hinten herankam. Neben ihm tippte Betty eine Nummer ins Handy und verlangte nach Herbert. »Der Springer auf dem Rathaus«, sagte sie. »Wir haben die Bilder!«

ENDE

*Was noch zu sagen ist.*

Dies ist natürlich ein Roman; alle auftretenden Personen und ihre Handlungen sind ganz allein unserer Phantasie entsprungen. Selbstverständlich gehen auch alle Ungenauigkeiten und möglichen Fehler in der Beschreibung der Stadt auf unser Konto. Besonderer Dank für ihre Mitarbeit und freundliche Unterstützung bei den Recherchen gebührt: Regina Braun, Sabine Deitmer für ihre Tipps, »Deep Throat, unserem Bunkerspezialisten, Mutter Zey für ihre handgeschnitzten Kartoffelchips, sowie den Journalisten-Kolleginnen und Kollegen aus Essen und nicht zuletzt all denen, die nicht genannt werden wollen.

Darüber hinaus hätten weder der »Geierfrühling« noch der »Rattensommer« das Licht der Öffentlichkeit erblickt ohne den Studiengang Literaturvermittlung und Medienpraxis an der Universität Essen und die Teilnehmer von Gerd Haffmans' Seminar »Verlagspraxis«. Dank für die Unterstützung auch der Arno Schmidt-Stiftung und dem Nordkolleg Rendsburg, Carl Amery für seine Hinweise, Gisbert Haefs für seine Komplimente, Jürgen Ebertowski und Sabine Korte für ihr Interesse und Andreas Eschbach für den NOBLE-PRIZE.

Ein spezieller Dank an Leo P. Ard, der immer an Gonzo geglaubt hat, an Ulrike Wahl, unsere erste Leserin, sowie an Friedrich, ohne den die Gonzo-Romane nicht möglich geworden wären, und last but not least: to all the real Gonzos.

»Und verdammt noch mal, was um alles in der Welt ist ein Weißabgleich?«